ナイツ＆マジック 11

Knight's & Magic

全員を見回してにっこりと、それでいて不穏な笑顔でエルが告げる。

「僕たち皆で世界を救ってしまいましょうか!!」

Hisago Amazake-no
天酒之瓢
illustration 黒銀

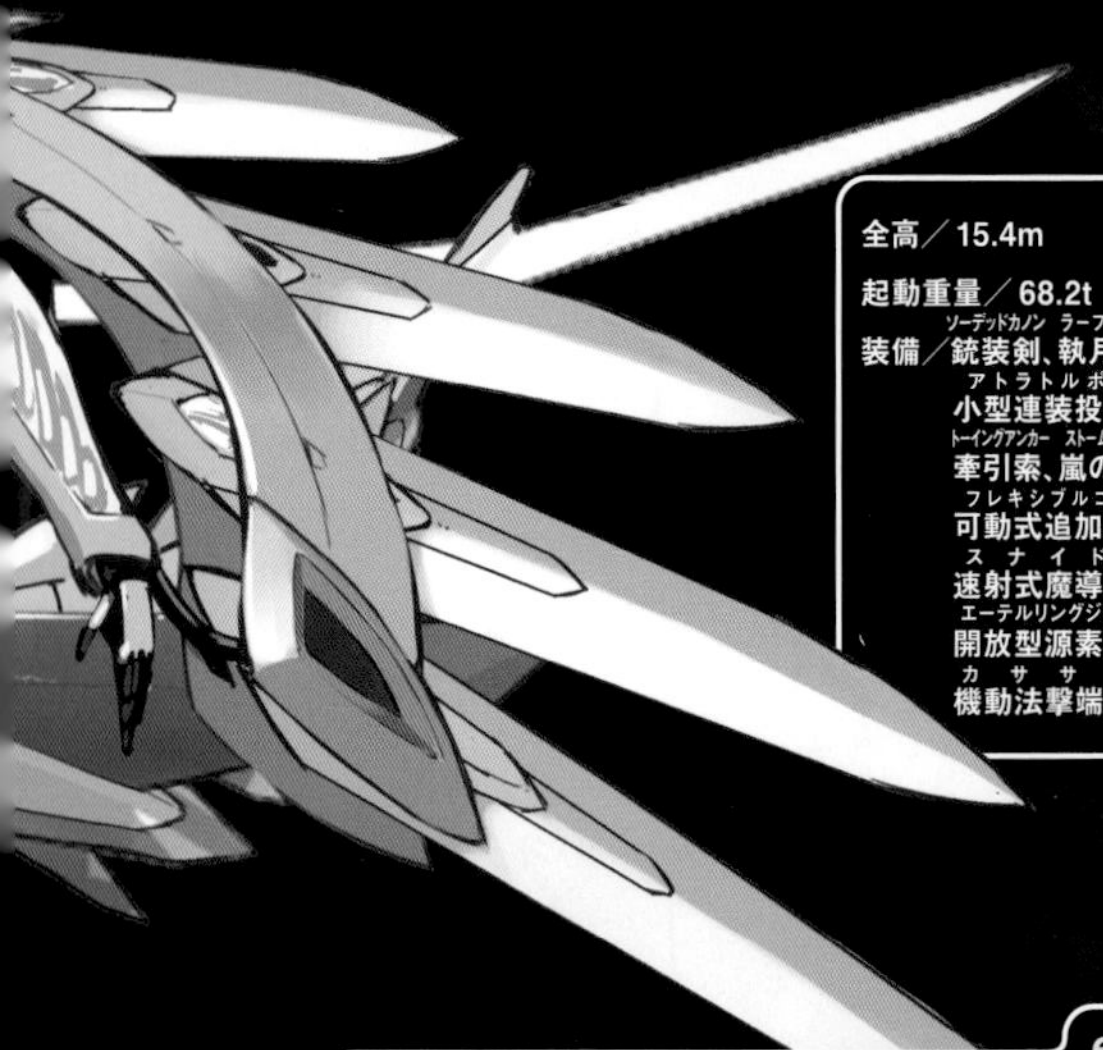

spec

全高／15.4m

起動重量／68.2t

装備／銃装剣《ソーデッドカノン》、執月之手《ラーフフィスト》
小型連装投槍器《アトラトルポッド》、魔導短槍《ショートスピア》
牽引索《トーイングアンカー》、嵐の衣《ストームコート》
可動式追加装甲《フレキシブルコート》
速射式魔導兵装《スナイドル》
開放型源素浮揚器《エーテルリングジェネレータ》
機動法撃端末《カササギ》

explanation

イカルガとシルフィアーネ・カササギ三世《サード》・エンゲージが接続した合体状態を指す。

元来のマガツイカルガはイカルガとカササギの合体状態を指していた。しかしカササギは異郷の地における急造品であったため、合体には非常に強引な手段を用いており、その歪《ゆが》みを抱えたまま性能を十分に出し切れていない不安定な状態でもあった。

そこでアディの専用機であるシルフィアーネ三世は設計段階よりイカルガと合体しての運用を前提として建造された。この両機の合体状態であるマガツイカルガニシキはその性能を最大限に発揮することのできる、完全な状態の『マガツイカルガ』であるといえる。

再設計を機にこれまでは行き当たりばったりで追加されてきた機能を整理し、正式な形で実装している。そのため馬鹿げているほどに多機能で強力な機体として仕上げられているが、同時にその操縦の難易度も他の追随を許さないものとなった。

元々、イカルガという機体はエルネスティという強力な騎操士《ナイトランナー》が搭乗することを前提として作られたある種の欠陥機である。そこに加えてシルフィアーネ三世はアデルトルートの搭乗を前提としている。

その2機の合体状態であるマガツイカルガニシキに至っては、フレメヴィーラ王国において最強の騎操士を上から順に二人乗せないと動かすことすらままならないという有様であり、もはや欠陥機というだけでは言い表せない何かと成り果ててしまった。


余談ではあるが、本機の名称である『錦《ニシキ》』はエルがアディに対して贈った号であり、シルフィアーネ三世とアディ本人の両方を指したものであった。

マガツイカルガニシキ（禍斑鳩錦）　Magatsu-Ikaruga-Nishiki

―主搭乗者／エルネスティ・エチェバルリア、アデルトルート・エチェバルリア

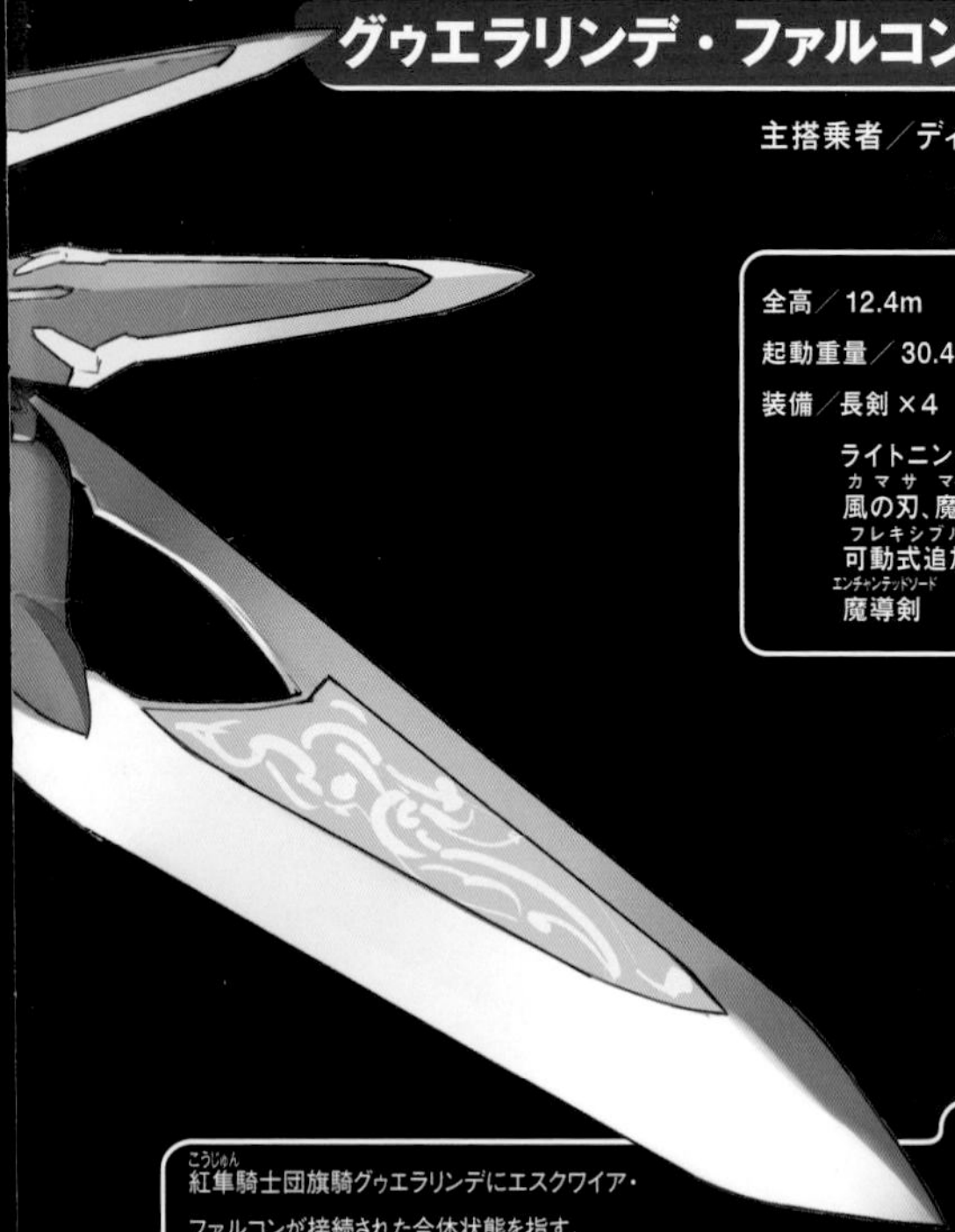

グゥエラリンデ・ファルコン Guyalarinde-Falcon

主搭乗者／ディートリヒ・クーニッツ

spec

全高／12.4m

起動重量／30.4t

装備／長剣×4

ライトニングフレイル

風の刃《カマサ》、魔導噴流推進器《マギウスジェットスラスタ》

可動式追加装甲《フレキシブルコート》

魔導剣《エンチャンテッドソード》

explanation

紅隼《こうじゅん》騎士団旗騎グゥエラリンデにエスクワイア・ファルコンが接続された合体状態を指す。

エスクワイアとは銀鳳《ぎんおう》騎士団において開発された史上初の支援専用騎体である。幻晶騎士《シルエットナイト》カササギの直系にあたり、いわば制式量産版のカササギといえる。

その目的はカササギの持つ機能のうち特に『マガツイカルガ』形態を再現することにあった。

両機の合体により近接戦仕様機《ウォーリアスタイル》であるグゥエラリンデに対して飛行能力を与え、魔力転換炉《エーテルリアクタ》を増設することで出力を大幅に強化している。

グゥエラリンデ・ファルコンの機動性能は飛翔騎士《トゥエディアーネ》に勝るとも劣らず、元から強力であった格闘性能はさらに向上している。

そうして非常に強力な機体となった反面、単騎に対して幻晶騎士2機分の資材をつぎ込む必要があり、マガツイカルガから欠点も受け継ぐ形となっていた。

これは運用上、実力のある騎士団長向けの機体にのみエスクワイアを配備することで一定の成果をみている。

エスクワイア側には騎操士《ナイトランナー》は搭乗しておらず、操作は全てグゥエラリンデからおこなう。そのため操作性の面では複雑化し悪化しているものの、ディートリヒの高い技量は十分にそれを補うものであった。

spec

全高／12.8m

起動重量／33.4t

装備／長剣、盾
可動式追加装甲《フレキシブルコート》
魔導噴流推進器《マギウスジェットスラスタ》
魔導剣《エンチャンテッドソード》

explanation

白鷺《はくろ》騎士団旗騎アルディラッドカンバーにエスクワイア・イーグレットが接続された合体状態を指す。

エスクワイアは先行試作騎として2機が建造されており、それぞれ紅隼《こうじゅん》、白鷺騎士団団長向けに配備された。

元々、アルディラッドカンバーという幻晶騎士《シルエットナイト》は非常に高い防御力に比較的平凡よりの攻撃力、そうして重い機体からくる機動力の不足を特徴とする機体であった。

それをエドガーという騎操士《ナイトランナー》の腕前によって生かし切り、これまで最前線を戦い抜いてきた。

そこにエスクワイアが合体することにより、あらゆる性能が向上している。

元より非常に高かった防御力は、さらにエスクワイア側にも可動式追加装甲が搭載されていることもあってなおさらに高まっている。全方位に対して隙のない防御は盾を超えて壁と呼ばれているとかいないとか。

加えて魔導剣を装備したことにより攻撃力の上昇も著しい。一点突破の打撃力においては現行の機体のなかでも最上位の力を有するに至った。

そして唯一の弱点とも言えた機動性の低さが魔導噴流推進器の搭載によって飛躍的に向上。結果としてあらゆる点において最高水準の性能を誇る、極めて強力な機体として仕上がっている。

エドガーの操るアルディラッドカンバー・イーグレットを相手にすることは、紅隼騎士団長ディートリヒ曰《いわ》く「足のバカ速い陸皇亀《ベヘモス》と戦うようなものだ」とまで言わしめたという。

アルディラッドカンバー・イーグレット Erledyradcumber-Egret

—— 主搭乗者／エドガー・C・ブランシュ

ナイツ&マジック 11
Knight's & Magic

INTRODUCTION

絶望の先の笑顔

傷を癒すべく安息の地を求める魔王軍は
とあるハルピュイアの巣に目を付けていた。
いかなる運命のいたずらか、魔王は捨て去ったはずの過去の因縁と再開する。
大団長の後を追う銀《ぎん》の鳳《おおとり》と魔王が出会うとき、
空飛ぶ大地を襲う恐るべき脅威が明らかとなり。
それは西方諸国《オクシデンツ》の全てを巻き込む、終焉《しゅうえん》の始まりを告げる鐘となった。
天が姿を変え、起こり得ない嵐が西方世界を飲み込んでゆく。
絶望が全てを覆い尽くすかに思えた――しかし。
如何なる困難窮地にあろうとも、
そこにはエルネスティ・エチェバルリアがいる。
人の身では抗《あらが》い得ない絶望を蹴り飛ばし、
猛り狂う暴風にすら怯《ひる》むことなく、大団長の笑い声がこだまする。
世界の破滅を前にして怯《おび》える者たちは目撃することになるだろう、
人類史上最強最大の力を結集した『決戦騎』の姿を。
彼らに向かって銀鳳《ぎんおう》騎士団大団長は力強く宣言する。
「それでは、僕たち皆で世界を
　救ってしまいましょうか!!」
世界の命運を背負い、決戦騎が真の空へと挑む――!

ナイツ&マジック 11

天酒之瓢

ヒーロー文庫

illustration 黒銀

ナイツ&マジック 11
Knight's & Magic

CONTENTS

イラスト・メカニックデザイン／黒銀
装丁・本文デザイン／5GAS DESIGN STUDIO
校正／福島典子（東京出版サービスセンター）
DTP／天満咲江（主婦の友社）

この物語は、小説投稿サイト「小説家になろう」で発表された同名作品に、書籍化にあたって大幅に加筆修正を加えたフィクションです。実在の人物・団体等とは関係ありません。

プロローグ

天を衝《つ》く、そんな表現がまさにしっくりとくる。

空飛ぶ大地の奥深く。ハルピュイアたちから『禁じの地』と呼ばれる場所で、『サヴィーノ・ラパロ』は愉快げにソレを見上げた。

ひときわ濃いエーテルの影響だろう、草木が少なく森にぽっかりと開いた空白と、その中心に佇《たたず》む巨大な源素晶石《エーテライト》。飛空船《レビテートシップ》をも超える大きさのそれを砕けば、いったい何隻《せき》の船を動かせることだろうか。

かつてこの巨大源素晶石を見つけ出したパーヴェルツィーク王国の騎士は、一国の百年分に相当すると豪語した。実物を前にして、それもあながち間違いとも言えないな、とサヴィーノは唸《うな》る。

「ほっほ。幻晶騎士《もの》どもが位置についたと。ここからは速さの勝負。老骨には辛《つら》いでな、お前にまかそうかの」

サヴィーノはやってきたその老人、『パオロ・エリーコ』の言葉に頷《うなず》く。二人は互いに

『孤独なる十二国《イレブンフラッグス》』を構成する都市の代表である。普段から仲が良いとは言い難い関係だが、戦力が減りすぎた今は互いを頼らざるを得ない状況にあった。

「ようし、掘り起こせ！」

命を下すと、幻晶騎士《シルエットナイト》ドニカナック部隊が源素晶石《エーテライト》の周囲に位置どった。手には巨大なシャベルにツルハシ。それらを振り上げて一斉に周囲の地面を掘り返してゆく。

作業用途にも転用できる高い汎用性《はんようせい》は、巨大人型兵器たる幻晶騎士の面目躍如である。最新の東方様式《イースタンモード》としてはやや心許《こころもと》ない本機であるが、その膂力《りょりょく》においては他機種に引けを取らない。どんどん地面が口を開いてゆく。

しかしいくら掘り進めども、巨大源素晶石の根元までは辿《たど》り着かなかった。地面の下、とてつもない深さまで続いている。もしかして空飛ぶ大地の底まで根を下ろしているのではないか。そんな馬鹿げた想像すら否定できない。

「……これを完全に掘り返せば、いくらになるだろうか」

「この石ころひとつで西方諸国《オクシデンツ》を牛耳《ぎゅうじ》れそうじゃな。しかし船には積載限度があるぞう。それにいつまでも安全とは限らぬ」

パオロの意見ももっともであるが、サヴィーノの口元が不快げに歪《ゆが》んだ。彼らはこの地の支配者ではない。どちらかというと、忍び込んだ空き巣のようなものである。欲と安全とを天秤《てんびん》にかけ、ようやく彼は指示を下した。

「……源素晶石を切り離すのだ！　根元を砕け！」

ドニカナックがツルハシを振り上げる。源素晶石は価値はともかく、脆《もろ》い鉱石である。さしたる苦もなく砕かれた。

「おうおう、もったいないもったいない。欠片《かけら》だけでも一船できるのう。おいお前たち、拾えるだけ拾って積み込まんか」

パオロの指図により、幻晶騎士に乗っていなかった直属の部下たちが動き出した。

「急いでいるのだぞ、あまり余計なことをするな」

「ほっほ。そうケチくさいことを言うでない。これも先を思っての行動よ」

サヴィーノは反論の言葉を呑《の》み込む。そもそも、この空飛ぶ大地においてイレブンフラッグスは負けが込んでいる。はした金ですら見逃せないのは彼も似たようなもの。わざわざサヴィーノの部下が掘削作業に従事している間に拾われるのは気に入らないが、かかずらっている場合ではないのも確かである。

「そうだ。この仕事に残る全てをつぎ込んだ。戦力も、人も、金も。もはや失敗は許されない……」

暗い目で源素晶石を見上げる。うっすらと虹色の光をまとう巨石。空には残った2隻《せき》の重装甲船《アーマードシップ》があり、巨大源素晶石を吊り下げて運ぶ準備を進めていた。

「くく。しかしまったく良い案であったわ。ここに居座った竜と鳥を連れ出し、パーヴェルツィークめにぶつける。どちらもたっぷり血を流すであろうな……ふほほ、痛快痛快」

そう、この『禁じの地』は『竜の王』を名乗る巨大魔獣と、それに付き従うハルピュイアたちによって支配されていた。緒戦で痛手を負った孤独なる十一国軍《イレブンフラッグス》にそれらを正面から撃破する力はない。ゆえに彼らは一計を案じた。

まず彼らはパーヴェルツィーク王国支配下にあるハルピュイアの集落へと攻撃を加えていった。いかにパーヴェルツィーク王国の支配領域といっても、源素晶石《エーテライト》鉱床のない場所まで厳重な守りを敷いているはずがない。さすがにこちらも無傷とはいかなかったが、戦果としては十分だった。

結果、攻撃を受けたハルピュイアたちは目論見《もくろみ》通り人間への敵意を高めていった。彼らには人間たちの所属する勢力など見分けがつかない。当然、敵意の向く先は近くにある人間――パーヴェルツィーク王国軍となる。

そもそもパーヴェルツィーク王国の施策が高圧的であったこともサヴィーノらにとって追い風となった。ハルピュイアに生まれた敵意は数が増えるとともに膨れ上がり、ついに『竜の王』を動かすことに成功したのである。

「所詮は鳥頭だな。だとしても使いようということだ」

『竜の王』さえいなくなれば、禁じの地に恐れるものは何もない。後は空き巣よろしくお宝を頂いてゆくだけだ。掘削は順調に進んでいる。成功を目前にして、険しかったサヴィーノの表情も和《やわ》らぎつつあった。

「もはや我々がこの空飛ぶ大地を押さえることは不可能だ。ならば、せめて手土産《てみやげ》は十分に頂くとしよう」

「ふむ。失った2隻《せき》の埋め合わせとしては悪くないかのう」

イレブンフラッグスの中核戦力であった重装甲船《アーマードシップ》も、これまでに2隻が失われている。どの船にも各都市を代表する議員が船主として乗り込んでいたが、沈んだ片方に至っては船と運命を共にしてしまった。そこで死んだ業突《ごうつ》く婆《ばばあ》本人はどうでもいいとして、船自体と戦力の損失は見過ごせない痛手である。

「飛竜戦艦《ヴィーヴィル》め……アレさえなければ」

パーヴェルツィーク王国がこの地に投入した純戦闘型飛空船《レビテートシップ》、飛竜戦艦。おそらくは重装甲船が4隻がかりで攻めたとしても太刀打ちできないであろう、強力な船である。奴が現れた時点でイレブンフラッグスは詰みに陥ってしまった。

「さても『竜の王』とやらが役に立っていればよいがのう」

「今となってはどちらでもよい話。所詮は時間稼ぎだ」

飛竜戦艦の戦闘能力を知る彼らは『竜の王』が勝利するとは考えていなかった。いかに巨大な魔獣といえども、重装甲船すら焼き尽くす竜炎撃咆《インシニレイトフレイム》の前には無力であろう。ゆえに彼らの作業には時間制限が存在すると想定していた。

「屑《くず》拾いはそれくらいにしておけ、パオロ。そろそろ源素晶石《エーテライト》が折れる頃合いだ」

「ふうむ。名残惜しいことじゃが船に戻るとするかのう」

巨大源素晶石の根元の破壊が終われば、あとは重装甲船《アーマードシップ》や飛空船《レビテートシップ》によって運搬するだけ。それで全てケリがつく——はずだった。


「おい。……なんだ？　あれは」

巨大源素晶石の根元をあらかた崩したあたり。採掘にあたっていた騎操士《ナイトランナー》の一人が奇妙なものを見つけた。

掘り起こされた地面の下を謎の青白い光が横切ってゆく。源素晶石によるものではない。それならばこんなふうに動いたりしないからだ。

「ま、魔獣って奴か！　おい、足元を警戒しろ！　何かがいるッ！」

慌てて警告するが、その頃には地下の光はさらに数を増していた。ぞわぞわと蠢《うごめ》く光に、幻晶騎士《シルエットナイト》が浮き足立つ。その様子は上空にある重装甲船からも見えていた。

「どうした、さっさと掘り終わらないか……」

言いかけてサヴィーノは表情を険しくする。幻晶騎士がツルハシを放り捨てて走り出している。命令に背くとはどういうことか。そんな疑問はすぐに解決された。

幻晶騎士の周りの地面が弾《はじ》け、青白い光がぞろぞろと飛び出してくる。巨大な紐《ひも》のような細長い身体。青白い光を放つその魔獣はのたうち、幻晶騎士へと巻き付いてゆく。

幻晶騎士が慌てて腕を振り回して魔獣を振り払おうとした。しかし驚くべきことに、仮にも東方様式《イースタンモード》に並べられる綱型結晶筋肉《ストランド・クリスタルティシュー》を有するドニカナックが抵抗できずにいる。

「魔獣……ここまできて邪魔をするか……！　誰か、奴らを斬り裂いて助けに……！」

「ら、ラパロ様！　あれを！」

船員が震える手で指さす先を目にして、サヴィーノがついに絶句した。

ドニカナックに巻き付いている魔獣がズルズルと外装《アウタースキン》を滑る――先端から機体の内部へとめり込んでゆく。青白い光が機体の中に呑《の》み込まれてゆき、しばらく後には幻晶騎士の外装しか見えなくなった。

機体がガクガクと痙攣《けいれん》を起こし、直後異様な動きを見せ始める。手足をでたらめに振り回し、機体が軋《きし》むほどに首を傾ける。まるで人に似せて作られたことをすっかり忘れ去ったかのような動き。ビタビタと人ならざる挙動で跳ねていた幻晶騎士だったが、やがてその動きが収まってゆく。

――『理解が進んだ』。

足を踏み出す。それは2本の脚で歩くことを理解した。手をわななかせ、腕を動かす。

首を巡らして眼球水晶が周囲の景色を認識する。補助腕《サブアーム》が蠢《うごめ》いて背面武装《バックウェポン》を構える。

ソレは既に理解している。

魔法現象に伴う発光を残して法弾が放たれた。それは折悪く助けに駆け寄ってきた味方騎を直撃した。まったく油断していたところに法撃をくらい、一撃で擱座《かくざ》する。

サヴィーノたちに動揺が広まるなか、ソレらは動き出した。ドニカナックのようでいて全く違うナニカ。それらはやや前傾した異様な構えで走り出し、味方であったはずの幻晶騎士《シルエットナイト》へと襲いかかってゆく。

「何をしている！　同士討ちをやめさせるのだ、騎操士《ナイトランナー》は応答しないのか!?」

「無理です！　下は混乱して命令が！」

手をこまねいている間にも混乱は広がり、収拾がつかなくなってゆく。サヴィーノは歯《は》噛《が》みしていた。後ほんの少しで莫大《ばくだい》な利益を手にできる。損失ばかりとなったこの遠征の売り上げをひっくり返せるかもしれないのに。

ちらと視線を送る。飛空船《レビテートシップ》による輸送準備はあらかた終わっており、あとは根元を切り離すだけ。それだって作業は終わりに差しかかっていたはずだった。

「……各船に伝令！　巨大源素晶石《エーテライト》を引きちぎる！　浮揚力場《レビテートフィールド》をあげろ！」

船橋にぎょっとした空気が広がってゆく。

「し、しかし！　まだ地上に幻晶騎士が残って……！」

「誰が無事かもわからん！　もはや我らには抑え込むだけの戦力もない！　このままではそろって破産しかねん。その前に動くしかないのだ！」

船員が震える手で信号を送ろうとした時、サヴィーノの一喝《いっかつ》が船員たちのおずおずとした反論を一蹴《いっしゅう》する。

味方を見捨てる、それは非情ではあれど大胆で素早い命令であったと言えるだろう。しかしいずれにしろ手遅れだったのだ。

大地を砕き、噴き上がる土煙を貫いて『虹色の光』が伸びる。いや、それは光そのものではなかった。内側から虹色にめぐる光を放つ半透明の『何か』だった。

問題はソレが、先に現れた青白い光の魔獣など比較にならないほどの大きさを持っていたということ。そして飛び出た先に飛空船があったということだった。

「…………ッ!!」

声にならない悲鳴があがる。

一撃。突き出した勢いそのままに、魔獣らしきモノが飛空船を貫いた。真っ二つに叩《たた》き折られた船体が破片をばらまきながら墜《お》ちてゆく。法撃戦に備えてそれなりの装甲を有するはずの船が、枯れ木のように砕けていった。慌てたのは残る船だ。魔獣の直撃を受ければ、たとえ重装甲船《アーマードシップ》であっても無事に済むという保証はない。

「いったん離脱を……綱を切り離せ！　このままでは動きが……！」

しかし事態は完全に彼らの手を離れていた。

大地を砕き、次々と現れる半透明の巨大魔獣とおぼしきモノたち。それらはまるで巨大源素晶石《エーテライト》を囲むように突き出し、ついに巨大源素晶石が砕け散る。

虹色に煌《きら》めく破片をばらまき、巨大な円錐《えんすい》状の源素晶石は地面とのつながりを断たれた。傾きを増す間に、船へとつながる綱が張り詰める。輸送のための準備が仇《あだ》となった。

飛空船《レビテートシップ》を1隻《せき》失い、均衡《きんこう》を崩して引きずられてゆく。

「ぐっ、おおおおお!?」

もはや当初の目論見《もくろみ》は完全に破綻《はたん》していた。急な負荷に耐えきれず、重装甲船《アーマードシップ》さえ振り回される。

「おのれぇっ！　馬鹿な、馬鹿な、馬鹿なぁッ！　あと少しで俺たちが！　利益を……！」

それはイレブンフラッグスの断末魔の叫びであり。同時に空飛ぶ大地の『終焉《しゅうえん》の始まり』を告げる、先触れの喇叭《らっぱ》の音となった――。

第二十一章

浮遊大陸激震編

Knight's
&Magic

第九十四話　魔王軍の憂鬱《ゆううつ》

それは、曇天の広がる物憂《ものう》い日のことだった。

「むふふふうへへへへすべすベエル君分たっぷり補充しゅる」

「ああ……アディからどんどんと慎《つつし》みが失われてゆく……」

パーヴェルツィーク王国第一王女『フリーデグント・アライダ・パーヴェルツィーク』は、飛空船《レビテートシップ》『黄金の鬣《ゴールデンメイン》』号の船橋で首を傾《かし》げていた。

目の前ではエルネスティ《エル》がかっしりと抱きしめられ、うにうにとアデルトルート《アディ》に堪能されている。

そこには飛竜戦艦《リンドヴルム》と『竜の王』の戦いに単騎で首を突っ込み、散々かき回した挙げ句に現れた『魔王』を撃退してみせた強力な騎操士《ナイトランナー》の面影はない。見た目の小柄さも相まって、そもそも騎操士だのといった呼び方すら躊躇《ためら》いを覚えるほどである。

自分は何を見たのか。幻覚？　フリーデグントの脳裏を疑問符が駆け抜けてゆく。

「あれは放っておいてもよいのか？」

「む？　まぁいつものことだ。気にするな」

『黄金の鬣』号の船長であるエムリスに問いかけてみるも、気のない返事ばかり。周囲を見回しても、彼はおろか船橋にいる誰一人として気に留める様子はなかった。本当にそれでいいのか。

きっとここでは気にすべきではないのだろう、そう彼女は結論付けた。今までに彼が散々やらかしてきた無茶に比べれば些事《さじ》と言えることだし。

「むっ」

すると、船橋に現れたフリーデグントの姿に気付いたアディが、動きを止めた。しっかりとエルを抱きしめなおしてフリーデグントをぢっと見つめる。

――あげません。

――いりません。

ひとつの言葉も交わさず、二人は視線だけで何かを通じ合っていた。

さらっと決着をつけ、フリーデグントは振り返る。

「……ところでだエムリス船長。今後のことについてなのだが」

「ああ、そろそろ方針を決めねばならんな。後ろの連中も痺《しび》れを切らしている頃合いだろう」

エムリスをして憂鬱そうな様子を隠しもしないのにはわけがあった。

この『黄金の鬣《ゴールデンメイン》』号の後方には多数の船影が続いている。竜闘騎《ドラッヒェンカバレリ》と輸送用飛空船《カーゴシップ》の群れに交じり、ひときわ巨大な船の姿があった。竜《ドレイク》を象《かたど》った巨体、飛竜級《ヴィーヴィルクラス》戦艦二番艦『飛竜戦艦《リンドヴルム》』の雄姿である。

かつて空に並ぶものなきと謳《うた》われたその威容も今は陰りが差していた。なぜなら巨体を支えるべき主推進器、その片方がほぼ形をなくしているのである。帆翼《ウイングセイル》は跡形もなく、装甲は溶け落ちて無残に骨格を晒《さら》している。

自慢の推力を失い竜闘騎や飛空船《レビテートシップ》によって曳航《えいこう》されている飛竜戦艦は、今や巨大な荷物にすぎなかった。

「やるべきことが多い。面倒だな」

「まずは会談のやり直しだろうか。飛竜は重傷を負い、新たに『魔王』が立った。とてもではないが以前と同じにはいくまいよ」

「貴国の有様は気の毒とは思うがな。何せ俺たちは傷を受けていない、色々と要求させてもらうことになるぞ」

「さて、そう上手くいくものかな」

「なにぃ」

「私の見たところ、貴殿らと組んでいるハルピュイアは『魔王』の派閥には参加していない。しかも……」

フリーデグントの視線の先では、ハルピュイアの代表である『風切《カザキリ》』のスオージロが瞑《めい》目《もく》していた。王女は知っている。『竜の王』が現れても合流しなかったハルピュイアたちがいることを。

「貴殿らとて、あの『魔王』とは敵対している間柄だろう？」

指先はついと抱きしめられたままの小さな人影へ。つられるように船橋中の視線がエルネスティに突き刺さった。

「エムリス船長、他人事《ひとごと》のような顔をされては困る。我らは互いに参加者《プレイヤー》なのだ」

「……なるほど、違いない」

エムリスはごまかしてしまうか、と一瞬考えたもののすぐにそれを却下した。大した効果があるでもなし、何より行動を共にしてくれているハルピュイアたちの存在を嘘《うそ》にしてしまう。

「『魔王』とやら、静観しているわけにはいかないが」

このまま『魔王』の下《もと》に馳《は》せ参《さん》じるハルピュイアが増えてゆけば、貿易構想を持つエムリスたちとシュメフリーク王国にとっても障害となる。

エムリスは心底面倒くさそうに深く息を吐いた。どのみちこの『空飛ぶ大地』に踏み入った時点で参加者たることからは逃れられない。

「『魔王』を操っているというのは小王《オベロン》だったたか？　エルネスティ、何やら親しそうだったが何者なのだ」

情報が足りなかった。今もうにうにされていたエルが、これ幸いと立ち上がる。微妙に物足りなさげなアディの腕から逃れて。

「はい！　小王《オベロン》は『本国』よりさらに東……ボキューズ大森海《だいしんかい》の深部にある巨人族《アストラガリ》の縄張りで、人間族《ヒューマン》を治めていた人物ですね！」

「よし、何が何だかさっぱり分からんな！　しかし巨人というからにはあの小魔導師《パールヴァ・マーガ》たちも知っているのか？」

エムリスは、村で自分たちの帰りを待っているであろう巨大な少年少女を思い起こしていた。エルは頷《うなず》き返すと説明を続ける。

大森海の奥深く、巨人たちの暮らす地に第一次森伐遠征軍の生き残りがいたこと。それらを治めていたのが小王であり、そして『魔王』とは彼の持つ独自技術によって建造された超々巨大魔獣であること――。

話が進むにつれて、エムリスだけでなくフリーデグントまでもげんなりとしているように見えたが、きっと気のせいだろう。

「……それはまた聞くだに賑《にぎ》やかな奴だが、なんだってこんな場所にいるんだ」

「ええ、そもそも小王が操る『魔王』は僕とアディのマガツイカルガで撃破したのですが
……」

「ねー、エル君」

「その際に彼は1匹の『穢れの獣《クレトヴァスティア》』とともに姿を消したのです。生きているとは思っていましたが、ここまで流れて来ているのは予想外でしたね」

「お前が恨まれている理由だけは十分すぎるほどによくわかった」

道理で『黄金の鬣《ゴールデンメイン》』号を無視してでもエルの『玩具箱之弐式《トイボックスマーク2》』に向かっていったわけである。この小さく強《したた》かな騎士団長のことである、あるいはわかった上で自分に引きつけたのかもしれないが。

「話し合いは無理そうだな！　仮に可能でも長い時間がかかるぞ」

「エチェバルリア卿《きょう》、やはり卿はなんでもかんでも壊しすぎる」

破壊されたことのあるものには飛竜戦艦《リンドヴルム》も含む。フリーデグントから恨みがましい視線を向けられ、エルはそっと顔をそらした。

「彼らとの話し合いは容易ならざる。ならばエムリス船長、まず人は人同士で組むべきではないか？」

「ほう」

エムリスは目を細め、フリーデグントの提案について思案する。

（……一度は敵対を覚悟したんだ。タダで手を組んでやる理由などない……が、なるほど領地を餌にする気だな。パーヴェルツィークはこの被害だ、どのみち防衛圏を縮小する他ない。そうして手放す分を俺たちに……いいや、『ハルピュイアと組んでいる』勢力に与えれば聞こえのいい話が出来上がる、か。抜け目がないな）

エムリスの想像だが、おそらく遠からずといったところだろう。ただでは転ばない、その執念にはエムリスも感服するところである。

彼らが話していると、傍らで操舵輪《そうだりん》を握っていた人物が口をはさんできた。

「でもそれじゃあ、またハルピュイアと人との争いに戻っちまう」

アーキッド《キッド》である。いきなり知っている顔を見つけたフリーデグントが、微《かす》かに驚く。

「王女殿下、あなたはハルピュイアとも話し合うと約束してくれた。一国の王族ともあろう方が約束を破るんですか」

まっすぐな視線を受け止めて、フリーデグントはしかし引かなかった。

「話し合いというのは双方の同意があってこそ成り立つ。今のハルピュイアたちが素直に耳を貸すと思うのか？」

「そ、それは……」

『魔王』に率いられたハルピュイアたちの怒りはどんどん膨れ上がっている。言葉を交わせなければ、そもそも話し合いもへったくれもないだろう。

拳を握り締めるキッドを見て、フリーデグントはふっと険しかった表情を和《やわ》らげた。

「なぁアーキッド。私も好んで約束を破りたいわけではない。だが無理なものは無理だ。彼らは力を示した……示しすぎた。もはや一方がどうにかして収まる範囲ではなくなってしまったのだ」

彼女はエムリスへと振り返る。

「再び力比べになるのは互いに望ましくはない。探さねばならないな、遠ざかってしまった道につなげる方法を」

「まったく厄介なことだ。おいエルネスティ、お前は何かいい案はないのか。一応知人だろ」

「そうですね。もう1機トイボックスがあれば、小王《オベロン》と『お話』ができると思います！」

「最終手段として覚えておく」

多分火に油を注ぐ結果にしかならないだろう。エルを除くこの場にいる全員が、同じ感想を胸に抱いたのだった。

◆

『黄金の鬣《ゴールデンメイン》』号より後方に位置する、パーヴェルツィーク王国軍旗艦《きかん》『飛竜戦艦《リンドヴルム》』の船橋にて、天空騎士団竜騎士長《ルフトリッターオルデン》グスタフは本日何度目かの質問を放った。

「フリーデグント様はまだお戻りにならないのか。わざわざ他国の船を使う必要がどこにある」

「はっ！　問題なしとの連絡が返ってきています！」

答えはいつも同じ。グスタフは『黄金の鬣《ゴールデンメイン》』号を忌々《いまいま》しげに睨《にら》みつける。

「彼奴等《きゃつら》め、飛竜が傷を負ったからと甘く見ているのか？　よもや、このまま殿下を人質にするつもりでは……」

「恐れながら閣下、それはないと思われます」

その疑念を否定したのは、右近衛長《みぎこのえちょう》であるイグナーツだった。グスタフは胡乱《うろん》げなまなざしを送る。

「イグナーツ。一度は殿下のお側にゆきながら、なぜお連れしなかった」

「それは！　……殿下のご指示があり」

「いかに指示とはいえ、それで殿下の御身《おんみ》が敵の手中にあっては意味がない」

苛立《いらだ》ちの残るグスタフに対し、イグナーツはあくまで冷静に話しかける。

「アレはそのような卑劣な振る舞いはいたしません。無茶に聞こえる言葉も、根のなきものではございませんでした」

「一時の共闘と、その後の政治はまた別のこと。イグナーツ、何のためにお前に右近衛を任せているのか。猪騎士《いのししきし》のままでは務まらぬぞ」

「……はっ。心得ております」

王女はあの時、ある種の覚悟を決めていた。イグナーツは確かにその心を聞き、従ったのだ。

それは信頼故の行動であろう。しかしパーヴェルツィーク王国が誇る天空騎士団、竜騎士長としての判断は異なってくる。現に王女が戻らないことでパーヴェルツィーク王国軍全体の行動に支障をきたしていた。


重苦しい空気が船橋に満ちた、その時。ぺた、ぺたと気の抜ける足音が響いてきた。グスタフの表情が険しさを増す。もうすでに誰がやって来たのか察しているからだ。

船橋に一人の男が現れる。だらしなく上着を肩に引っ掛け、姿勢も悪い。威厳などという言葉とは縁がなく、とてもではないが鍛冶師《かじし》隊の頂点にいる人間とは思えない。『オラシオ・コジャーソ』は周囲を見回すと「ども」と小声でつぶやいた。

グスタフの眉が吊り上がり、ギリギリで耐えた。この程度で腹を立てていてはこの男と付き合えない。

「……コジャーソ卿《きょう》、よいところに来た。報告しろ、飛竜戦艦《リンドヴルム》の修復はいつ終わる」

不機嫌なグスタフと硬い表情のイグナーツを見比べて、鍛冶師オラシオは黙って肩をすくめた。

「ふざけているのか？」

「いやぁ、ひどく正直な心境なんですがね」

「そのような冗談を聞くために貴公をここに置いているわけではない！」

グスタフの怒気を浴びても様子を変えず、オラシオは小さく息を吐いて言う。

「そうですな。修理のめどは立っておりません。片側の推進器を完全にヤられちまってはねぇ」

「それをなんとかするのが貴公の役目であろう！」

「ごもっとも……と言いたいところですが、限度というものがございますよ。何しろ飛竜に使われた魔導噴流推進器《マギウスジェットスラスタ》はその大きさ故に特注も特注。作りたくても作れるものではございません。最低でも国元に戻る必要がありましょうよ」

「どうにもならないのか？　竜闘騎《ドラッヒェンカバレリ》の推進器を流用しては……」

イグナーツが問いかければ、オラシオはぼりぼりと頭を掻《か》いた。

「低速で動かす程度ならばまぁ、ごまかせますがね。しかしそれは足を失った人間に杖《つえ》を持たせるようなもの。飾り程度に立っているならまだしも、戦いに向かわせるなど言語道断ですわな」

「そういうものか……」

グスタフは渋面を浮かべたまま黙る。彼とてこの流れの鍛冶師《かじし》の言葉を疑っているわけではない。オラシオこそが飛竜戦艦《リンドヴルム》をパーヴェルツィーク王国に売り込んだ本人であり、その細部までを知悉《ちしつ》しているのだから。

かといって最強の手札である飛竜戦艦を寝かせておくことなど許されない。敵が勢いを増しているのであればなおさら、早急に見せかけだけでも取り繕う必要があった。

「応急処置で構わん、とにかく飛竜を動けるようにするのだ。いつ何時、鳥頭どもと戦いになるやもしれんのだぞ」

「私めは鍛冶屋でございますから、戦《いくさ》の結末は占えません。ただひとつだけ申し上げるならば、慌てたところで飛竜が保つかは分の悪い賭けの類《たぐい》でしょうねぇ」

「そんなことはわかっておる。だがやらぬというわけにもいかんのだ」

「……承知いたしました。微力ながら全力を尽くしましょう」

船橋を出てゆくオラシオの背を見送り、グスタフはこめかみを押さえる。問題は山積みだった。ハルピュイアとの戦いも気になるが、おそらくはその前に王女の返還交渉が始まる。飛竜戦艦が動けぬままでは交渉もへったくれもない。

「この苦境、なんとしても切り抜けねばならんのだ……」

船橋を後にしたオラシオは船内の通路を歩きつつぶつくさと呟《つぶや》いている。

「やー、あいっかわらずお偉いさんは言いたい放題だ。簡単にできることならもう終わらせてるっての」

いったい自分を誰だと思っているのか、オラシオの悪態は止まらない。彼はその道の専門家として把握している限りの情報と警告を与えたつもりだ。そこからどう判断するかは政治の領域として、信頼がないと困ったことになる。何しろ飛竜戦艦《リンドヴルム》の推進器は飛竜そのものというべき代物《しろもの》であり、まったく替えが利かない。

「こればっかりはどこかから分捕《ぶんど》ってくるわけにもいかないしねぇ。はぁ面倒だ」

とりあえず命令を聞く姿勢を見せるため、応急処置をすべく歩き出すのだった。

◆

議論の続く船橋を抜け出して、エルは甲板に顔を出す。吹きっ晒《さら》しの場所だが見晴らしが良く、飛空船《レビテートシップ》の中でもお気に入りの場所だった。

「エル君。いたいた」

アディが顔を出し、エルの隣に座る。

「なんだか難しい話してるね」

曳航《えいこう》される飛竜戦艦。周囲を固める飛空船に、哨戒《しょうかい》として飛び回る竜闘騎《ドラッヒェンカバレリ》。傷を受けてはいるがパーヴェルツィーク王国軍の主力は健在であった。

「このままハルピュイアと戦い続けるのは望ましくありませんね」

「そうだね。ホーガラちゃんたちが困るのは、嫌だもんね」

「トイボックスを壊してしまったので、僕が乗る機体がありませんし」

「あ、そっち？」

思い出したとばかりに、アディはエルの頬をつまむ。

「ひったひなひほ」

「トイボックスにあんな危ない機能のっけてたんだ」

「ひふようだったのふぇす」

頬つまみの刑から逃れるも、そのままつかまり、抱きしめられる。

「壊れているならば機密が漏洩《ろうえい》することもありませんし」

「壊さなくても、エル君から機体を奪える人なんていないと思うけど」

「それは慢心というもの。成功に備えは必要ありませんが、失敗は万が一だからこそ常に備える必要があるのです」

「だけど自爆はダメ。他のを考えて」

「むむむ。難しいご注文ですね」

またぞろロクでもないことを考え始めたエルを見つめていて、アディはふとある可能性に思い至る。

「……もしかして。イカルガにも、載せてないよね？」

エルの視線が泳いだ。

「ダメ」

「いやしかし」

「ダメ」

「はい」

阻止に成功したアディは少し満足げである。

「トイボックスは最期まで頑張ってくれ尽くしましたが、それとして乗れる機体がなくなってしまいました」

「カルディトーレを借りるのは？　エル君なら優先してくれると思うけど」

「ダメですよ。他の方の楽しみを奪ってしまうわけにはいきません」

「そうかな？　皆エル君ほど乗りたいわけじゃないと思うけど……」

少なくとも戦力としてエルネスティを遊ばせておく手はない。エムリスもそう考えるだろう。しかし幻晶騎士《シルエットナイト》が好きすぎるエルには謎の拘《こだわ》りがあるらしく、簡単には頷《うなず》かない。

代わりにと小さく手を叩《たた》いて言う。

「ではまず、手が空いたところでトイボックスの残骸を拾いに行きましょうか」

「そっか。魔力転換炉《エーテルリアクタ》なら生きてるだろうしね」

「え」

「えっ？」

アディの何気ない呟《つぶや》きを耳に、エルの表情には思いもしなかったと書いてある。じっとりと睨《にら》んでくるアディの視線から露骨に顔をそらした。

「そ、そうですね……。炉さえあれば、他の筺体《きょうたい》に載せて再建は可能でしたね……」

「実際は？」

「初めて自爆を達成した記念に飾っておこうかと」

「却下します。……そんな可愛い顔で拗《す》ねてもダメったらダメです」

「強くなりましたね」

しかし抱きしめてほおずりは欠かさないアディであった。

「では話し合いを早めに終わらせて……」

そうしてエルが口を開きかけた時だった。

耳に異音が届く。上空から、吹く風の音を圧して聞こえてくる低い唸《うな》り。

「……なに？　また魔獣？」

「いいえ、それとは違って。……あれを！」

エルが森を指し示す。ギャアギャアと騒がしく飛び立つ鳥の群れ。種類を問わず大地にいたものすべてが空へと逃れていた。遅れて響いてくる地鳴り。地鳴りである、この空飛ぶ大地が鳴動している。

「まさか地震が起こっている？　ここは空を飛んでいるのに、どうして揺れが！」

そうして彼らは目撃する。突如として天へと向けて突き立った、巨大な光の柱を。

七色の光をまとう光がまっすぐに伸び、同時に激しい震動が大地を襲った。彼らは確かに見た。光の中に蠢《うごめ》く『何ものかの影』を。

彼らのいる場所からは遠く距離があるというのに、巨大だと感じる。近づけばどれほどの大きさとなるのか、にわかに想像がつかない。

「船橋に報《しら》せましょう」

「うん！」

二人が戻ると、船橋もまた動揺に包まれていた。光の正体がわからずどうすべきかを怒鳴りあっている。

「スオージロさん！　あちらの方角には何がありますか!?」

喧騒《けんそう》を貫いてエルが問いかけた。ふっと議論がやみ、窓の外を凝視していたスオージロがゆっくりと振り向く。普段から変化に乏しいその顔に、今は驚きが浮かんでいた。

「あの方向は……間違いない。この大地の真ん中、『禁じの地』だ」

◆

バサバサと無数の羽ばたきが空を覆う。この空飛ぶ大地に住まう有翼種族ハルピュイアたちの群れが、移動していた。

群れの中には巨大な獣が混じっている。硬質な外皮の下に強靭《きょうじん》な筋肉の詰まった躯体《くたい》、そこには恐るべきことに三つの首が生えている。獅子《しし》、山羊《やぎ》、鷲《わし》の形をした首たちはどれも凶暴性に満ち満ちていた。

悍《おぞ》ましさすら漂う姿をもつ異形の魔獣、混成獣《キュマイラ》である。

己《おのれ》以外のすべてを獲物であるとしか認識しない破壊の獣はしかし、ハルピュイアに騎乗され、手綱によって操られていた。

そうしてなにごともなく進んでいるかのように見えた一行であったが、にわかに騒ぎが湧き起こる。直前までおとなしくハルピュイアを背に乗せていた混成獣が、突然身をよじって抵抗しだしたのである。

「くっ！　従え……！　やはり鷲頭獣《グリフォン》とは違うか……！」

跨《また》がっていたハルピュイアが振り落とされまいと手綱を引く。魔獣は生来の凶暴さを剥《む》き出しにして、背にいる異物を振り払おうと暴れだした。

『……静まれ』

その時、不可視なる波動が宙に広がった。

王の語る言葉ならぬ言葉に打たれ、混成獣がみるみるうちに静かになってゆく。間もなく魔獣は元通り、手綱の指示に従い始めた。


ハルピュイアたちが波動の源へと首を巡らせる。

群れの中央、いっとう高い場所に浮かぶ影。ひょろりと長い手足を持つ、歪《いびつ》な人型のようにも見えるそれの名は『魔王』。かつて『竜の王』を称していた時よりも格段に小さくなった身体。しかしその異能は健在であり、ならばこそ凶暴な混成獣を従えて戦力とすることも可能となっていた。

騒ぎを収めた『魔王』のもとに数羽のハルピュイアがやってくる。側近であり、かつてはそれぞれの群れを率いていた『風切《カザキリ》』たちである。

「……王よ、強く向かい風が吹きましたが」

「くく。すまないな、『竜王体』を失ったのが少し響いているようだ。この『魔王』はまだ本調子とは言えないからね。……不安だったかい？」

『魔王』の内部より響く人の声。小王《オベロン》と名乗るアルヴの問いかけに、風切たちは首を横に振った。

「わずかに旋風を巻きましたが、その風のようなもの。我らに必要なのは我らに爪を授けるもの。それこそが王としての証《あか》しです」

「安心するがよいよ。『魔王』の調子もじきに落ち着くだろう。この力、翳《かげ》ることなどないからね」

「それでこそ我らの王」

この空飛ぶ大地の先住民であるハルピュイアは、個々の能力は高くとも、まとまりに欠けている。ゆえにこその『魔王』であり、その操り手である小王《オベロン》が祭り上げられた。

「ははっ。そうさ、さしずめ我らは『魔王軍』といったところ。いかにも人間たちと戦いそうじゃないか」

小王が嗤《わら》いを漏らす。風切たちは頷《うなず》き合い、それぞれに引き返していった。

群れは落ち着きを取り戻し、粛々《しゅくしゅく》と飛んでゆく。彼ら群れは今、『禁じの地』と呼ばれる場所を目指して移動していた。

かつて『竜の王』が拠点としていた場所であり、空飛ぶ大地の中でも高地となるために人間たちが近寄らないのである。とはいえ、そこには特大の餌があることを小王は把握していた。

「そうだ、彼らは虹石《にじいし》……いや源素晶石《エーテライト》を集めている。既にあの巨大な石の存在はバレていることだし、いつまでも静観はしていないだろうね」

空飛ぶ大地を侵略する人間たち――西方人《せいほうびと》の貪欲《どんよく》さを思えば、禁じの地もいつまでも安全とは言えまい。小王は脅威を分析する。

しかし彼は間もなく知ることになるだろう。西方人の貪欲さは彼の想像力など軽く超えているということを――。

「……あれは、なんだ？」

最初にそれを察知したのは群れの先を飛ぶ偵察役のハルピュイアたちだった。間《ま》を置かず群れの全体に動揺が広がってゆく。

「禁じの地に、なにかが起こっているぞ！」

彼らの目的地であるはずの場所が、異様な変貌を遂げていた。

そこには天地を貫くかのように伸びる七色の光の柱があった。まるで火山が噴火したかのような光景であるが、まさかこの空飛ぶ島に火山などあろうはずがない。

眩《まばゆ》く光を放つ柱はまだ距離があるというのに、巨大であることがわかる。近くに寄ればいったいどれほどになるか、にわかに想像がつかなかった。

「なん……だ？　虹石に何かがあったのか？」

「風切《カザキリ》たちも知らないのかい。他にあれの正体を知る者はいないか？」

小王《オベロン》が問いかけてもハルピュイアたちは困惑するばかり。

「それぞれの群れは長くこの大地に巣を作ってきた。だがこのようなものは初めて見る」

「色は虹石《にじいし》に似ているが、あれはこれほど光を放たない」

一通りを聞いて、小王は頷《うなず》いた。

「だとすればあれはハルピュイアの仕業ではあるまいよ。さても西方人《せいほうびと》の強欲さを侮《あなど》っていたか」

すっと周囲に緊張が走る。ハルピュイアたちの敵愾心《てきがいしん》が高まってゆくのが目に見えてわかった。『魔王』が腕を広げる。その声なき声が、ハルピュイアたちに染み渡ってゆく。

「聞け、群れる翼たちよ。西方人の侵略が刻んだ爪痕を、諸君らは忘れてはいないだろう。巣を追われた我らが新たに集いし止まり木を！　またも奴らは奪おうとしている！　許し難い……巣を荒らす鼠《ねずみ》は爪にかけるべきものだろう!!」

おお、おお!!　ハルピュイアたちの喚声《かんせい》が唱和し、敵意を感じた混成獣《キュマイラ》が吼《ほ》えた。

「偵察の者を向かわせる！　混成獣乗りは進め、支援のもので周囲を固めよ！」

『魔王』は強大な魔獣であると同時に、群れの中枢として数多《あまた》の部下を指揮する能力を有している。かつて『穢れの獣《クレトヴァスティア》』を操っていた力は、小王の手によってさらなる強化を施された。

混成獣を操り、さらには離れた者たちに言葉を伝えることすら可能たらしめる『魔王』の新たなる力、それが『囁きの詩《ウィスパードソング》』である。同時にかつ広範囲に意思を伝達できるこの能力は、まさに群れを動かすのに最適なのであった。

「狩れ！」

命令を受けたハルピュイアたちが飛び出してゆく。群れの中でも風切に次ぐ速さ自慢たちによる偵察である。

少し遅れて混成獣乗りたちによる主力打撃隊が続いた。

「さて、西方人のなかで最も大きな群れとはつい先ほど戦《ヤ》りあったばかり。泥棒鼠《どろぼうねずみ》も数はそう多くないだろうし。ならば士気を高めるのにちょうどよいといったところだよ」

『魔王』を進めながら小王が独《ひと》り言《ご》ちる。

西方人の集団の中で最大最強であったパーヴェルツィーク王国との戦いは、十分な戦果を挙げたものの多くの犠牲を払うことになった。動揺が残ることまでは避けられない。ここで小さくとも成果を上げておくことは、群れを維持するうえで重要なことだった。

『魔王』の中で、彼は一人ほくそ笑む。だがその時すでに、状況は彼の想像を裏切る方向へと進み始めていたのである。

七色の光の柱の中で『何か』が蠢《うごめ》く。あまりにも巨大なソレが身じろぎしたように見えた瞬間、ごおっと唸《うな》りを上げて何かが放り上げられた。

「なに……？」

ハルピュイアたちは思わず目を凝らす。一瞬だけ逆光にそまった物体。それは近づくにつれてみるみるうちに大きさを増し――。

「な、西方人《せいほうびと》の船とやらか⁉」

「避《よ》けろー！」

巨大な飛空船《レビテートシップ》が錐《きり》もみしながら飛んでくる。

慌てたのはハルピュイアたちだ。混成獣《キュマイラ》であろうとこんな巨大な物体に衝突してはたまらない。

「なっ……何が起こっている⁉」

落下に移った飛空船がハルピュイアたちの群れのど真ん中をつっきってゆく。羽音も慌ただしく避けた後、彼らは落ちてゆく船を見送った。そもそもが半ば以上まで壊れていた飛空船は、地面に叩《たた》きつけられて粉みじんに砕け散った。吹き上がる土煙を確かめ、『魔王』は光の柱へと振り返る。

「あれは西方人の仕業ではないのかね？　いや、船があるということは西方人がいるのも確かではあるけどね……」

疑問は尽きない。だからとて呆《ほう》けたように眺めているわけにもいくまい。

「偵察を増やす！　先に巣の様子を確かめるんだ。風切《カザキリ》たち、ここからは風を見極める必要があるよ！」

小王《オベロン》の指示に従い、一部のハルピュイアたちが先行していった。山肌に沿うように飛び、稜線まで近づいてゆき――。

「これは……デカい、ぞ……!!」

異常を感じるのに、それは十分だった。

元々禁じの地は山々に囲まれたすり鉢状の大地となっている。その中央に突き出ていたはずの巨大な源素晶石《エーテライト》の塊《かたまり》はすっかり姿を消し、入れ替わるように光の柱が伸びていた。

己《おのれ》の目を凝らして様子を確かめたハルピュイアたちは、やがて気付く。

「あれは光の柱などではない。七色に光を放つ……風が？」

地面に開いた巨大な穴より噴き上がる七色に光る風、それがまるで光の柱のように見えているのであると。

「おい。光の風の中を見ろ、なにか……いるぞ」

さらに確かめたハルピュイアたちは戦慄《せんりつ》を覚えた。光の柱の中に、うっすらと見える影とも言えぬ影。わずかに色の異なる領域が、ぞろりと動き――。

「獣……なのか？　まるで化け物だ」

「！　見ろ、皆。周りを」

さらに大地も荒れていた。そこかしこに散らばる鋼《はがね》の骸《むくろ》。彼らは知っている、それが西《せい》方人《ほうびと》の使う幻晶騎士《シルエットナイト》なる巨大な鉄の躯体《くたい》であることを。

「やはり、西方人どもが入り込んでいるぞ！　だがあの化け物はいったい……」

「わからん。ここは王の知恵を乞うとしよう」

もはや偵察たちの手に負える状況ではない。彼らは翼を返して戻ろうとした。

その時、光の中の巨大な何かがぶるりと震えたような気配があった。見られたという感覚がハルピュイアたちの脳裏をよぎる。五感では感知しえないものがさざめき、七色に輝く光の柱がわずかに揺らめいたような気がした。

それは見間違いではない。光の柱から、大地から、周囲から、一斉に青白く光る細長いものが伸び始めたのである。それらは明確に生きているようであり、体から膜を広げると身をくねらせて宙を泳ぎ始めた。

「なんだ……蟲《むし》を吐き出したぞ⁉」

「混成獣乗《キュマイラライダー》りを！　どうやらあれは共に風に乗れるものではなさそうだ！」

青白い魔獣たちは少しの間周囲を泳ぎ。やがて急激に動きを変えて素早く近づいてきた。

慌てたのは偵察のハルピュイアたちである。翼を広げるといっせいに後退を始める。そこに入れ替わるようにして混成獣乗りたちが到着した。

「あれはなんだ⁉」

「地に住む蟲のようだが、見つかったらしい！」

「わかった。こいつらが焼き払う」

群れの仲間を庇《かば》い、混成獣乗りたちが前に出る。青白い魔獣たちは数こそ多いが、見たところ牙も爪も殻もない。ゆらゆらと揺れるように空を泳いで迫ってくる動きこそ不気味ではあるが、特に脅威と感じなかった。

「空ならば木を焼く恐れもない、やれ！」

騎乗したハルピュイアたちにけしかけられ、混成獣の獅子《しし》の頭がガバっと口を開く。すぐに湧き上がってきた炎が喉から迸《ほとばし》り、近寄る青白い魔獣を焼き払った。

「数が多いな、混成獣を休めながら……むっ⁉」

騎乗していたハルピュイアたちはすぐ異常に気付いた。炎に呑《の》み込まれたはずの青白い魔獣たちだが、それらは何の痛痒《つうよう》も感じていないようである。平然と炎から頭を出すとそのまま混成獣めがけて身体を伸ばしてきた。

「通じないだと⁉」

ハルピュイアたちも呆然《ぼうぜん》と見守っていたわけではない。翼を翻して距離を空けようとするが混成獣の速度ではそれもかなわず、するすると青白い魔獣たちが巻き付いてくる。

「こいつら……！　だが近寄ったのは乗る風を間違えたな！」

混成獣《キュマイラ》は破壊の獣。膂力《りょりょく》たるや鷲頭獣《グリフォン》の比ではない。三つある頭を持ち上げて青白い魔獣へとかぶりつこうとして。

──悲鳴が上がる。

苦しげな呻《うめ》きを漏らしていたのは青白い魔獣でも、ましてハルピュイアでもなく、混成獣たちであった。騎乗していたハルピュイアは事態の異常さに戸惑う。

「こいつら……混成獣に、入ろうと!?」

青白い魔獣たちがいきなり混成獣の身体へとズブリと突き刺さった。いや、突き刺さったというと語弊がある。何せ青白い魔獣たちはまるで抵抗なく混成獣の身体の中へともぐりこんでいったのだから。

混成獣は持ち前の凶暴性を発揮することなく泡を吹いてもがいている。身体を食い破られているわけではない。しかし青白い魔獣がこれらに侵入しようとしているのは明らかだった。

鞍《くら》の上のハルピュイアが慌てて魔法を放って攻撃する。とはいえ混成獣の炎をものともしない魔獣だ。いまさらハルピュイア程度の魔法を浴びたところでそよ風のようなもの。

やがて数匹も青白い魔獣が潜り込むと、苦しみ呻いていた混成獣が動きを鎮《しず》めた。

「何が起こったのだ。ええい混成獣よ、動けるなら従え……!」

手綱で打つ。すると混成獣の山羊《やぎ》の頭が持ち上がった。己《おのれ》の可動域をまるで無視した動きでギチギチと振り返る。知性を感じさせない濁った山羊の目が、背にいるハルピュイアを捉えた。

「……ッ!?　なんだい、今の感覚は」

その頃、後方にある『魔王軍』の本隊では、小王《オベロン》が突然走った謎の頭痛に顔をしかめていた。考え事が多すぎたかとちらと思ったものの違和感が残る。すぐに決定的な情報が『魔王』から伝わってきた。

「『囁きの詩《ウィスパードソング》』が、阻《はば》まれている……？」

『魔王』が集団を抜け出し一気に前進してゆく。山肌を翔《かけ》上って戦場へと辿《たど》り着くなり、唐突に閃《ひらめ》いた雷鳴を弾《はじ》き、飛来する炎弾を迎撃した。

「……貴様ら。これはどういうことなんだ！」

『魔王』――小王は己と対峙《たいじ》する混成獣たちを睨《にら》んだ。

青白い魔獣ではない、混成獣である。背にハルピュイアの姿はなく、握る者のなくなった手綱が空《むな》しく揺れる。その体表では時折、青白く光るなにかがぞろりと蠢《うごめ》いていた。

「なにかが潜り込んだ？　それが『魔王』の業《わざ》を妨げているッ！」

再び『魔王』が『囁きの詩』を使用する。強力に広がった不可視の波動は、しかし混成獣にはまったく通じることなく、むしろ明らかに制御を失った混成獣《キュマイラ》が後から後から集まってきた。

「先行して投入した混成獣はどうやらそろってこの有様か。やれやれ、つい今しがた『魔王軍』のありようを考えていたところだというのに」

小王《オベロン》は思わず溜め息を漏らした。その時、下方より飛来した法弾が甲殻《こうかく》を掠《かす》めてゆく。

見れば、大地をのしのしと幻晶騎士《シルエットナイト》が歩いていた。小王にとっては知る由もないことであるが、それらは『孤独なる十一国《イレブンフラッグス》』の制式騎ドニカナックである。

ふらふらと亡者めいた歩みで進み、魔導兵装《シルエットアームズ》を頼りなく空に向ける。

「どういうことだい？　西方人《せいほうびと》どもが原因ではないのか……」

なおも降り積もる疑問に首をかしげていると、混成獣と幻晶騎士が徒党を組んで『魔王』に襲いかかってきた。そして、その周囲にひらひらと浮かぶ青白い魔獣を確かめた小王の頬に、皺《しわ》が走る。

「虚《うつ》けどもが。混成獣を奪ったからと、この『魔王』も同じと思ったのかい！」

『魔王』が中肢を開く。即座に魔法現象の前兆が灯《とも》り、数多《あまた》の法弾が宙に閃《ひらめ》いた。嵐のような法撃を受けた混成獣がたまらずズタボロになってゆく。

さらに『魔王』は前肢を振るって体液弾を放った。渦巻く白雲が地上に襲いかかり、ドニカナック部隊を呑《の》み込んでゆく。鎧袖一触《がいしゅういっしょく》とばかりに混成獣、幻晶騎士による包囲は瞬《また》く間《ま》に崩れ去っていった。

「雑魚《ざこ》がいくら群れようと王の敵ではないよ！　私に楯突《たてつ》くならエルネスティ君でも持ってくるのだね……む？」

炎が収まり白雲が流れ去ってゆくその後に、死した混成獣の身体から青白い光を放つ魔獣がズルズルと現れる。地上からも、幻晶騎士の残骸を捨てた魔獣が浮き上がってきた。

「しつこいものだ！」

『魔王』が前肢を振るって再び多重法撃を放つが、そこで奇妙なことが起こった。青白い魔獣に直撃したはずの法弾が当たる端から溶けるようにして崩れていったのだ。

「魔法現象が通じないと？　重ね重ね不快なものだ。アルヴたる私の前でよくもぬけぬけと！」

激昂《げきこう》した小王は今度は『魔王』に体液弾を放たせようとして、はっと気づいて腕を戻した。魔獣たちを避けて飛ぶ小さなものがいる。ハルピュイアたちだ。

「お前たち、無事だったのか」

「ああ……王よ。奴らは混成獣には寄生できても、我らは無視してゆきました」

混成獣に襲われていくらか数を減じているものの、ハルピュイアたちは多くが無事だった。小王は押し黙り思考を回す。混成獣と青白い魔獣たちの向こうには大地を穿《うが》ち天へと伸びる光の柱があり――中心の巨大なる未知の存在がまたも蠢《うごめ》いた。

その時、小王《オベロン》は天啓を得た。

「……七色の光を放つ！　そうか。こいつらの身体はまさか……だとすれば！」

ありえないという言葉を、直前に見た景色が打ち消してゆく。小王はすぐに思考の海から浮き上がり、行動を開始した。

「お前たち、すぐさま退《ひ》くぞ！」

「はっ……しかし退くとして、どこへ」

「いくらか考えがある。混成獣《キュマイラ》は捨て置きたまえ、まずは本隊と合流するよ！」

ハルピュイアを守りながら後退しつつ、小王は光の柱を睨《にら》みつけていた。

「やっと、やっと築いた安住の地なのだ。それをこんなところで！　しかしよくない、非常によくない状況であるよ。しかも想像の通りならばおそらくそう猶予は残されていないね……」

ハルピュイアを率いた『魔王』が退いてゆく。

支配から逃れた混成獣は炎弾を放っていたものの、しつこく追うようなことはなかった。やはり青白い魔獣によって乗っ取られているのだろう、単に支配から逃れただけならば執拗《しつよう》に襲いかかってくるはずである。

「く、混成獣を失ったのはいかにも手痛いね。戦力が……しかしアレを相手にできるようなものがどこに……」

すっと脳裏をよぎるものがある。小王は不快げな表情でその思い付きを蹴り飛ばした。

「ともあれ、まずはどこかに『巣』を作らねば。この規模で止まれる枝か……悩ましいものだよ」

『魔王軍』には数多くのハルピュイアが集まっている。何ものも近づかない禁じの地であれば余裕があったのだが、この数を収容できる場所は多くはない。

合流した小王が考えていると、風切《カザキリ》の一羽が近づいてきた。

「王よ。群れの止まり木について、私に考えがあります」

「助かるよ。このままではあまりに格好がつかないからね」

「私が元いた巣の近くに、強き翼たちがいます。その者たちは西方人《せいほうびと》の群れに勝利したこともあるとか」

「ほう、それは心強い。翼を合わせずとも枝を借りられるだけで嬉《うれ》しいのだがね……」

かくして『魔王軍』は移動を始めた。

◆

——天を仰ぐ。

空を埋め尽くすほどの羽ばたき。見たこともないほどのハルピュイアの大群が空の様相を変えていた。

大群の中央から『魔王』が地上を睥睨《へいげい》する。

巣に元いたハルピュイアたちも険しい表情を浮かべていた。人間たちは固唾《かたず》を呑《の》んで状況を見守り。ただ2体の巨人族《アストラガリ》——小魔導師《パールヴァ・マーガ》とナブが空へと向かって吼《ほ》える。

「……穢れの獣《クレトヴァスティア》！　このようなところで我が瞳に入るとは!!　これも百眼神《アルゴス》のお導きとあらば、我の全力で答えを導いてくれよう!!」

「一度出た答えに従わぬなど、なんと許しがたい！　百眼神にお見せする景色を正すのだ！」

「くくく……ははは\u3063！　なんだこれは、なんということだ！　こんなところに、世界を変えてまで巨人族がいるだと!?　これが笑わずに済ませられようか！　実に愉《たの》しいぞ巨人たちよ!!」

この奇妙な邂逅《かいこう》が、後に空飛ぶ大地の運命を変える。

第九十五話　群れ集う鳥たちの羽ばたき

大地が重く長く鳴動する。ぎゃあ、ぎゃあと、不気味な鳴き声をあげながら鳥が空を横切っていった。

船体を通じて揺れを感じ、エルは視線を上げる。硝子《ガラス》窓の外には天へと伸びる七色に輝く光の柱。あれが現れて以来、穏やかだったはずの空飛ぶ大地はすこしずつ安定を失っているように思えた。少なくともこの大地を揺らすほどの何かがあるのは確かである。

周囲にいる者たちの表情にも不安の色合いがある。今この間にもとんでもない何かが進んでいるような――。

「……大団長」

小声の呼びかけが耳に届き、エルは振り返った。いつの間にか男が一人傍らに佇《たたず》んでいた。目立たず印象に残りにくい服装、奇妙に希薄な存在感。エルはすぐに心当たりに至る。

「藍鷹《あいおう》騎士団ですね？」

「御意《ぎょい》。ご報告に上がりました」

そうして男はエルの耳元で囁《ささや》く。じっと聞いていたエルの片眉がピクと動いた。

「……それは、本当に？」

「確《しか》と」

「わかりました。では引き続き案内役をお願いしますと伝えてくだ……」

振り返った時には既に男の姿はなくなっていた。いつもながら素早いことだ、仕事ぶりも堅実である。エルは満足げに頷《うなず》くと周囲を見回した。

「えーと。アディ！　ちょっといいですか、お願いが……」

「なになにー？　なんでも言って！」

わりと離れていた気がするが、一瞬で距離をつめてきたアディが当然のようにエルを抱きしめる。わたわたともがいて頭を出したエルが、彼女の耳元で囁《ささや》いた。

「んむ。この後……ですのでそこで……という感じでお願いします」

「んひゅふふふくすぐった気持ちいい……。りょうかーい！　任せて！」

「うーん大丈夫なのでしょうか」

頼んだのはそれとして、そこはかとなく不安を覚えるエルなのだった。

◆

飛竜戦艦《リンドヴルム》が地に身を横たえて休んでいる。その片翼は無残にも破壊されたまま。飛空船《レビテートシップ》と竜闘騎《ドラッヘエンカバレリ》が奮闘して、ようやく安全圏まで曳航《えいこう》してきたのだ。

さっそく周囲では鍛治師《かじし》たちが忙しくしているが、長であるオラシオが言った通り容易には直せそうにない。応急処置ですらそれなりに時間を必要とするだろう。

「このままでは我が国の戦略が揺らぎかねん」

天空騎士団《ルフトリッターオルデン》竜騎士長グスタフが呻《うめ》く。彼の苦悩の原因が、視線の先に降り立った。

流麗な船体。大きさは輸送型飛空船《カーゴシップ》と大差ないが、速度においては竜闘騎に匹敵し、高性能の法撃戦仕様機《ウィザードスタイル》を載せて重武装をも誇る。

西方諸国《オクシデンツ》にその名を轟《とどろ》かせるクシェペルカ王国製の最新鋭船、『黄金の鬣《ゴールデンメイン》』号である。

「……厄介だ」

グスタフが部下を呼び寄せる。イグナーツとユストゥスがそれぞれ数名の騎士を連れて左右を固めた。一団は堂々と船のもとへと向かう。ちょうどそこへ『黄金の鬣』号から乗降用の舷梯《タラップ》が下りてきた。

「よくぞお戻りくださいました」

入り口から現れたパーヴェルツィーク王国第一王女フリーデグント・アライダ・パーヴェルツィークの姿を認め、グスタフたちは恭《うやうや》しく膝をつく。フリーデグントは疲れを見せぬ笑みで頷いた。

「苦労をかけた」

「滅相もないことでございます。御身《おんみ》のご無事なことこそ我らの喜び」

「ああ、それで早速になるが……」

彼女がねぎらいの言葉をかけていると、背後からのっそりと現れた者がいる。背丈は2メートルを超すほどか。出入り口の狭さにちらと顔をしかめながら、『黄金の鬣《ゴールデンメイン》』号の船長であるエムリスが顔を出した。

「おっと、出迎えの最中だったか」

フリーデグントが振り返る。

「構わない。世話になったな」

「お互いさまだ。うむ、王女殿下は確かにお返ししたぞ。疲れはあるかもしれんが無事であることは俺が保証しよう」

「……船長には殿下をお守りいただき感謝する」

グスタフが一礼する。本心はどうあれ、受けた恩やかかった手間をないがしろにはできない。そこでエムリスは一通り周囲を見回して言う。

「どうやらそちらも幹部が集まっているようじゃないか。ちょうどいいからこっちに来てくれ」

「申し訳ないが、まずは殿下を我らの船にお連れすることが優先で……」

「大丈夫だぞ。その王女殿下にもご参加願うつもりだ」

ひくっとグスタフの頬が震える。主導権を奪われている、これはよくない兆候であった。咳《せき》ばらいをひとつして語気を強めようとしたところで先んじられる。

「若旦那。そこにいられると後ろが通れないのですが」

「おっと、すまんすまん」

道をふさいでいた大荷物を追い払い、ひょっこりと小柄な人物が顔を出す。グスタフの表情がはっきりと渋みを増した。忘れはしない。彼は竜墜《お》としの――。

「うん。まずはアレをどうにかせねばなりませんね」

視線は遠く停泊中の飛竜戦艦《リンドヴルム》を見つめている。

「いかがでしょう。当方にはアレをすぐにでも修復する当てがあります」

さっくりと先制の爆弾発言を投げつけるのも忘れずに。

「それも含めて、お話し合いを始めましょう！」

エルネスティは、驚くほど不穏で可憐な笑みを浮かべたのだった。

◆

会議には前回と似たような面子《メンツ》が並んでいた。

フリーデグントとグスタフ。向かい側にはエムリス、グラシアノ、風切《カザキリ》のスオージロ

――そしてエルネスティ。後方にはキッドが所在なさげに立ち尽くしている。

魔獣たちの襲撃によりうやむやになった感はあるが、前回の話し合いは決裂と言っていい結果に終わった。それが短期間のうちにもう一度開催されるのは異例だと言える。普通ではないことが起ころうとしている、それがグスタフの気持ちをざわつかせていた。

(王女殿下は何を考えておいでか。もしや……奴らの船で何らかの取り決めがあったのか?)

いや、とすぐさま否定が持ち上がる。長く仕えてきたグスタフはフリーデグントの人柄をよく知っている。パーヴェルツィーク王国のため、並々ならぬ覚悟をもってこのような世界の果てまでやって来た。たとえ脅されたとしても国を裏切るような真似は決してしないと確信できる。

船を降りた時に見たところ、手荒に扱われた様子もなかった。魔獣の襲撃から救われたことも合わせて、相手の振る舞いは丁寧だと言ってよい。

(であれば、この話し合いも殿下のご意思のうちということになる)

せめて事前に少しでも意見を交わす時間があれば。胸中に苦々しい思いを抱えつつ、話し合いが始まってしまえば余計な考えに割《さ》く余裕などなかった。

険しさの抜けないグスタフの背後、イグナーツと騎士たちが整然と並んでいる。いまさら威圧も何もないが体面は必要だ。中でもイグナーツはこの場になんとしてでも参加を望んでいた。原因はひとつ、彼の視線はエルネスティへと刺さっている。声を聞いた瞬間に分かった。竜の戦いに首を突っ込み、『魔王』とも渡り合った蒼《あお》い騎士。先の衝撃的な発言も含め、また何かとんでもないことをやらかすだろうことは想像に難《かた》くない。

（あの戦いでは殿下の指示もあり便利に使われたが……今度は同じようにはいかない。見極めてやる……）

意気込むイグナーツの隣で、ユストゥスは真面目くさった表情でいた。わずかに苛立《いらだ》った気配を漏らすグスタフの様子をちらと窺《うかが》い、緩みかけた頬を慌てて引き締める。この話し合いは楽しいものになるだろう、彼の直感がそう囁《ささや》いていた。

それぞれの思惑が渦巻く中、エムリスのよく通る声が話し合いの始まりを告げる。

「お互いに大仕事を終えて一息つきたいところではあるが。早急に次の行動を決めねばならんのでな、こうして集まってもらった」

「それほどに急ぐこととは？」

「あれを見ればわかるだろう」

ぐいと顎で示した先にあるのは、天を貫く光の柱である。

「確かに異常な現象だ。しかしそれを言うならそもそも大地が空にあるのも異常なこと。

今更ひとつやふたつ増えたところで慌てる理由になるものか」

「ほう。あれが立ったのと前後してこの大地が揺れ始めているのにか？」

「それがどうし……！」

言いかけたグスタフに先んじてエルが口を開く。

「ところで風切《カザキリ》の方。今までにこの大地が揺れたことなどあったのでしょうか？」

「……私が雛《ひな》の時より一度とてなかった。いかに大風が荒れ狂おうと、木々が根を張る大地は不動だ」

いつも通り静かに瞑目《めいもく》していたスオージロが組んでいた腕をほどく。そこで意外な人物が口をはさんだ。

「何が起こっているのかはわからない。だがあちらに何があるかは知っている」

「！　殿下……！」

フリーデグントだ。

「『禁じの地』、ハルピュイアにとって何やら忌避すべき地だと言っていた。そしてあの『竜の王』が拠点を構えていたとも聞く」

彼女の背後でイグナーツが小さく頷《うなず》いた。

「なるほど、小王《オベロン》たちが。彼らがあれを引き起こしたとは考えにくいのですが……」

エルがわずかに考え込んだ隙に、グスタフが強引に話の流れを変えた。

『竜の王』の拠点に問題があろうと、我が国には些《いささ》かの痛痒《つうよう》もない。むしろ奴らに不利益あるならば歓迎すべきことですらある」

「パーヴェルツィークはやはり、ハルピュイアと敵対すると？」

シュメフリーク王国の将、グラシアノが険のある声を上げる。フリーデグントが微《かす》かに表情をしかめて一瞬、視線を後ろにいるキッドに向けた。しかし身を乗り出し気味だったグスタフは気付かない。

「当然であろう。なぜ許す必要がある？　我らが差し伸べた手を払い、『竜の王』だか『魔王』だか知らぬが奇っ怪な魔獣の言いなりに噛《か》みついてきおって！　斯様《かよう》な無体を働いたからには相応の報いを受けてもらわねばならぬ！」

「『竜の王』はなくとも『魔王』は健在です。飛竜戦艦《リンドヴルム》のない貴国にそれが可能でしょうか？」

エルの静かな指摘に、グスタフは振り返って火の出そうな視線を向けた。

「確かに飛竜戦艦は傷を負ったが竜騎士団は健在である！　いずれ飛竜修復の暁《あかつき》には今度こそ残さず焼き払ってくれるわ！」

「強がりはおやめください。あの規模の魔導噴流推進器《マギウスジェットスラスタ》を損傷したとなれば、応急処置でどうにかなるものではありません」

「それこそ侮《あなど》ってもらっては困るな。貴国程度の鍛冶師《かじし》では無理かもしれないが、我が国にとってはたやすいことだ」

ふと、エムリスが隣のちっこい頭を見下ろしながら問いかけた。

「では専門家に聞くとしよう。銀の長、お前の見たところどれくらいかかると思う?」

「そうですね……能力のある構文技師《バーサー》を百人ほど手配して一月ほどでしょうか。戦場で修復するとなれば現実的ではありませんね」

「さすがに重いな」

この時、グスタフが叫びをあげなかったのはさすがといえよう。何しろエルが何気なく呟《つぶや》いた言葉はオラシオから聞かされていた内容と違いがなかったのだから。

(おぉのれ……向こうにも目端《めはし》の利く鍛冶師《かじし》がいるということか。だからと!)

グスタフの目つきがどんどんと剣呑《けんのん》さを増してゆく中、エルがふと微笑《ほほえ》み返す。フリーデグントが密《ひそ》かに顔をしかめていた。

「ところで。最初に言いましたが僕たちには飛竜戦艦《リンドヴルム》を速《すみ》やかに直す手立てがあります」

「んなっ……」

「当然いくらかの条件がありますが。いかがでしょう、僕たちに飛竜戦艦を修復させていただけませんか?」

ギシ、とグスタフの噛《か》み締めた奥歯が鳴った。

「何が狙いかは知らぬが……そも! 貴様の言葉は矛盾している。戦場での修復が難しいと言ったのは貴様であろう! 同じ口で自分ならできるだと!? 我らを馬鹿にしているのか!」

エルはにこやかに首を振る。

「仕掛けを明かせば大したことではありません。僕たちにはちょうど飛竜級《ヴィーヴィルクラス》の魔導噴流推進器《マギウスジェットスラスタ》の持ち合わせがあった。単にそれだけのことです」

「馬鹿を言え！　そんなものいったいどこに……」

言いかけた言葉が尻すぼみに小さくなってゆく。グスタフだけではない、イグナーツもユストゥスもはっとした表情を浮かべて天を振り仰いだ。

答えは最初からそこに堂々と佇《たたず》んでいたではないか。クシェペルカ王国製の最新鋭高速船――『黄金の鬣《ゴールデンメイン》』号が！

「その船かっ⁉」

「はい。『黄金の鬣』号を用いて、失われた竜の半分を僕たちが支えましょう。その代わりと言ってはなんですが……飛竜戦艦を操る権利、その半分を僕たちにください。ちょうど半分ことというわけですね」

今度こそグスタフの表情がぷっつりと抜け落ちた。イグナーツは額を押さえ、ユストゥスは噴き出すのを必死にこらえている。

そうしてフリーデグントは深い、とてつもなく深い溜め息を漏らしていた。

「また始まったな。卿《きょう》の無茶ぶりが……」

衝撃覚めやらぬなか、ようやく正気を取り戻したグスタフがかすれた声を上げる。

「リンド……ヴルムの半分を！　寄越せだと……!?」

「寄越せなどと無体は言っておりません。半分こにしようと」

「馬鹿も休み休み言えぇい!!」

馬を貸してくれとでもいうような気軽さである。グスタフの怒りもむべなるかな。

「しかしこのままでは飛竜戦艦《リンドヴルム》の修復が間に合わないのではと思いますが」

「知ったことか！　飛竜戦艦は必ず復活する、しかしそれは貴国の考えるところとは関係ない！」

グスタフは言葉を切り、荒くなった息をいったん落ち着ける。ふざけた内容の話とはいえ、さすがに交渉の場において怒り続けることの愚は弁《わきま》えていた。

フリーデグントがちらと視線をそらした。真剣な表情のキッドと微《かす》かに目が合う。視線を卓上に戻し、問いかけた。

「なぜ、飛竜戦艦なのだ？」

エルが初めて首を傾《かし》げた。

「行動を共にしてわかったことがある。貴国にとっては戦力であれ採掘であれ、我が国に頼まねばならないことなどないように思える。たとえ飛竜戦艦とて、最新鋭であるその『黄金の鬣《ゴールデンメイン》』号を差し出してまで欲しいものではないはずだ」

グスタフは軽い驚きとともに、理解が追い付かず眉根を寄せた。彼にとって理由は明白だったからだ。最強最大である飛竜戦艦を分割するということは、ひいてはこの大地の支配権を欲するということである。力と支配を求めない国などない。

だがフリーデグントは少なからず相手のことを知っている。ゆえに答えは自ずから違うものとなった。

「聞かせてくれ。お前たちは飛竜戦艦を使って……何をするつもりだ？」

たった一騎の幻晶騎士《シルエットナイト》で『魔王』と張り合う狂った騎操士《ナイトランナー》。飛竜に並ぶ速度で進みクシエペルカの魔槍《まそう》をたらふく抱えた飛空船《レビテートシップ》、たやすく魔獣を蹴散らす人馬の騎士。さらにハルピュイアまで抱き込んだ陣容とくれば、パーヴェルツィーク王国よりもよほどうまくやっていけるだろう。だから、おそらくは彼らの狙いは『飛竜戦艦そのもの』にある。

問われてエムリスが肩をすくめた。

「確かに、俺としても『黄金の鬣』号そのままのほうがよほど動かしやすいのだが……」

そうして彼は隣にちょこんと座った原因《エルネスティ》を睨《にら》む。

「アレがあったほうが、話が早いと思いまして」

しれっと答えつつエルが小首を傾げた。

「僕たちはすぐにでもあの光の柱を『解決』せねばなりません。そのために便利な道具はあったほうがいいと思ったのです」

「また柱か！　なんなのだ、一体なんの関係がある！」

「あの光……色を見て何かを思い出しませんか？」

フリーデグントとグスタフがわずかに考え込む。その背後でイグナーツが顔色を変えた。

「あの光、あの色合いは……源素浮揚器《エーテリッククレビテータ》か!?」

「！」

思わず上げた叫びを耳に、ようやく全員が理解に至る。周囲に意味が浸透してゆくのを待ちながら、エルが言葉を継いだ。

「あれは光の柱などではありません。まず間違いなくエーテルが噴出したものです。だとすれば思い出してください。源素浮揚器内のエーテルを放出するというのが、どういう意味を持つのか」

既に全員がその可能性に辿《たど》り着いている。ただ恐ろしさのあまり誰もが口にすることをためらっているだけだ。意を決してグスタフがエルを睨《にら》みつけた。

「……沈むというのか、この大地が。そも貴様の言葉が正しいという保証はあるのか!?」

「僕も必ずとは言えません。ですがその可能性は無視できない。現に光はやむことなく、大地は揺れています」

「……ッ」

「いずれにしろすぐさま調べるべきです。違うならよし、もしも最悪の想像が現実となるならば……」

じろりと周囲を見回したエルの視線を受けて、思わず怯《ひる》む。

「もはやいがみ合っている時間などありません」

「ゆえに……ハルピュイアとの、対話が必要であると？」

「そう考えます。これから僕たちはハルピュイアと、いいえ、小王《オベロン》たちと和解、あるいは最低でも拮抗《きっこう》せねばなりません。そのためには飛竜戦艦《リンドヴルム》の早急な修復が必要なのです」

沈黙が下りた。さまざまな可能性が脳裏を駆け抜けてゆく。

もしも本当に島が沈むようなことになれば？　どうやって止めるのか？　そもそも止められるものなのか？　またはこの話が全くの騙り《ブラフ》であるならば――。

にわかに決断を下すにはあまりにも賭け金が大きすぎた。常人ならば打てない博打《ばくち》である。だからこそエルネスティはもう一押しを用意した。

「失礼します！　至急、ほーこくがありますっ！」

突然の横やりが沈黙を貫いた。『黄金の鬣《ゴールデンメイン》』号からひょこりと顔を出したアディがしゅたっと手を上げている。まさかこの大事の最中になにごとか。キッドが目に見えて慌てふためいている。エルはちらと背後に視線をやって。

「失礼、重要な報告かもしれません」

「構わない。済ませたまえ」

フリーデグントの許しを得てわざとらしく真面目ぶったアディが、エルの耳元でささやいた。わざわざ手をかざして唇の動きも読ませない念の入れようだ。

「……なるほど。わかりました」

しゅたっと敬礼して船に戻ってゆくアディを送り、エルが戻ってくる。

「たった今、大変良い報《しら》せが届きました」

「ほう。それは誰にとって良い報せか？」

まぁ、パーヴェルツィーク王国にとってではないのだろうなと思いながら。

「我が国より派遣されていた騎士団の主力が、大陸の外縁部まで到達したそうです」

ざわめきが起こる。

「……この時期に来たか」

フリーデグントが奥歯を噛《か》み締める。推定、クシェペルカ王国の主力騎士団。先遣隊たる『黄金の鬣《ゴールデンメイン》』号の面々だけでこの戦力だ。主力ともなればどれほどの人外魔境が広がっていることか。

「それでいかがでしょう？　事態の解決のため、互いに手を取り合うというのは」

エルはにこやかに可愛らしい微笑《ほほえ》みを投げかける。受けている側の気持ちをしっかりと理解したうえでやっているのだから性質《たち》が悪い。

「これだからコイツを敵に回すのは御免被《ごめんこうむ》るんだ……。無策では口を開いた試しがない」

隣でエムリスが密《ひそ》かに独《ひと》り言《ご》ちた。

◆

蒼穹《そうきゅう》を貫く白銀の鏃《やじり》。飛空船《レビテートシップ》『銀の鯨二世《ジルバヴェール》』号が空をゆく。

眼下に広がる大海原。ここは既に空飛ぶ大地の外側だった。このまま進めば西方諸国《オクシデンツ》へと辿《たど》り着くだろう、しかし彼らの目的は戻ることではない。

「隊長、そろそろです」

「準備は整って……いいえ、少し待ちなさい」

そう言って『ノーラ・フリュクバリ』は硝子《ガラス》窓の外に目を凝らした。海原に大きな影を落とす空飛ぶ大地の威容。仕事柄鍛えられた感覚が、そこにわずかな異常を見出《みいだ》す。

「これは……まさか？」

思わず己《おのれ》の目を疑った。そんなことがあり得るのか？　疑問はすぐにわきへと追いやる。

「あり得ないなどと、思い込みは危険ですね。我々はこの大地について何も知らないも同然なのですから。……合流を急ぎます、これは早急に大団長のお耳に入れる必要があるでしょう」

「了解しました。すぐさま」

『銀の鯨二世《ジルバヴェール》』号の船尾から魔導噴流推進器《マギウスジェットスラスタ》の噴射が伸びる。その素晴らしい速度性能を発揮し、射抜くように空を進んでいった。

◆

起こした風で雲をかき分け、吹き飛ばしながら船が空を進む。

それは巨大な船だった。全長だけで一般的な飛空船《レビテートシップ》の倍はくだらない。それが銀鳳《ぎんおう》騎士団旗艦《きかん》、飛翼母船《ウィングキャリアー》『イズモ』であった。

飛竜級《ヴィーヴィルクラス》戦艦に次ぐ戦闘能力と、多数の空戦仕様機《ウィンジーネスタイル》の運用能力を備えた強力な飛空船である。


巨体故に比較的広々とした船内、その一角にある会議室に不機嫌な声が響き渡った。

「おっっっっっせぇ！　ディーの野郎、なにやってやがるんだ⁉」

雷鳴でも轟《とどろ》いたかと勘違いしそうな声の主は、銀鳳騎士団の鍛冶師《かじし》長にしてイズモの船長である、親方こと『ダーヴィド・ヘプケン』である。

怒れる剛拳を前に引き気味の騎士たちの中、妙にのんびりとした声が応えた。

「そもそもディーどころか紅隼《こうじゅん》騎士団の人間が丸ごと見当たらないのだがな」

「相変わらず自由ね、彼ら」

「どいつもこいつも！　おいエドガー、ヘルヴィ。最近躾《しつけ》があめぇんじゃねぇのか？」

静かに席に着いていた白鷺《はくろ》騎士団長『エドガー・C・ブランシュ』は心外とばかりに片眉を上げる。隣で同副団長『ヘルヴィ・オーバーリ』が呆《あき》れたように小さく笑った。

「時折、言っているがな。俺だって白鷺騎士団で手一杯なんだ」

「私だって白鷺騎士団の副団長だもの。よその騎士団に口出しはできないわ」

「ったくディーの野郎！　お前らという歯止めがなくなってから、銀色坊主《エルネスティ》の悪いところばかり学んでやがる！」

親方は一通り憤慨してから、端の方で逃げ腰になっている若手団員たちを睨《にら》んだ。にわかに一人を指し示して。

「おいおめぇ」

「ひぇっ。お、俺でございますですか？」

「おう。ちょっとひとっ走り、ディーの野郎探してこい」

「え……了解です！」

慌てて駆け出してゆく若手団員の背を見送り、親方はどっかと席に沈んだ。

「ねぇ親方。うちの若手に当たらないでくれない？」

「いいじゃねぇか。鍛冶師隊《うち》のを使おうにも、足がおせぇんだしよ」

鍛冶師隊にはドワーフ族の者が多いのであるからして。

「それに皆操船でいそがしいしねー」

操舵輪《そうだりん》を握ったドワーフ族の少年、『バトソン・テルモネン』が笑う。彼らは鍛冶師隊《かじしたい》でありながら『イズモ』を操船している変わり種なのである。

「そもそもなんだけどさ。どうしてダーヴィドがそんなにえばり散らしてるのさ？　いくら馴染《なじ》みって、あの二人は騎士団長様だよ？」

横から呆《あき》れを含んだ声音が問いかけた。若手騎士たちがその蛮勇に震えあがるが、声の主を見て納得した。『デシレア・ヨーハンソン』、最近ぐんぐんと腕を上げている鍛冶師であり、鍛冶師隊の副長でもある。とはいえ銀鳳《ぎんおう》騎士団への加入は比較的最近のことである。

「おう。そりゃ俺がこの『イズモ』の船長だからだ！」

「それに立場で言うなら銀鳳騎士団は俺たちの上位にあたる。それを別にしても、今更親方に変な遠慮をされるほうが困るからな」

「もう付き合いも長いものね」

「ってことだ」

本人たちに頷《うなず》かれては言い返しにくい。デシレアはいつものように溜め息を漏らした。

「大団長はいつも真っ先に飛び出しちまうし、鍛冶師が仕切ってるし。本当、変な騎上団だよここは……」

『イズモ』の上部甲板を風が吹き抜けてゆく。

出撃する機体もない今、そこにはだらしなく寝そべった数名の人影だけがあった。誰あろう、紅隼《こうじゅん》騎士団長『ディートリヒ・クーニッツ』と第一中隊《ふるかぶ》の面々である。

「ディーダンチョ、そういや会議の時間ッスよー」

「いいさ。来る日も来る日もぐるぐると、代わり映えのしない会議には飽き飽きだよ」

「めんどーッスけど。すっぽかすとまた親方にドツかれッスよ」

「……そ、そのていど慣れたものさ」

「親方も暇してるから、ダンチョで憂さ晴《うさば》らしてる感あるんスよねー」

銀鳳騎士団時代から付き合いのある古株にとってはいつもの話である。

「やれやれ、せっかく大張り切りで空飛ぶ大地にやって来たというのに、周囲には嵐が吹き荒れて近づけないとはね」

『イズモ』の周囲を見回せば、そこには多数の飛空船《レビテートシップ》が飛んでいた。主に白鷺《はくろ》騎士団、紅隼騎士団に所属する飛空船団である。

「出がけの大旦那の頭抱えっぷりからして、超急げって感じっしたけどね」

「仕方がないだろう。あの嵐を『イズモ』で越えるのはさすがに骨なのだから」

『イズモ』がこうして洋上を彷徨《さまよ》っている原因。それは空飛ぶ島の周囲を吹き荒れる大風の存在にあった。

「『風防《ウインドスクリーン》』を使えば普通の船はけっこういけるんスけどねー」

『風防』とは最近になって開発された魔導兵装《シルエットアームズ》の一種で、『嵐の衣《ストームコート》』の簡易版というべきものである。船体を覆うように大気操作の魔法を発動することで船と乗員を保護する役目を持つ。

通常は低出力で動作しているそれを、短期間だけ出力を上げることで嵐に対抗しようというのだ。しかし『イズモ』はその巨体故に『風防』ですら莫大《ばくだい》な魔力を要求されることになり、こうして立ち往生しているのであった。

そんなふうに彼らがダラダラだべっていると、若手の騎士が息せき切って駆けてきた。

「い、いたー!! クーニッツ団長! ヘプケン鍛冶《かじ》師長がお怒……もといお呼びです！至急会議室までお越しください！」

「ふうむ、見つかったか。仕方ないね」

やれやれと嘆息しながら立ち上がり、最後に空飛ぶ大地を見回したところで、ディートリヒは動きを止めた。

「どしたんすかー。さすがに急がないと拳骨《げんこつ》が増えるッスよ」

「……嵐が、止んでいる」

「えっ」

ぽつりと呟《つぶや》いたディートリヒにつられ、古馴染《ふるなじ》みの団員が目を凝らした。

「うおー？　マジだ、雲の流れがぜんぜん落ち着いてら。ええーっなぜッスかねいきなり？　風も吹くのに飽きた？」

「さあてね。空に浮かぶ大地の事情など私たちには知る由もないが。そろそろ退屈な時間は終わりということだ」

そういって彼らは意気揚々と会議室に向かい。もちろん到着した彼らを待っていたのは、ドワーフ族にその人ありと謳《うた》われた親方による鉄拳制裁なのであった。

「……っつつ……。ちょっとくらい手加減してくれてもいいんじゃないかい？　吉報を持ってきたというのに」

「うっせ、報告なら監視から受け取れんだ。おめーも騎士団長ならど真ん中にいやがれ」

「エドガーたちがいるからいいじゃないか」

ぶーたれながらも一応席に着いたディートリヒを迎え、ようやく主要な面子《メンツ》が揃《そろ》う。

「ディーの肩を持つわけではないが、嬉《うれ》しい話なのも確かだ。訓練には良い旅だったが、さすがに果てがなくて困っていたからな」

「そうね。ちょっと身体が鈍ってないか心配よ」

「いようし、上陸したら久方ぶりにグゥエラリンデにでも乗ろうかね。合流までに勘を取り戻しておかねば」

「お前ら目的忘れてんじゃねぇだろうな？」

親方に睨《にら》まれ、ディートリヒが明後日《あさって》の方向に視線を逸《そ》らした。

「わかっている。予定通りに探索は若手を中心におこなう。ディー、お前はここで俺と指揮を執るんだ」

「ぐぬぬ」

自分も出撃したい、とディートリヒの顔にありありと書かれている。すると紅隼《こうじゅん》騎士団の古株騎士がビシッと親指を上げた。

「ダンチョ……俺たちがダンチョの分まで暴れてきますんで、安心してくだせッスよ！」

「裏切り者め。ひどい団員たちだねまったく」

ディートリヒが机に突っ伏した。

「おう、ディー。おめぇもいつまでも突撃ばかりじゃなくて、落ち着きやがれってんだ」

「親方には言われたくないねぇ。最初は私たち紅隼と白鷺《はくろ》のみで出撃するところを、『イズモ』ごと強引にねじ込んできたのはどこのどなただったかね？」

「……ありゃー……いやアレだ、仕方ねぇんだよ。なんせ坊主がいるからな、イカルガ持ってこねぇと。しかし他の奴になんざ危なっかしくて任せられやしねぇ。うむ、つまりそういうことだ」

「親方だって『アレ』の完成後は退屈していたくせにさ」

「……その辺は、なんだ。また銀色坊主《エルネスティ》が派手にかましてやがるんだ、見に行かねー手はねぇだろ？」

くっくっくっと笑い合うディートリヒと親方に、エドガーが抑えきれない嘆息を漏らす。そんな彼の肩をヘルヴィが慰めるように叩《たた》いた。バトソンはいつもの通りだとばかりに操舵輪《そうだりん》を握り、デシレアや若手騎士たちはなんとなく遠巻きに眺めている。

「エルネスティか。しかし二度目になるな。彼を探してこうして遠くへと出るのは」

「おう。今回は生死不明じゃねぇだけずいぶんとマシだがよ」

今度は親方が深く息をついた。ボキューズ大森海《だいしんかい》の奥を目指して必死になって旅立ったのもそう遠い昔の話ではない。その時も『イズモ』に乗って長旅をしたのである。

そんな話の最中にずい、と身を乗り出してくる禿頭《とくとう》の巨漢がいる。『ゴンゾース・ウトリオ』。自身も紅隼《こうじゅん》騎士団の若手騎士でありながら『銀鳳《ぎんおう》騎士団オタク』である彼としては聞き逃せない話題だった。

「私も耳にしておりますぞ！　かの魔獣の森を斬り裂いた『イズモ』の活躍を！」

「活躍というか……とにかく大変だったよ。本当に大団長は大事件しか起こさないというかデカいヤマには大抵噛《か》んでいるというべきか」

ディートリヒのぼやきにエドガーも真面目くさって頷《うなず》く。

「しかも今回はエムリス殿下までもおられる。おかげで陛下が最近、胃痛を召された」

「考えうる限り一番ひどいことになりそうな組み合わせだからね」

「なかなか否定はしきれないな」

「でも先王陛下はむしろ楽しそうだったのよね」

「ついてゆくと言い出されなくて本当によかった……」

皆して顔を見合わせた。

「エムリス殿下と大団長閣下といえば、かの大西域戦争《ウェスタン・グランドストーム》にてクシェペルカ王国を救うべく立ち上がられたお方々！　此度《こたび》もまた未知なる大地を目指されるとは、その勇猛さに些《いささ》かの陰りもございませんな！」

「ちったぁ陰ったほうが世のためって気がすんぞ」

物は言いようである。エムリスは国元を飛び出して乗り込んでいっただけだし、エルネスティに至っては、ほぼほぼ暴れに行っただけだ。その意味では未知の大地に向かっているだけの今回の方がマシだと言えるかもしれない。

とはいえ彼らがそんな感想を抱いていられるのも、二人の現状を把握するまでのことであろうが――。

「して。お二人を探す手立てなどいかがいたしましょうや？」

ゴンゾースが気を取り直して聞く。エドガーがああ、と応じた。

「目下、最大の目的はエムリス殿下の確保だ。しかし同時にこの大地には大団長が先行して入っている。ということはまず間違いなく既に共にいると見ていい」

「いかな大団長とて、そううまくいきますかな？」

「何ひとつ疑うところではないさ。そして大団長がいる以上、一番騒がしい場所を探せば必ず出会える」

「……大団長閣下は魔獣か何かで？」

「もう少し性質《たち》が悪いわね。魔獣だったら普通は縄張りがあるものだし」

「魔獣をも上回る……さすがは大団長閣下でありますな！」

それで納得するのはゴンゾースくらいだろう。周囲の者たちの不可解な表情がそれを裏付けていた。

「そうだな、ひとまず方針を決めるとしようか」

ディートリヒは手を叩《たた》いて皆の気を引くと。

「先ほども言った通り、我々の目的はエムリス殿下およびエルネスティ大団長の捜索だ。そのため各船が連携して周囲を探索しながら進む。この『イズモ』を本陣とするよ」

「注意すべきなのは、この大地に乗り込んでいるのが我が国の関係者だけではないということだ。さらには見知らぬ魔獣が住み着いていることも十分に考えられる。それらの対処を含め、諸君らには日ごろの訓練の成果を発揮してもらいたい」

「大丈夫、皆しっかりと修練を積んできてるから。いつも通りにやればいいのよ」

抑えたざわめきが起こる。団員たちは表情を引き締めて敬礼した。

「了解しました！」

「その意気だよ。本当に皆、運が良いことだ」

「運ですか？」

「ああ。飛空船《レビテートシップ》による長距離の移動経験を積み、さらには魔獣のみならず他国との戦闘も視野に入っている。どれも国内では得難い経験になるだろう」

「は……はは……大役に過ぎて重く感じますが……」

「遠慮はいらないぞ」

「そうだそうだ、気合い入ってきたぜー！」

盛り上がる古株たちに対して、若手たちはいっそ引き気味である。そんな若手の中にも元気な奴はいるもので。

「その通りであります！　銀鳳《ぎんおう》……いや、紅隼《こうじゅん》騎士団の新たな伝説に一文を添えられると思えばこれに勝る喜びなし！　クーニッツ団長！　先陣はぜひこの私めにお任せをぉ！」

「ダメだね」

ゴンゾースは盛大にずっこけたのであった。

「おお、なぜにございましょうか⁉　よもや私では力不足と……⁉」

「いや、やる気に満ちているところ悪いがゴンゾース、お前の乗騎は人馬騎士《ツェンドリンブル》だろう。調査は飛翔騎士《トゥエディアーネ》の役目だから」

「それは抜かった……！」

うなだれる禿頭《とくとう》の巨漢を、騎操士《ナイトランナー》の同期であるレコが慰める。

「後は俺たち飛翔騎士にまかせて安心しろってー。毎日土産話を聞かせてやるからー」

「貴様、嫌がらせであるか⁉」

「そもそも乗騎を選ぶときに人馬騎士がいいと梃子《てこ》でも動かなかったせいだろ。おとなしくしておきたまえ。というわけで飛翔騎士隊、当分はいつも通りの哨戒《しょうかい》が続くだろう、よろしく頼むよ」

「はーい。しょうちでーす」

どこか眠たげな様子であるが、それがレコの常態である。

『イズモ』が進路を変え、嵐の収まった空飛ぶ大地へと向かう。周囲の飛空船《レビテートシップ》団が陣形を組んだ。中隊単位で役目を決めて『イズモ』の護衛に就く船と、調査の役目を負う船に分かれる。

飛空船から次々に飛翔騎士が出撃してゆく。フレメヴィーラ王国の制式量産飛翔騎士新設の騎士団である紅隼《こうじゅん》、白鷺《はくろ》騎士団が配備しているのは比較的後期に建造された改良版であり、初期よりも全体的に性能が上がっている。魔導噴流推進器《マギウスジェットスラスタ》の響きも高らかに、機敏な動きで空に陣形を描いていた。

先端の部隊が空飛ぶ大地に影を落とす。ぎゃあぎゃあと不気味な鳴き声を残して鳥が羽ばたいた。

「空に浮かんでいるくらいだからどれだけ不気味かと思ってたが。案外普通に森とかあるもんなんだな」

「魔獣が潜んでいそうで、俺はむしろ怖いけどな」

飛翔騎士の騎操士たちが軽口をたたき合いながら空を進む。その速度性能ゆえに飛翔騎士は特に偵察に向いた機種である。哨戒任務など日常のことであった。それでもいくらかの緊張があるのはやはり見知らぬ場所だからだろう。

「あれは……なんだ？　光が……」

そうして先を飛ぶ偵察騎は目の当《ま》たりにする。空飛ぶ大地の中心あたり、天を貫くように伸びる光の柱の存在を。

すぐさま魔導光通信機《マギスグラフ》の光が灯《とも》り、後方へと警告が発せられる。さほどの間《ま》を置かず、その光景は『イズモ』からも見えるようになった。

「んだありゃあ」

「やれやれ、やはり今回も一筋縄ではいかないようだね」

「そんな気はしていた」

「大団長だものね……」

四者四様ではあるが騎士団長たちと鍛冶師《かじし》長は落ち着いた、というか一種諦めのような境地にいる。まったく動揺を見せない彼らの様子は傍目《はため》には頼もしくも思える。

それもディートリヒが振り返るまでのこと。にぃ、と笑みを浮かべた彼に、若手の騎士たちが思わず後ずさる。

「わかりやすい目印じゃないか。ではアレを目指して進むとしよう。我らが大団長ともあれば、一番騒ぎの大きなところにいるだろうしね」

「そうなりますか……」

連絡の光が明滅し『イズモ』が進路を変えたところで、さらなる緊急連絡が舞い込んできた。

「偵察騎より発光信号！　不審な船影あり、注意されたしと！」

「これはまた、思っていたより賑《にぎ》やかな場所のようだね」

「結構他の勢力も入り込んでるのね」

「しかし船影とは穏やかではない。所属の確認を急いでくれ」

「お待ちください……！」

エドガーが伝声管に叫び返すと、ややあって喜色に満ちた声が返った。

「！　所属旗を確認……フレメヴィーラ王国！　藍鷹《あいおう》騎士団です！」

「おう。そういやあいつらもいるんだったな」

「相変わらず実に頼もしいことだね。……伝令！　まずは藍鷹騎士団と合流する。各船は偵察騎を戻し、周辺の警戒に移ってくれたまえ」

「了解！」

伝令が慌ただしく動き出す。船団は『イズモ』を中心として防衛的な陣形へと移る。

そうして空に浮かぶ船団へと、『銀の鯨二世《ジルバヴェールル》』号がゆっくりと接近してきたのであった。

◆

「ようこそ『イズモ』へ。やぁノーラ、久しぶりだ」

船の間に橋をかけ、『イズモ』へと藍鷹騎士団の人間がやってくる。出迎えたディートリヒはその中に馴染《なじ》みの顔を見つけてひらひらと手を振った。

「遠路はるばるお越しいただき感謝します、クーニッツ団長」

藍鷹《あいおう》騎士団に所属する者たちは普段から素顔を伏せていることも多く、顔馴染《かおなじ》みといえばほぼ隊長格以上に限定される。その中でも以前より銀鳳《ぎんおう》騎士団との連絡役を担っていたノーラは、例外的に付き合いが長かった。

「我らが大団長は元気にやっているかい？　おそらくはアレにも噛《か》んでいるとみるが」

「大団長はお元気にされています。ただあの光の柱は、今のところ原因がはっきりとはしていません」

「ほう。君たちの耳にも届いていないとは」

「手の者が動いていますが、何分ここは勝手が違いますから」

それはそうだとディートリヒは頷《うなず》き、ふと片眉を跳ね上げた。

「しかし、そんなに畏《かしこ》まらなくてもいいのだが。君たちも以前はもう少し気楽だったと思うけどね？」

「そういうわけにはまいりません。今やあなたは紅隼《こうじゅん》騎士団の団長となられたのですから」

「はぁ。まったくやりづらいことだ」

ぼやきつつ、二人は船橋へと向かう。船橋には銀鳳騎士団の鍛冶師《かじし》たちが船員として詰めている。相変わらずこの船は彼らの手によって運用されていた。いっとう高い船長席に座った親方が、入ってきた二人に気付く。操舵輪《そうだりん》を握ったバトソンが小さく手を振った。

「おう、ご苦労。さっそくだがこっからの案内は頼めるか？」

「お任せください。私たちはそのために出向いてきましたから」

「頼もしいぜ。ようし野郎ども！　出発だ！」

「あーいよっと」

おう、と応えて、鍛冶師たちが『イズモ』を発進させる。

「目標進路、馬鹿旦那と銀色坊主！　とっとと捕まえんぞ！」

そうして『イズモ』が巨体を震わせて進み出す。飛空船《レビテートシップ》がその周囲を守るように固め、飛翔騎士《トゥエディアーネ》が思い思いに泳いでいった。


――『イズモ』の船倉に、微《かす》かな唸《うな》りがこだまする。

船体なりに広々とした船倉も、ほぼほぼ物資と機材で埋め尽くされている。しかし最奥だけは奇妙なほど広々と間が開けられていた。

特別に設《しつら》えられて鎮座する一騎の幻晶騎士《シルエットナイト》。まるで怒りを湛《たた》えているかのような鬼面も今は眠りの中にあり。蒼《あお》き鬼神は、ただ静かに主《あるじ》の命を待ちわびている。

第九十六話　飛竜を修理しよう

「やれやれ、お偉いさんってのはどうしてこう、どこもかしこも人使いが荒いものかね」

オラシオ・コジャーソの溜め息は今日も重い。

今はパーヴェルツィーク王国に雇われる身の上である彼の仕事は、同国の旗艦《きかん》である飛竜戦艦《リンドヴルム》の面倒を見ることである。他にも竜闘騎《ドラッヒェンカバレリ》の開発などにも携《たずさ》わっているが、今優先すべきは飛竜戦艦の修復であった。

「本当、簡単に言ってくれる。竜闘騎についてる魔導噴流推進器《マギウスジェットスラスタ》程度じゃあ何基あっても代わりにはなんねぇしな。どうしたもんかね」

腕組みしながら頭上を振り仰ぐ。森を切り拓《ひら》いて作られた簡易な発着場。大地の上に身を横たえてなお飛竜戦艦の巨大さは圧倒的であった。

彼はしばし考え込む。

「……あーもう面倒くせぇ。っつって、いっそ軒先を変えようにも他の雇い主じゃあここまで来れないだろうしな」

ぼりぼりと頭を掻《か》きながら飛竜戦艦の周囲を歩き回る。飛竜戦艦は彼が生み出した傑作兵器である。だがその規模故に建造できるだけの経済力を持つ国はそう多くはない。そうして、力を持てば使ってみたくなるのが人の性《さが》であろう。

飛空船《レビテートシップ》にとって不可欠である物資、源素晶石《エーテライト》を大量に抱えるこの空飛ぶ大地は、彼にとっても極めて重要な意味を持つ場所である。今更簡単に立ち去るわけにはいかなかった。

「下手に国を出て、またぞろ『孤独なる十一国《イレブンフラッグス》』あたりにつけ狙われるのも面倒そうだ。なにが商人だ、俺の飛竜戦艦の価値もロクにわかりゃしねぇってのに」

ぶつぶつと呟《つぶや》きながら左舷《さげん》側まで着いたところで、ついにがっくりと肩を落とした。飛竜戦艦左舷にあるはずの主推進器と、その下にある格闘用竜脚《ドラゴニッククロー》は完膚《かんぷ》なきまでに破壊されている。『竜の王』との戦いにおいて『腐食の吐息』を浴びた結果である。

「格闘用竜脚は後回しでもいっか。どうせ一本残ってるし……問題はどこまでも推進器なんだよなぁ」

飛竜にとって片足など飾りのようなもの。しかし推進器とは、鳥の片翼にも等しい。大空より墜《お》ちた飛竜に何の価値があろうか。

そうしてあーでもないこーでもないと考え込むオラシオの元に、ひとりの騎士がやってきた。

「コジャーソ卿《きょう》！　殿下がこちらにいらっしゃいます。ご準備を」

「はぁ、やれやれ。いかに敬愛する殿下といえ、そうせっつかれたところで仕事がはかどるわけじゃあないんだがねえ？」

軽い当てこすりだ。王女に心酔する天空騎士団《ルフトリッターオルデン》の騎士の前である。常であれば怒りのひとつも浮かべそうなものであるが。しかし今は困惑するような表情があった。

「単なる激励でもないようだぞ。詳しくは殿下より指示があるだろう」

「はぁ？」

◆

現れたパーヴェルツィーク王国第一王女フリーデグントは、いつもとどこか様子が違っていた。普段は背後に天空騎士団の竜騎士長グスタフが控えているのだが、今日は異なっている。

（なんだ？　見かけない女たちだな。パーヴェルツィークの人間じゃないようだが……）

彼女は若い女性たち（？）を連れていた。このところ見慣れた様式とは明らかに異なっていたからである。パーヴェルツィーク王国の人間ではないと感じたのは服装のせいで、

「貴公に頼みたいことがある。飛竜戦艦《リンドヴルム》の修復は、これより他国との共同作業となった」

「はぁ……はぁっ!?」

開口一番告げられた言葉に、それまでのぼんやりとした思考が飛んでゆく。

「ちょ……っとお待ちくださいい殿下。どうやら私の耳は寝ぼけているらしい。まさか飛竜戦艦の修復に、よその人間を入れるような口ぶりでしたが？」

「そう言っている。貴公の戸惑いや憤りもわかる……が、我々としても飛竜戦艦を置物にはしておけない。そこに協力国より援助の申し出があった」

「なるほどぉ、なぁるほどだ。政治でございますか？　それはようございますねぇ、殿下の大変お得意とするところだ。しかしながらひょっとするとお忘れかもしれませんが、飛竜戦艦は私めの大得意とするところ。無知の手が振るう鎚《つち》は、名工の手を叩《たた》く……などとも申しますがね？」

「ほう。やはり貴公にも譲れないものというのはあるのだな。確かに飛竜戦艦に関して貴公の右に出る者を、私は知らない」

「ご理解いただけて何よりです……では」

「まぁ待て、そう急《せ》くな。だが飛竜戦艦の失われた推進器は特別なもので、腕前だけではどうにもならないのではなかったか？」

「それは……」

オラシオは苦々しい表情を浮かべる。飛竜戦艦が抱える問題は作業量という物理的なものであり、どれほどの技術力があろうと解決しきれないのは確かだった。

「彼らが提供するものは、まさにそれだ。貴公も見聞きしているだろう。クシェペルカの魔槍《まそう》を抱えた高速船のことを」

「……っ！　ええ、ええ。確《しか》とこの耳に届いておりますよ」

その一言でオラシオは状況のほぼすべてを把握していた。

（ああ知っているさ！　ちくしょうそういうことか！　確かにあの船ぁべらぼうに速かった。あいつの推進器がありゃあ飛竜戦艦《リンドヴルム》にだって見合うだろうさ。なんて餌だ、食いつかざるを得ないってことか。しかし……）

「それはそれは。大胆なお話でございますねぇ。しかしそれなら推進器をご提供いただくだけで、私めが万事恙《つつが》なく進めて御覧にいれますが？」

「わかって言っているだろう、貴公。船を提供するのと引き換えに飛竜戦艦の運用と修復に関わらせてくれと言ってきたのだ」

「それが、そちらの？」

オラシオの表情がなおさらに奇妙に歪《ゆが》む。フリーデグントがあいまいな表情で頷《うなず》いた。

彼は改めて王女が連れている二人に目を向け、隠し切れない困惑を浮かべる。

いったいどういう理由かさっぱりわからないが、少しだけ背の高い方がもう片方を後ろから抱きしめ続けている。妙に楽しそうな様子である。そりゃあまぁ小さい方は愛《め》でるのにちょうどよい加減ではあるだろうが、他国の庭まで入ってきて何をやっているんだ？という疑問はぬぐえない。

「……色々と、言いたいことは察しよう」

「ご命令とあらば致し方ありませんなぁ。しがないいち鍛冶師《かじし》が王女殿下のご意向に逆らうものではありません。非才なるこの身ではありますが、善処は致しましょう」

ひとまず慇懃《いんぎん》に返しておいてその実、オラシオには協力するつもりなど微塵《みじん》もなかった。使えなければ叩《たた》き出すか遠ざけておけばよいだけのこと。ここは彼の城のようなもの、主導権がどこにあるかは明白である。

形だけでも彼が頷いたというのにフリーデグントの表情がいまいち晴れないのが、少々解せないところだった。

「助かる。では改めて紹介しておこう、こちらエチェバルリア卿《きょう》……ん、そうか。エルネスティとアデルトルートだ」

「アデルトルートよ！　よろしく！」

「エルネスティと申します。国元では騎士団長をやっておりました。製造技術に関しても少しばかりかじっておりまして、お役に立てればと」

「はぁ？　あんたが？」

てっきり付き人か何かだと思っていたちっこい方の厳《いか》つい名乗りに怯《ひる》むが、すぐに気を取り直す。

「ああいえ、なんでも。しかし騎操士《ナイトランナー》でございましょ、そりゃあ幻晶騎士《シルエットナイト》には詳しいかもしれませんが。モノが飛竜戦艦《リンドヴルム》……飛空船《レビテートシップ》になってはどうだかね」

「ご心配には及びません。飛空船も何隻《せき》か手掛けておりますし、大事なのは源素浮揚器《エーテリックレビテータ》の使いどころです」

「それはそれは、さすが他国の鍛治場《かじば》に首を突っ込むだけのことはある。簡単そうに言ってくれるが、飛竜戦艦はモノが違うんだがね？　エルネスティ君とやら」

「はいもちろん。それについても事前に竜闘騎《ドラッヒェンカバレリ》を何騎かバラしておりますので、予習はばっちりです」

「……なんだと？」

どうにも雲行きが怪しい。オラシオの勘のようなものが警告を発している。

「エルネスティよ。お前既に目的を見失ってはいないだろうな？」

「まさかそのようなことは。飛竜戦艦を修復することは今後の作戦行動に、また両国の関係にとって非常に重要な一歩となるでしょう。ですから全力で当たる所存です！」

「お前の言う全力が、我々の知る意味と同じだといいのだがな……」

「万事抜かりはありません。そしてさらに万全を期すべく、オラシオさん！」

「なんだ」

「この飛竜戦艦、ちょっとバラしてもいいですか？」

オラシオはにわかに返答できず、奇妙な表情で固まった。言葉の意味を理解するほどに腹の底からふつふつと湧いてくるものがある。

「おいおいふざけんじゃねぇぞ。こいつはなぁ俺の作品、俺の仕事だ！　殿下のたっての頼みで仕方なくお前らにも触らせるが、それだって修復するためだ！　バラしていいわけがないだろう！」

怒気を含んで荒ぶる声も、涼し気に受け流される。にこにこ、ふわふわ。世界の果てにあるような空飛ぶ大地という魔境にてんで似つかわしくない、小柄で可憐な容姿。

(エルネスティといったな。なんだこいつは、イカれてるのか。こんなやつを送り込んでくるとは協力国ってのもたかが知れるというもんだ)

隣でフリーデグントが手で顔を覆い、嘆息していた。

「……エルネスティよ、飛ばしすぎだ。これは貴卿《ききょう》の玩具ではないのだぞ」

「そうでしたね。僕の玩具は使命をまっとうしてしまいましたから」

王女がすがるような視線をオラシオへと向けてきた。

「少々、かなり……いやとてつもなく難物なのだが。これで能力があることは間違いない。我が国と飛竜戦艦のため、後は頼んだぞコジャーソ卿」

「殿下、私は雇われ者ですがね。これでもそれなりに貴国に貢献してきたつもりでございますよ。それを、こんな子守を押し付けられるのではたまりませんなぁ」

恨みがましい視線も思わず納得してしまいそうになる。フリーデグント自身、エルの無茶を体験していなければ冗談だと受け取っただろう。

「ほうほう。今の口ぶりから察するに、あなたが飛竜戦艦《リンドヴルム》の生みの親というわけですね」

エルネスティが変わらずニコニコと微笑《ほほえ》んだまま首を傾《かし》げた。

「それでは。バラすというのは大げさにしても下調べは必要だと思います。せめて飛竜戦艦の仕組みを見学させていただいてもよろしいでしょうか？」

オラシオは険しい表情でフリーデグントを仰ぐ。本音を言うと突っぱねたいところだが、作業に参加する以上何も知らないままというのも困る。

さらに飛竜戦艦とはオラシオの持つ技術の粋であり、同時にパーヴェルツィーク王国の軍事機密である。うかうかと見世物にしてよいものではないはずだ。しかし王女はあっさりと頷《うなず》いた。

「いいだろう。しかし飛竜戦艦の修復に携《たずさ》わるものたちの邪魔をされるのは困るぞ」

「承知しました！」

（……ふざけたガキ相手とはいえ、飛竜戦艦を見せるときたか。博打《ばくち》に出たねぇ、殿下。さてこいつはどんな目を出すことか）

「じゃあエル君かいほー」

そうして、ここまでずっとエルを抱きしめ続けていたアディが腕を放した。瞬間、エルの姿が掻《か》き消える。

その場に残るものたちを、吹き抜けた突風が煽《あお》った。手加減なしに『大気圧縮推進《エアロスラスト》』の魔法をぶっ放したエルは勢いのまま飛び上がり、飛竜戦艦の装甲にびたっと張り付く。と思えばそのまま するすると装甲の隙間に入り込んでいった。

「おおー……エル君はちっちゃいから便利だね」

「いいのかそれで」

フリーデグントが呆《あき》れ気味に見送る中、オラシオがぬぐえぬ疑問を口にする。

「本当にあれが何かの役に立つんでしょうかねぇ？」

「私も少し自信がなくなってきたな」

エルネスティが戻ってきたのは、待ちきれなくなったフリーデグントが立ち去ってよりなお、さらに経《た》ってからのことだった。

「うおおおお、エッ……エル君!?」

アディがわなわなと手を震わせる。何しろ戻ってきたエルは全身ベッタベタで真っ黒だったからである。

「本当に内部機構に頭から突っ込んだのかコイツは」

オラシオですらちょっと呆れている。飛竜戦艦の駆動部の隙間を這《は》いまわってきたのだろう。エルは潤滑用の機械油でドロドロに汚れていた。

「ふぅ、たっぷりと拝見してきました！　おかげさまで飛竜戦艦《リンドヴルム》の構造はだいたいわかりましたよ。竜闘騎《ドラッヒェンカバレリ》を調べた時からおおよその推測はついていましたが、やはり実物を調べると手ごたえが違いますね！」

「！　それはまたずいぶんと簡単に言ってくれる。そこまで言うくらいだ、どうわかったのかご高説賜《たまわ》ろうじゃないか」

化けの皮が剥《は》がれるか、それとも王女の言葉が正しいのか。仮にも飛竜戦艦に関わらせる以上、オラシオは見極めねばならなかった。

「その前に！」

づづいとアディが身を乗り出す。油まみれのエルをぢっと見つめて。

「ダメです。まずはエル君を綺麗《きれい》にしないと」

「えー……作業に油汚れはつきもので」

「限度があります！　今日のエル君はしっかり……たっぷり……洗わないと……いけないよね……」

「えっ。いえさすがに自分でやりますから」

「うんうん大丈夫。大丈夫、夫婦だし大丈夫」

問答無用。

アディはがっしとエルを抱えると、そのまますすーっと去っていった。後にはツッコミを入れる暇もなく取り残されたオラシオが一人。

「いったいなんなんだあいつらは。俺にどうしろって言うんだよ」

ひたすらに困り果てていたのであった。

◆

明けて翌日。

「はぁ……またあいつらが来るのか」

オラシオのつく溜め息は今日も重い。昨日彼らが去った後、オラシオも方策を考えてはみた。しかしどうあがいても推進器が用意できず答えは堂々巡り。結局のところあの妙な奴らの相手をせざるを得ない。

「そもそも来るのか？　ひょっとしたら昨日のあれは冗談で、今日は平和になるかもしれな……」

彼はぺたぺたとだらしのない足音を響かせながら飛竜戦艦の元へ向かうが、唸《うな》りを上げて空から降りて来る見慣れない飛空船《レビテートシップ》の姿を目にして、すぐに淡い期待を捨て去った。

「ならないわな。やぁれやれ、どうやらあちらさんは本気らしい」

クシェペルカ王国が誇る最新鋭船、『黄金の鬣《ゴールデンメイン》』号の雄姿である。ただ美しいのみならず後部には飛竜に匹敵する魔導噴流推進器《マギウスジェットスラスタ》を搭載し、さらには『クシェペルカの魔槍《まそう》』と呼ばれる恐るべき牙をも持つ強力な船である。その速さはオラシオも知るところであった。

「ううむ、悔しいがいい性能だ。あいつの推進器をもらえるだけなら万々歳なんだがねぇ」

諦めたようにぺたぺたと船へと向かう。

「やはりお前らか……」

もしかしたら担当者が変わっていたりはしないか。そんな期待はまたも踏みにじられ、そこにいたのは昨日ぶりの二人であった。エルとアディは元気に手を振っている。

「どうもオラシオ・コジャーソさん。今日から作業よろしくお願いします！」

「よろしくー！」

「はぁ、まだ了承したわけじゃあないんだがね。殿下の手前もある、見学くらいは許してやる」

オラシオは不承不承領《うなず》いた。

「作業といっても、魔導噴流推進器を載せかえるだけだ。そんなもの別段、よその手を借りるまでもない……」

「いいえ、そんなことはしません」

「なに？　どういうつもりだ」

彼は訝《いぶか》しみ、小さなエルネスティを睨《にら》んだ。

「それでは『黄金の鬣《ゴールデンメイン》』号が動けなくなってしまいます」

「仕方がないだろう。源素浮揚器《エーテリックレビテータ》があるのだから、後は起風装置《ブローエンジン》でも取り付けときゃあいい」

「いいえ。ダメです」

面倒くさげに言い放った言葉は、またも即座に否定される。

「そもそも僕たちの提案は飛竜戦艦《リンドヴルム》の運用そのものを分割すること。そのために『黄金の鬣』号の船体を直接、連結させていただきます」

想像と食い違う提案に、オラシオはしばし考え込んだ。それぞれに推進器を備えた船を連結して1隻《せき》とする。まるで二人三脚だ。

「……いいや。お前の目的とやらを考えてもそいつは悪手《あくしゅ》だ。船をつなぐだけで済むと思ったのか？　この飛竜戦艦には連結機能があるが、だからってなんでもつなげられるわけじゃあない。そもそもそんな状態でどうやって操船するんだ。操縦系の調整に長々と手をかけるくらいならば推進器だけを載せかえて済ますべきだ」

それぞれの頭が違うことを考えていては、竜は空をぐるぐると迷ってしまう。オラシオとしてもはいそうですかと頷くわけにはいかない。それでもエルの笑みは怯《ひる》みを見せず。

「すぐに問題点を把握されるとはさすがですね。操縦に関しては飛竜戦艦の魔導演算機《マギウスエンジン》を介してそれぞれの操作系をつなげようと考えています」

「おいおい馬鹿も休み休み言え！　いったいどこのどいつがそんな無茶苦茶な作業をやるってんだ」

オラシオがうんざりした様子で呻《うめ》くと、エルはにこにことしたまま自分を指さした。

「ここにいる僕が。お任せください、言い出しておいて人任《ひとまか》せにはしません」

「……それは冗談だな？　笑えないぞ」

「どうでしょうか。ご覧いただくのが早いと思います」

オラシオはしばし考えこむ。フリーデグントあたりに命じられたならば怒涛《どとう》の反論でやめさせる類《たぐい》の作業である。しかし当人がやると言うのならばやらせてみてもいいのではないか。

（……しくじったところで、推進器を引っこ抜けば済むか）

むしろ少しくらいしくじってくれたほうが今後の作業がやりやすくなるかもしれない。

打算がオラシオを頷《うなず》かせる。

「いいだろう。自信があるってのならお手並み拝見といこうじゃないか」

「はい！　では早速とりかかりますっ」

エルはすさっと駆け出し、身軽に飛竜戦艦《リンドヴルム》に飛び乗る。オラシオが顔を引きつらせた。

鍛冶師《かじし》である彼には真似のできない芸当である。

実を言うと騎操士《ナイトランナー》であっても真似のできる人間は少ないだろうが、そんなこと彼には知る由もない。

「アディ！　まずは船の連結を作りますから、壊れた部分を取り外しますよ」

「はーい。まっかせてー！」

言いつつ、アディの乗るカルディトーレが重い足音を響かせてやってきた。巨大な部品を運ぶのに幻晶騎士《シルエットナイト》を用いるのはよくあることだが――。

「準備できたよー！」

ガッツリと大剣を構えたところで、オラシオが猛速で駆け寄ってきた。

「バッ……ッカ野郎どもが！　何を！　しようというんだ!?」

「はい。チマチマ取り外していては面倒なのでさっぱりとぶった切ろうかと」

「やっぱり所詮は騎士か！　何でも剣で片付けようとしやがって！　そもそも、飛竜の躯《く》体《たい》がそんな簡単に斬れるわけがないだろうが！」

「ええ。一見破壊されていますが本体が無事である以上、強化魔法が徹《とお》っています。このままでは傷をつけるのも一苦労ですが……だったら書き換えてしまえばいいのです」

「あ!?」

わけの分からない物言いにオラシオが怒鳴り返す前に、エルは破壊されて剥《む》き出しになった銀線神経《シルバーナーヴ》を掴《つか》んだ。

「うふふ……解析はとても久しぶりですね。腕が鳴りますよ！　飛竜戦艦を操る魔法術式《スクリプト》はどんな感じでしょうかっと」

目を伏せて集中する。

喚《わめ》いているオラシオの姿は意識から遠ざかり、銀線神経《シルバーナーブ》を通じて飛竜戦艦《リンドヴルム》の中枢、魔導演算機《マギウスエンジン》へと潜り込む。その莫大《ばくだい》な魔法演算能力の全てを注ぎこみ、漂う魔法術式《スクリプト》を読み込んでいった。

「うん……竜闘騎《ドラッヒェンカバレリ》で予習しておいてよかったです。基本は同じようなもの……強化魔法の記述は。ほら、あった。……これを少しだけ書き換えて……」

時間にすれば数分ほどでエルは目を開いた。ひょっこりと首をのぞかせ、まだ喚いているオラシオに警告する。

「……おい！　聞いているのかこのガキ！」

「躯体《くたい》を斬りますよ、危ないから離れていてくださいね。書き換えが終わりました！　アディ、この線に合わせて斬り飛ばしちゃってください！」

「ちょ待……っ！」

制止の声は空《むな》しく響き。

「そーれ！」

カルディトーレが何のためらいもなく全力で大剣を振り下ろし、オラシオが逃げ出す。

しかし飛竜戦艦の装甲はぼろぼろになってもなお強靭《きょうじん》で――などということはなく、いとも容易くすっぱりと斬り落とされる。元から壊れかけだった左推進器部が轟音と共に落下し、今度こそ完全な鉄屑《てつくず》と化した。

あんぐりと口を開けたまま固まっていたオラシオが、流れてきた土埃《つちぼこり》を吸い込んで咳《せ》き込む。

「これですっきりとしましたね。それでは改めて船の接続部を取り付けましょうか。アディ、もういいですよ」

「はーい」

「な……なッ……こいつら……」

二人は当然のように作業の続きに入っている。つまりはこれほどの異常であっても、特に不思議ではないということである。

（今あのガキ、外から触れただけだった……機内には入っていない！　なのに強化魔法が書き変わった!?　全ての魔法術式が収められているのは中央の魔導演算機だ。ならばこいつは……外から魔導演算機に干渉し、なおかつ書き換えたってことになる！）

血の気が引いてゆく音が聞こえるようだ。オラシオは飛空船《レビテートシップ》を専門とすれども幻晶騎士《シルエットナイト》に関する一通りの技術と知識も持ち合わせている。だから理解できた、そんなことは人間には不可能に近いということを。

（構文技師《パーサー》じゃあない、騎士団長と言っていたな。王女の口ぶりじゃあ実際に腕が立つらしい。だから騎操士《ナイトランナー》のはずなんだ。鍛冶師《かじし》ですらない！　いや魔導演算機《マギウスエンジン》に通じてるなんざ鍛冶師でも稀《まれ》だろう。特に飛竜に乗っかってる代物《しろもの》は特注も特注なんだぞ。作り上げるのだって国中の構文技師《パーサー》をかき集めてようやく仕上げたってのに。何をやった？　どうすればこんなことが可能になる？）

異常だ。片手間のようにおこなわれたことが、まるで理解できない異常事態である。そうしてオラシオは気付いた。内部の魔法術式《スクリプト》を書き換えることすらできるというのならば、既に飛竜戦艦《リンドヴルム》はその秘密を丸裸にされたということに。

彼は土埃《つちぼこり》を払ってゆっくりと立ち上がった。

（こいつは王女殿下の肝いりで放り込まれてきたんだぞ。もしや殿下もここまで異常だとは知らないのか？　……警告しておくべきか。義理の問題もあるが……いやそれより）

オラシオの口元が徐々に歪《ゆが》んでゆく。

（面白くなってきたじゃないか。これはもう飛竜戦艦がどうこうなんて、チンケな話じゃあねぇな。くく、殿下には感謝しないと。もしかしたら、コイツがいれば目指せるかもしれない）

彼は振り仰ぐ。空飛ぶ大地、その高みにあってすらどこまでも続く空。

「……果てを！」

◆

結局のところオラシオ・コジャーソが報告書に書いた文面は「非常に癖が強い人物だが、作業内容は問題なく任せるに値する」という簡潔なものとなった。

情報漏洩《ろうえい》の危険性であるとか、エルネスティのもつ異常性であるとか、そういった内容は彼の心中から出てくることはなかったのである。

「おはようございます！　今日も作業を始めさせていただきます！」

というわけで、翌日以降もエルとアディはパーヴェルツィーク王国軍の作業場に元気に顔を出していた。下《した》っ端《ぱ》鍛冶師たちからの物言わぬ質問の視線がオラシオに突き刺さるが、すでに彼の意識は別の所にあり完全に無視された。

「……来たかい」

「はい。それで今日は設計書を持ってきました」

「設計書だってぇ？　見せてみろ」

「エル君、お風呂の後ずーっと書いてたしー」

紙の束を受け取ったオラシオは内容を改め、口元を引きつらせる。

「お前は騎士団長だとか名乗っていなかったか？　それにしちゃあまともに書けている……」

「もちろんです。幻晶騎士《シルエットナイト》であれ飛空船《レビテートシップ》であれ、設計を固めることは重要ですから」

「それはそうだが、そうなんだが。俺が聞きたいのはなぜ騎操士《ナイトランナー》が設計書なんぞ書けるのかって話なんだがな……」

問われたエルは小さく首を傾《かし》げて言った。

「楽だからですね」

「あ？」

「設計も修めてはきましたが、どちらかというと僕は魔法術式《スクリプト》の記述の方が得意です。こうした強化魔法の変更を伴う作業の場合は設計を理解していた方が記述内容を組み上げやすいので、一緒にやってしまいます」

「い……言いたいことはわかるが、普通は設計ってのは鍛冶師《かじし》の領分で、ついでに言えば構文技師《パーサー》はまた別の仕事だろうが」

「騎操士だって幻晶騎士の操縦のために魔法を修めますし、後は設計さえできれば全部できますよね？」

「うむ、できねーよ」

「ところで設計書をご覧ください。元々の連結機構を応用して緊急時に『黄金の鬣《ゴールデンメイン》』号を切り離し可能なようにしてあるのですが」

「えっ」

「切り離しのための制御もこちらで作ります。この形であればパーヴェルツィークの鍛冶師であってもそれほど負担にはならないと思います！」

「おう……」

もはやオラシオは首をゆらゆらと動かすことしかできない。書かれている内容はある程度は元々の飛竜戦艦《リンドヴルム》の設計に沿ったものである。確かにパーヴェルツィーク王国の鍛冶師たちにとって作業がしやすい反面、『黄金の鬣』号への変更は最小限度となっていた。

（……自分たちの手の内は見せないってぇことかい。意外に抜け目がないのか天然なのか、どうにも判断に困るねぇ）

当の本人はニコニコと微笑《ほほえ》んだまま、傍《はた》から見ても何を考えているのかよくわからない。オラシオは難しい表情のまま設計書をめくった。

「……この仕組みでも悪かぁないがな。連結機能はそもそも飛竜《リンドヴルム》が自力で飛べるから付けたものだ。こっちは推進器の片翼を別の船に依存するっていうんだから、これじゃあ強度が不足するかもしれない。旋回しようとしたらねじ切れるぞ」

エルはふむふむと頷《うなず》き、設計書を見直す。

「なるほど！　強化魔法で無理に補ってしまうこともできますが、それだと無駄が多い。連結機構は強度を優先したものに変更した方がいいですね。さすがは飛竜を設計されただけはある、素晴らしい着眼点です」

「誉めても手加減はしねぇからな」

「そんなことされても嬉《うれ》しくありません。遠慮なくどうぞ！」

どんどんと上機嫌になってゆくエルと、対照的に苦虫を噛《か》み潰したような表情の抜けないオラシオであった。ちなみにアディはやっぱりエルを眺めてご満悦な様子である。

「それでは設計を直したところでお渡しします。後はパーヴェルツィークにて本体を作成していただいている間に、僕は魔導演算機《マギウスエンジン》の変更を担当するということでいかがでしょう？」

「いかがも何もそんな気軽にできる作業じゃないはずだが……まぁいい」

面倒をこうむるのは自分ではない。そうとでも思わなければやっていられないオラシオなのであった。

それから間《ま》を置かず、変更された設計書が出来上がってきて、オラシオはますます奇妙な表情を浮かべる羽目になる。ともあれ作業は始まり、傷ついた飛竜戦艦《リンドヴルム》は鍛冶師《かじし》たちの手によって修復されていった。

部下の疑問の視線にさらされたまま、説明を勢いで押しきって、オラシオはぐったりと疲れ果てていた。作業内容が異様なまでにわかりやすく明快であったことがまだ救いである。おかげで鍛冶師たちが余計な口を開く間を与えずに進められたのだから。

　さっさとその場を去ると、エルたちのもとに向かう。中央の魔導演算機を変更するというので、飛竜戦艦の中に放り込んでおいたのだ。いちおう立場のある他国の人間なので、こちらも相応の地位にある者が監督する必要がある――という建前である。

　普通の鍛冶師たちは魔導演算機を変更などしないので、ここに来る者はほとんどいない。内緒話をするにはうってつけの場所だった。

「……それで、お前たちは何をやってるんだ？」

「見ての通り魔導演算機内の魔法術式《スクリプト》を変更しています」

「見てもわかんねぇよ」

　何しろエルがやっていることといえば魔導演算機につなげた銀線神経《シルバーナーブ》を握っているだけ。アディに至ってはたまに雑談をしているだけで作業すらしていない。

　頭を抱えたい、オラシオは心からそう思った。とてもではないが魔導演算機に変更を加えているとは思えない光景である。

「作業は順調ですよ、明日には大半が終わります。残りの仕上げは建造具合と相談しながらになりますね」

「……普通は何人もの腕利きの構文技師《パーサー》を集めて一週間くらい缶詰めにしておくもんだがな。ま、時間のほとんどは内容のすり合わせと説明なんだろうがね」

　エルネスティの恐ろしいところは一人で何もかも理解してしまうところにある。おかげでの作業をやらせても無駄がなく、純粋に人手のいる作業以外は彼が一人いるだけで大幅な手間の削減になってしまう。

（一人も何も、こんなのがたくさんいてたまるかよ！）

それがオラシオの偽らざる心境であった。

「……おい、エルネスティっての。そのまま話はできるかい」

「はい大丈夫です。設計の疑問でしょうか？　それとも変更点でしょうか。なんでも聞かせてください！」

「大丈夫なのかよ……」

自分で聞いておいて呆《あき》れてしまう。むしろできないことはあるのか、ちょっと聞いてみたい心情に駆られてしまったがぐっとこらえた。彼にとって大事なのはそこではない。

吐息をひとつ。オラシオは傍らに腰掛けると、ややあってから話しだした。

「……ちょっとした昔話だ。俺の一族は代々、魔法についての研究をおこなっていてねえ。強力な魔法を使うってのじゃなくて、魔法とは何かその源は何かってとこだ」

「すると錬金術師のご家系なのでしょうか」

「近いが、良くて枝分かれした先の先、今にも散りそうな一枚葉ってところだろうな」

魔法の研究といえば、魔法を飛びぬけて得意とするアルヴという種族がいる。それでも徒人《ただびと》の中に研究を志す者がいても不思議ではないだろう。

「あなたの功績から察するに、その研究は飛空船《レビテートシップ》につながるのですね」

「結果としちゃあな。魔法は魔力《マナ》から生み出され、魔力はエーテルが変じて生じる。じゃあこのエーテルってのはなんだ？　ってなるのが自然だろう。実際、俺の一族はそこを調べてた……」

エルは意識の半ばで魔法術式《スクリプト》を編集しながら半分で話を聞いている。アディは明らかに何だかよくわからないがまぁいっか！　という顔つきだった。

「結局、エーテルの正体についちゃあよくわからずじまいなんだが、ひとつだけはっきりとしたことがあった。エーテルは浮く……いいや、上に向かって沈む性質があるってことだ」

「上に沈むの？　なんだかすっごい変な感じ～」

すんなりと理解できないのか、アディは首を傾《かし》げてエルを抱きしめていた。腕の中でエルが呟《つぶや》く。

「浮揚力場《レビテートフィールド》……」

「くく、さすがに察しがいいなぁ。その通りだ。浮揚力場であり源素浮揚器《エーテリックレビテータ》の原理はつまり、そこにある」

エルはふと上を見上げた。つられてアディも上を向く。当然その先には簡易な天井があるばかりだが、彼の視界にはより向こうが透けて見えるような気がした。

「……確かにこの空を上がるほど大気は薄くなり逆にエーテルは濃くなってゆきます。あれはエーテルが上に沈んだ結果ということなのですね」

「ほう、知っていたかい」

「以前少し。そのまま進めば当然、いずれはエーテルだけに満たされた空へと行き当たるのでしょう」

エルネスティは──ここことは違う世界の記憶を持つ彼は、知っている。空の果てにある場所、『宇宙空間』の存在を。ならば連想するのはそう難しいことではない。この世界の宇宙空間はエーテルによって満たされている。

「くく……」

だがそう考えることができるのはエルだからこそ。呟《つぶや》きを聞きつけたオラシオは目を見開いて固まっていたが、やがていきなり破顔した。

「はははははは！　くっはは！　ふふふはっ……くは！　お前は！　どこまでだよ！　そうだ、当然だ！　ちょっと考えればわかるってか！　だが本当にそれに思い至ったのはお前が初めてだよ！　エルネスティ・エチェバルリア!!」

やにわに立ち上がり、落ち着かないまま椅子の周りをぐるぐると回りだす。

「ははは！　やったぞ、いたぞ！　理解できた、理解できたんだ！　船を浮かべる、幻晶《シルエット》騎士《ナイト》を運ぶ！　そんなチンケな話じゃあない。この空の果てに気付ける奴が、俺以外にもいたんだ!!」

急に立ち止まったオラシオがぐるりと振り返る。興奮に染まり血走った眼で睨《にら》まれて、エルがちょっと引いた。

「おい、お前は……」

勢いのまま掴《つか》みかかろうとしたところで、いきなりエルの姿が掻《か》き消えた。オラシオはつんのめり、機材に突っ込みかけて慌てて踏みとどまる。

振り返ると、アディがしっかとエルを抱きしめていた。

「ダメです。エル君はおさわり厳禁です」

「は？　おいそんな話じゃない……」

「ダメです」

アディの目が完璧に据わり切っている。エルを抱きしめているはずの手が、すっと腰に佩《は》いた杖《つえ》らしきものに伸びるのを目にしては、さすがのオラシオも慌てて降参した。年若い女性だからどうだというのだ、現役の騎操士《ナイトランナー》を相手に力ずくが通ると思うほどオラシオは血迷ってはいない。

「ああ、ああ。少し舞い上がっちまったようだ。すまない」

「よろしい」

アディは当然のようにエルを持ち運び、すとっと椅子に戻す。オラシオはそれをぼんやりと眺めていたが、やがて自分の椅子を引いて少し間隔を空けた。

「それで……そう、問題はこの空の『果て』なんだ」

「『果て』ですか。それはエーテルに満たされた空……『真空』のことでしょうか」

何気なく呟《つぶや》いた言葉を、オラシオが耳ざとく拾い上げた。

「なんだ？　今何と言った？　真空？　……真の空ってか。くく……ははは！　真空！　真空！　いい、しっくりとくる。実にいい言葉じゃないか。変なだけの奴かと思っていたが、なかなかどうして洒落《しゃれ》たことも言えるんだな！」

「そんなに変でしょうか？」

「変なところしかないから、逆に変に見えないくらいには変だ」

「それは同感」

二体一では分が悪い。とても不服そうな表情のまま、エルは無言の抗議を示す。もちろんアディに撫《な》でられて終わった。

「一族の毎日は心の底からつまんねぇものだった。計算、記載、論争、挙げ句に言い争い。どこに向かっているかもわからない、何が知りたいかもはっきりしないまま、研究だけ延々と続けて。苔《こけ》だか黴《かび》だかわかんねぇような老人どもが威張りちらす、辛気くせぇ場所だ。息が詰まる。だが……エーテルの振る舞いが俺に教え、魅せてくれた。この空がいずれ……『真空』に辿《たど》り着くのならば！　そこには何が、どんな景色が！　待ってるんだろうと！」

「だから飛空船《レビテートシップ》をつくったの？」

「正しくは源素浮揚器《エーテリックレビテータ》をだ。飛空船なんざ資金提供者の要望を聞いたにすぎないとも」

何でもないことのように言うオラシオに、アディの視線が険しさを帯びてゆく。エルがそっと顔を寄せ、耳打ちした。

「ここは我慢してください」

「でも、エル君……この人がジャロウデクで……」

「たまたま最初は敵だった。今は協力者です。そうでなくては敵ばかり増えてゆくから」

「むぅ」

「それに彼のもつ技術には敬意を払うべきです」

「……エル君ばーりあ」

アディはすっとエルの陰に引っ込む。不承不承ながらここは任せることにしたようである。

その間もオラシオはぶつぶつと呟き続けていた。囁《ささや》き合う二人の姿なんて既に視界に入っていないに違いない。

「……悔しいが源素浮揚器じゃあダメなんだ。あれはエーテルの『沈む』作用に着目したもの。しかし浮揚器ごときじゃ完全なエーテルに満たされた真空に太刀打ちできない。さらに昇るためにはまだもう一手が必要だ」

「だから魔導噴流推進器《マギウスジェットスラスタ》を求めたのですか？　しかしあれとて……」

「ああ、ああ、わかっているとも。逆に魔導噴流推進器は周囲に大気がないと使えないもんだ。あれは面白いが、どのみち『真空』までは辿《たど》り着けない」

オラシオはどっかと椅子に沈み込む。先ほどまでの興奮が嘘《うそ》のように引き、わずかに焦点の合わない視線で地面を見つめた。

「だがまだ何か……何か、あるはずなんだ。現にふたつも手立てがある、もうこれっきりなんてことはないはずだ」

それは祈りであり、懇願だった。彼はずっとこうして自らに言い聞かせてきたのだろう。生まれた場所を捨て、大国に身を寄せ、一度破滅を迎えてもまだ諦められず。

エルネスティは、彼にしては珍しいことに迷っていた。彼は知っている。彼の記憶には既に答えがあるのだ。『ロケット』——己《おのれ》の中に酸化剤と推進剤を蓄えることで真空中を進むことを可能とする、飛行機械の存在が。

この世界でそれを再現するのは困難だろう、しかし不可能とまではいわない。だからこそ、そのまま告げることはできなかった。

「オラシオさん。あなたは真空まで辿り着いて、どうされるおつもりですか？」

エルはじっとオラシオを見つめる。問われた彼は押し黙り、考えた。ややあって口を開く。

「『見たい』。どうするも何も、そこにあるか見たいんだ。この目で確かめて何かがあるならまた考える。研究したっていい。まずは辿り着かないと始めることすらできないだろ」

どこか困ったように放たれた答えは、ひどく単純なもの。エルがふわりと微笑《ほほえ》んだ。

「それはとても素敵な『趣味』ですね」

「趣味だぁ？　確かに生業《なりわい》とは違う、趣味でやってるのかもしれんが」

どこか釈然としない様子で頭を掻《か》いていたオラシオの雰囲気が、ふと変わった。

「エルネスティ。お前の持つその確かな技術力。さらに自ら空の果て……真空に思い至る発想力。それだけの力がありゃあきっと成し遂げられる。どうだ、俺と一緒に空の果てを見にいかないか⁉」

オラシオの熱心な誘いに、引っ込んでいたアディが不服げに顔を出す。彼女の腕の中でにこりと微笑んだエルネスティは――。

「お断りします」

まったく表情を変えないまま言い切ったのだった。

第九十七話　切り札は誰だ

　オラシオ・コジャーソは硬い表情のまま椅子に戻る。目を眇《すが》めたまま何回か眼鏡を拭いて戻し、ようやく口を開いた。

「なるほど。なぁるほどだ。どうやら俺としたことがぁ、少々急ぎすぎていたようだ。物事は仕上げにこそ丁寧さが必要だってのになぁ」

　眼鏡の奥で異様な熱意を湛《たた》えた眼光が瞬《またた》く。先ほどまでの興奮とは異なる熱があり、まったく様子の変わることのないエルとは対照的だった。

「条件を聞こうじゃないか。その話しぶりじゃあ、別に興味がないってわけでもないんだろう？」

　ほうと吐息を漏らしてじっとエルを観察する。記憶から対象の情報を引き出し、検討して、はたと彼は手を打ち付けた。

「ああ……そうか、そういうことか。お前は騎士団を率いていると言っていたな！　そういうことかぁ、失礼をしたよ。それだけの地位をぽんと投げ捨てるのは惜しい。そう考えても仕方がないことだ、理解できる」

ぱっと笑みを浮かべ、うんうんと頷《うなず》く。

「だとしたら少しは我慢してもらわねぇといけないかもなぁ。ん、そういえばお前どこの国の者だ？」

「僕たちはフレメヴィーラ王国からやってきました」

「フレ……ヴィ？　なんだって？　さっぱり知らんなぁ。パーヴェルツィークと張り合っているわりに、えらく田舎の国なんだな」

「西方諸国《オクシデンツ》の端の端にあることは、否定しませんね」

アディは黙ってエルを抱きしめている。エルの頭の上からじっとりと刺々《とげとげ》しい視線が覗《のぞ》くが、当然オラシオの視界には入っていなかった。

「そんな田舎国で騎士団長なんぞ張っていても高が知れているだろう？　俺の今の雇い主、パーヴェルツィークのほうがずっといいぞ」

「それはつまり生まれ故郷を捨てろというお誘いでしょうか？」

「……生まれ故郷だ？　まさか生まれた場所ごときが俺たちの足を縛るとでも？　おいおい違うだろう。俺たちが目指すべきはもっとずっと果てしなく大きなものだ」

エルは静かに微笑《ほほえ》んだまま小さく首を傾《かし》げた。

「腐ったドブの底にあったとて『果て』を望むことはできるんだ。……だが悲しいかな、そのためには金が必要だ。目玉が飛び出るくらいのな！」

「そのために支援者《パトロン》を募ってきたと」

「そうとも！　回り道だが仕方がない、足場が必要になることだってある。幸いパーヴェルツィークは金払いがいいしなぁ」

「飛空船《レビテートシップ》……飛竜戦艦《リンドヴルム》の機動力は、彼らにとっては垂涎《すいぜん》と言えるでしょうしね」

「そうだ。おかげで俺はパーヴェルツィークではそれなりの立場にある。だからとお前をすぐに騎士団長に据えるなんてことはさすがに難しいかもしれんが……おお、そうだ！」

名案を思い付いたと身を乗り出し、小さなエルの顔を覗《のぞ》き込む。

「騎士としても働きたいというならどうだ、お前が飛竜戦艦を動かしてみるってのは？」

「……僕が。騎操士《ナイトランナー》としてということでしょうか」

「そうだ。まぁ今は天空騎士団《ルフトリッターオルデン》の団長《ボス》が幅を利かせているんだが。なぁに、それくらいなら差し込めないこともないだろう」

安請け合い気味だが十分な条件を示せたと、オラシオは腕を広げ口元に笑みを浮かべる。

「なるほど。せっかくのご提案ですが、ひとつ大きな欠点がありますね」

「なんだって？　ほほう、そいつはぜひとも聞かせてもらいたいねぇ」

「それでは僕は幻晶騎士《シルエットナイト》に乗れず、作れません」

オラシオはふと動きを止め、ややあってから怪訝《けげん》な様子で問いかけた。

「……なんだって？」

「断った理由はそもそも単純なものです。僕には生涯を賭して追い求める趣味があります。ただあなたの手伝いをして過ごすわけにはいかない。それだけの話なんです」

エルの背後でアディがうんうんと頷《うなず》いていた。オラシオはいまいち納得がいかない様子で聞き返す。

「お前がそれだけ入れ込む趣味ってな、なんだ？」

「幻晶騎士です！」

「ああん？」

「幻晶騎士《ロボット》を動かしたり戦ったり壊したり愛《め》でたり作ったり改造したりするのが、僕の趣味です！」

「…………」

沈黙はさらに長く、溜め息も劣らず長く。

「騎士ってのはこれだから……。だから飛竜戦艦か、他にも竜闘騎《ドラッヒェンカバレリ》あたりがあるだろう。それのどこがダメだっていうんだ？」

「ダメですね。少なくともそれらは幻晶騎士ではありませんから」

「理解できないねぇ。そもそもだ、いったい幻晶騎士なんてなにがいいんだ？　西方諸国《せかい》をようく見ろ。どいつもこいつも俺の飛空船を求め、今も空は広がり続けている。皆が揃《そろ》って上を向いている時に幻晶騎士なんぞいじって何になるってんだ!?」

「あっ」

アディが思わず後ずさった。

後ろにいる彼女からエルの表情は見えない。だが見たいとは思わなかった。エルネスティのどんな表情でも愛《め》でる自信のある彼女ではあるが、今は数少ない例外である。

「……それはとても、飛空船《レビテートシップ》に強い自負がおありのようですね」

注意深く聞かないとわからない、しかし確実に温度を下げた声音。微笑の下から這《は》い出た冷気がピシピシと氷柱《つらら》を伸ばしてゆくようだ。

「当然、そもそも比べるところからして間違っているだろ！　地を這う重い鎧《よろい》とはモノが違う、俺の船はいずれ果てまで辿《たど》り着くための乗り物だからな！」

「……ほう。しかし幻晶騎士《シルエットナイト》とてやりようによっては空を飛べます。そのための魔導噴流推進器《マギウスジェットスラスタ》ですから。それにあなたのご自慢の飛竜戦艦《リンドヴルム》だって、一度は幻晶騎士と戦って墜《お》とされているのでは」

途端、オラシオの表情が苦虫を噛《か》みつぶしたように変わる。

「……ずいぶん詳しいな。確かにそれは事実、だが試行錯誤の過程において失敗なんてつきものだ！　そもそも『果て』を目指すわけでもなく、戦いでの勝ち負けなんて余事でしかない！」

もう一度眼鏡を拭いて戻した。

「そうだ、あの馬鹿でかい竜相手でもあるまいに。俺に言わせりゃあ飛竜戦艦が空で幻晶騎士なんぞに負けるたぁ乗り手がヘボだったとしか言いようがないがね」

「……乗り手の腕前は確かでしたよ」

「ああん？」

（墜としたのはだいたいエル君なんだよねー）

　全ての事情を知るアディは、ちょっと後ろから静かに会話を見守っていた。話の行く先については もはや心配していない。彼女にとって結論は明白なのである。何しろオラシオは、あのエルの前で言ってしまったのだから。

「ええ。あなたのお考えはようく、ようくわかりました」

　エルの表情は不自然なほど笑みから変わらず。

「あなたは一流の鍛冶師《かじし》であり技術者です。立場はどうあれその業《わざ》には敬意を表しましょう。未知なる果てを目指す、そこに懸ける熱情も素晴らしいものです。ですが……」

　ごく当然のように告げる。

「お互いの求めるものが噛み合わない以上、共に歩むこともできません。だからお誘いはやはりお断りします」

　コツコツと眼鏡の弦《つる》を鳴らしていたオラシオは、やがて長く息を漏らした。

「ほう。つまり不首尾に終わったってことか。まったく趣味、趣味ねぇ……これだから人と話すのは面倒くさいんだ。見込みのある奴かと思ったが、その程度じゃあ仕方がない」

眼鏡を上げるとさっさと立ち上がる。とくに未練もなく踵《きびす》を返すが、ふと振り返った。

「おい。幻晶騎士《シルエットナイト》好きのあまり、飛竜戦艦《リンドヴルム》を修復するのに手を抜いたりしないだろうな？」

「まさか、ご安心ください。王女殿下と約束したこともあります、修復には真摯《しんし》に取り組みますとも」

このように、と魔導演算機《マギウスエンジン》を示して見せる。その仕事ぶりが確かであることは先ほどオラシオ自身が確かめたところだった。

「そうかい。そいつぁ何よりだ」

もはや相当に興味を失ったらしい。彼はぺったぺったと下品に履物を鳴らしながら部屋から去っていったのであった。

◆

他国の人間であるエルたちは日が落ちる頃には作業を切り上げて帰ってゆく。パーヴェルツィーク王国の鍛冶師《かじし》たちはそのまま夜遅くまで働くことになるのだろう、周囲には煌々《こうこう》と篝火《かがりび》が焚《た》かれていた。

『黄金の鬣《ゴールデンメイン》』号の中、割り当てられた部屋に戻って一息つく。アディはするするとエルを抱きしめる。おとなしく抱きしめられるエルの視線はどこか遠い。

（あー、これはいつもの何か変なこと考えている顔だー）

　ふにふにと頬を突っついてみる。

「エル君、さっきの人。放っておいていいの？」

「む。少々……いやかなり、相当、大変、非常に趣味がすれ違っていましたが、それはそれ。たとえ僕がいなくとも彼が研究をやめることはないでしょうし、だからこそそれでいいのです」

「あっコレけっこうダメなやつだ」

　エルの表情が笑みからまったく動かないのが逆に怖い。下手に突っついて怒りが自分の方を向くのは困る。突っついてよいのは柔らかい頬だけなのである。

「でも断っちゃったし、今度は敵になっちゃうかもねー」

「もしも本当に敵として立ちはだかるなら、その時は全力をもって叩《たた》き潰します……ただ誰がいつ敵となり味方となるかは、その時々です。今は僕たちが飛竜戦艦の修復を手伝っているようにね」

「むー。なんだか面倒くさーい」

　アディはやや面倒くさがりに分類されるだろうが、それとしてもフレメヴィーラ王国の人間はこうした関係を好まない傾向にある。なぜなら、かの国には絶対的な敵である魔獣が存在しているからだ。国元にいる限り、人同士は手を組むことが当然なのである。

「ふふーん。でもエル君が『果て』とか、変なところに行かなくてよかった！」

「いいえ。彼のいうところの『果て』は目指しますよ」

しれっと返ってきた答えに、アディはしばしの沈黙を挟んだ。

「えー。さっきは手伝わないって……」

「はい。『彼の目的は』何一つとして絶対に手伝いません。だから彼より先に、僕が幻晶騎士《ナイト》で『果て』まで辿《たど》り着きますっ！」

「エル君？」

「ふふふ……船！　相手にとって不足はありません。僕の幻晶騎士《シルエット》の可能性は無限大なのです。多少の不利などなんということもありません！　必ずや『果て』まで辿り着き、旗でも立てて『お先に失礼』と書いて差し上げましょう！」

「あー、うん。そっかーこれはもう止まらないかなー」

エルが、やる気に燃えている。大地を走ることしかできなかった幻晶騎士を、魔導噴流推進器《マギウスジェットスラスタ》なんていう無茶苦茶な装置で空高くまでぶっ飛ばした彼である。『果て』がどれほど遠くとも、とてつもない力業で辿り着いてしまうのだろう。

「結局好きにしちゃうんだから。でもエル君が楽しそうだからいっか」

既に色々なアイデアを並べ始めているエルを見て、あとは諦めたように抱きしめなおす。

「とはいえ生半可で辿り着ける場所ではありません。これから忙しくなりそうですね！」

部屋にはエルの楽しそうな声だけがいつまでも響いていたのだった。

◆

くっきりと巨大な影を落としながら『黄金の鬣《ゴールデンメイン》』号が降りてくる。飛空船《レビテートシップ》としては標準よりやや大きめといったところだが、さすがに飛竜戦艦《リンドヴルム》に並んでは小さく見えた。

「ふうむ。いよいよ接続か。出来具合はどうなんだ？　銀の長」

船長席のエムリスが首を伸ばして窓の外の飛竜戦艦を睨《にら》みつける。傍らの一段下から紫銀色の頭が見上げてきた。

「機構としては仕上がっています。魔導演算機《マギウスエンジン》の変更もあらかた終わっているので、あとは実際につなぎながらの調整ですね」

「さすがだな」

短期間の突貫工事だったろうに、エムリスはその仕上がりにはまったく不安を抱いていない。何しろエルネスティが関わっている。その仕事ぶりは今更語るまでもないだろう。

そんなエルだったが、少しだけ眉を下げていた。

「ただ少し問題がありまして。操縦系です」

「……飛竜側が全てを動かすということか」

「純粋な機能性の観点から言うと、推力の均衡《きんこう》が崩れるとまっすぐどころかまともに飛べません。操縦はやはり集中管理が望ましいのですけど」

今度はエムリスが顔をしかめる番だった。

「俺たちの約束は『黄金の鬣《ゴールデンメイン》』号が肩を貸す代わりに飛竜戦艦《リンドヴルム》を分割するというものであって、まるごとくれてやろうというものではないはずだ。操縦をまるきり任せては意味がないんじゃないのか？」

推進器だけを渡すのは論外として、さりとてパーヴェルツィーク王国の操船に従うだけではいったい何のための分割なのかとなる。腕を組んで考え込むエムリスに、エルがそっと囁《ささや》いた。

「それには僕に考えがあります。こうして……」

ひっそりと耳元で告げられた案を聞いたエムリスが、額に手を当てて天を仰いだ。

「……お前、やはり性格悪いだろう」

「心外です。これはとても真摯《しんし》に問題の解決に取り組んだ結果なのです！」

「フッ、それもそうだな。ようしやってしまえ。後は任せろ、正面からぶつかってやる」

エムリスはにぃっと口元を歪《ゆが》めてエルと笑い合い。そんな不穏極まる様子の二人を、船員たちは遠巻きに見守っていたのだった。

かくして最終調整を終え、飛竜戦艦の新生は成った。

「……まさしく肩を組んで雪山を登る、だな」

片翼だけが飛空船《レビテートシップ》に置き換えられた姿は少々バランスが悪い印象はぬぐえない。フリーデグントはすぐに気持ちを切り替える。

「いずれにせよ再び飛竜が舞うのは喜ばしいことだ」

「ハッ……。この余計な客人がいなければ、なお素晴らしいのですがな」

天空騎士団《ルフトリッターオルデン》竜騎士長、グスタフがすっと斜め下に視線を向ける。そこにあるちっこい頭が楽し気に振り向いた。

「修理の終わった機械というものはいつだって良いものです。癒やしの空気に満ちていますね！」

「こいつは何を言っているんだ……？」

なぜか深呼吸をしているエルを騎士たちが遠巻きにしている。

この奇妙な騎士団長とやらは、飛竜戦艦の修復状況について説明するといってやってきた。過日の会談でも異様な存在感をばらまいていたが、パーヴェルツィーク王国の勢力の中にたった一人で突っ込んでくる度胸は尋常のものではない。そして集団の後ろではオラシオが大あくびをかましていた。

周りの戸惑いを気にする様子もなく、フリーデグントが問いかける。悲しいかなエルの変人ぶりにはすっかり慣れたものだった。

「エチェバルリア卿《きょう》。修復は完全だと見てよいのか」

「はい！　たださすがに操縦感覚までそのままとは言えませんので、その補佐と説明をします」

「ふむ。ではさっそく動かしてみるとしよう。グスタフよ」

「……御意《ぎょい》」

一行は飛竜戦艦《リンドヴルム》に乗り込んでゆく。船橋の様子は特に変わりはない。しかし船長席に着いたフリーデグントは、そこに見たことのない装置を見つけて目を細めた。

「卿？　これは……」

「飛竜戦艦を始動せよ。魔力転換炉《エーテルリアクタ》出力上げぇ！」

その間にもグスタフが指示を下し、船員たちが飛竜戦艦の起動に取り掛かった。意気込んだ様子はすぐに悲鳴にとって代わる。

「馬鹿な！　り、飛竜戦艦の各機能が応答しません！　魔導演算機《マギウスエンジン》は沈黙、魔力転換炉始動せず！」

「なにを!?　直っていない……いや完全に壊れているではないか!?」

目を見開いたグスタフが原因を探し求め。すぐにニコニコと癒やしを堪能していたエルに目を留めた。

「貴様ァ！　いったい何をした⁉」

「貴国との約束を履行いたしました」

「なに……ッ⁉」

「飛竜戦艦を動かす権利を分割することを対価として、当方の飛空船《レビテートシップ》を用いて修復する。間違いはありませんね」

「そっ、それは！　だとしたら貴様こそ約束を違《たが》えている！　飛竜は動かないではないか！」

グスタフは思わず掴《つか》みかかるが、今の今まで隣にいたはずの小さな人影は、霞のようにかき消えていた。

「何ッ」

「フリーデグント王女殿下。あなたにお持ちいただきたいものがございます」

「……ほう」

慌てて振り向けば、エルは船長席の傍らにいた。さすがに王女が話しているところに割り込むことはできない。フリーデグントが、顔色を変えるグスタフをちらと目で抑えた。

エルが懐からそっと短剣のようなものを取り出す。見たところ銀で作られた、儀礼用の短剣のようだった。

儀礼用だと思ったのは全体に複雑な文様が彫り込まれていたからである。受け取ってよく眺めてみれば、刀身には竜の姿があしらわれていた。

「わからないな。銀製では護身用にも不安だぞ」

「短剣の形はちょっとしたお遊び。それの役目はつまり『鍵』です」

「……飛竜戦艦《リンドヴルム》の、か？」

さすがにフリーデグントは察しがいい。エルはニコニコと船長席にある謎の装置を指し示す。

「本船の中央魔導演算機《マギウスエンジン》に、新たに紋章式認証機構《パターンアイデンティフィケータ》を組み込みました」

「聞かぬ道具だな。それは何ものか」

「そちらにある溝に、この鍵たる短剣を差し込むことで魔導演算機が目覚めます。この仕組みを解かねば飛竜は決して動きません」

フリーデグントはじっと手の中の短剣を見つめた。鍵。わざわざそんなものを追加した意味は何か。彼女たちに竜の盗難に注意しろとでもいうつもりなのか。

視線をエルへと戻す。幼子のように小柄で、花咲くように美しい顔立ち。深い蒼《あお》の瞳が楽しそうに瞬《またた》く。こいつがやることなのだ、多分ロクでもないことに違いはない。

「それと同じものが『黄金の鬣《ゴールデンメイン》』号にもあります」

「……ッ。そういう、ことか」

フリーデグントが理解に要した時間は一瞬。予感は正しく的中した。やはりコイツのやることはロクでもない！

「接続後は2隻《せき》両方の鍵を差し込まないと、いずれの船も動かなくなります。片方だけを抜いた場合も動きません」

「き、きき貴様……ッ!!」

「もうひとつの鍵はエムリス船長が所持されています。よって今後、飛竜戦艦は双方の同意の下《もと》で運用していただきます」

なにが鍵なものか、これでは枷《かせ》である。

「これでちゃんと半分こですね！」

そうしてこのとんでもない罠《わな》をぶっこんだ張本人は何とも楽しそうに笑っているのだからやっていられない。さすがのフリーデグントも深く溜め息を漏らしていた。

「互いの心臓に剣を突きつけ合う気か？」

「逆です。僕たちは手を取り合い、真冬の雪山であっても踏み越えることができると確信しておりますから」

「気楽に言ってくれる」

エルの無茶ぶりに耐性のあるフリーデグントはともかく、激怒したのがグスタフである。王女の前であることも忘れてエルへと詰め寄る。

「直《ただ》ちに元に戻せぇッ！」

「できません。飛竜戦艦《リンドヴルム》の魔導演算機《マギウスエンジン》を含めて大掛かりな変更を施しましたので。戻すくらいなら壊して一から作り直す方が早いくらいです」

彼はギリギリと歯を噛《か》み締めていたが、やがて我慢の限界を超えた。

「もう貴様は黙れ！　このままタダで済むと思うなよ……！　コジャーソ卿《きょう》！　これはどういうことだ！　貴様がついていながら、このような狼藉《ろうぜき》を許したというのか!!」

突然矛先を向けられたオラシオは、しかし特に動揺も見せず肩をすくめる。

「それは心外ですねぇ。私は飛竜戦艦の修復に最善を尽くしましたよ。現に再び空を舞うところまで辿《たど》り着きましたがね？　操縦系をどうするかなぞ両国の、政治の範囲内でして。一介の鍛冶師《かじし》の身としては判断しかねますんで」

収まらず怒声を並べるグスタフを、冷めた目で眺める。

（無駄だ無駄だ。あんな化け物のやることを誰が止められるもんかよ。もう飛竜戦艦なんて、たがの外れた樽《たる》みたいなもんだ）

オラシオの思うところ、おそらくエルネスティは手加減をしている。彼が望めばもっと好き勝手な変更をするのも自由自在のはず。だが一応は約束に沿ったものに留《とど》めているのだから。

騒がしい船橋の中、フリーデグントが静かに告げた。

「エムリス船長と連絡はつくか」

「直通の伝声管を引いてございます」

エルはしれっと伝声管の1本を指し示す。用意のいいことである。

「では連絡を。本日は飛竜の試験飛行である、動きは当方に任されたし。今後の運用については改めて話し合いを申し入れる……と」

船員が慌てて応え、伝声管へと叫ぶ。

「返答あり！『承知した。飛竜の無事なる飛行を望む』とのことです！」

待ち構えていたような返答に苦笑しつつ、銀の短剣を機器に差し込む。するとすぐさま飛竜戦艦の全ての機能が目覚め始めた。

魔導演算機《エーテリックカリキュレータ》が反応を示し、13基の魔力転換炉《エーテルリアクタ》から魔力が流れる。結晶筋肉《クリスタルティシュー》に張力が満ち、源素浮揚器《エーテリッククレビテータ》が輝きを放った。

「本当にこれでは抜け駆けなどできないということか」

「これからも約束が正しく守られますよう、願います」

ざわつく船橋の中、フリーデグントはエルをじっと睨《にら》む。戦いの場のみならず、破壊された飛竜戦艦をすぐさま立て直し、しかしとんでもない罠《わな》を仕掛けてみせる。あのエムリスという男、よくぞまぁこんな危険物を飼いならしていることである。いずれ改めてじっくり話してみるのもいいかもしれない。

「恐ろしい奴らと手を組むことになったものだ……」

それが彼女の偽らざる本音なのであった。

◆

風が緩やかに流れ、雲海は穏やかに広がる。雲の白と空の青に分かたれた空間に、唐突な黒色が突き刺さった。

「エ……チェバルリア卿《きょう》！　無茶な、振り回しすぎだ！」

「大丈夫です。飛竜戦艦《リンドヴルム》の能力であればまだまだいけますよ」

機械の巨竜が吼《ほ》える。史上最大級の魔導噴流推進器《マギウスジェットスラスタ》が生み出す莫大《ばくだい》な推進力が、巨体を蹴り飛ばすように加速させた。源素浮揚器《エーテリックレビテータ》の力を振り切る強引さである。

雲の絨毯《じゅうたん》を突き抜け、掻《か》き乱しながら、飛竜戦艦が急上昇していった。片翼のみに飛空船《レビテートシップ》を連結した、なんとも奇妙で不格好な船体。しかし躯体《くたい》をしならせて空を力強く進む姿からは不安定さの欠片《かけら》も感じられない。

それもある意味で当然のこと。なにせ今、船の操舵《そうだ》を担っているのは――。

「き！　貴様ァ！　舵《かじ》を離せ！　船を破壊する気かァ!?」

「ご心配なく、本船の強化魔法の出力であれば十分に許容範囲内です。むしろ慣らし程度に抑えているくらいですよ」

銀鳳《ぎんおう》騎士団大団長エルネスティ・エチェバルリアであるのだから。

船橋にいるもの全員が手足を踏ん張り、必死に備品にしがみついている中で一人平然と、操舵輪を外れるだろソレという勢いでぶん回している。ようく見ればワイヤアンカーを使って身体を固定し、さらに操作系への介入もおこなっているのだが、そこまで把握できている者は皆無であった。

「源素浮揚器の浮揚力場《レビテートフィールド》が追い付いてきましたね。高空での安定性はさすがといったところ。僕の愛機はほぼ推進器の出力に任せて動いているのですが、さすがに強引さは否《いな》めません。加えてこの身体のしなりを使った運動も見事。かつて相対した時には手こずりましたがそれも納得の性能というものです」

「…………！」

なぜコイツはこの状況でぺらぺらとしゃべりまくっているのか。

今しも飛竜戦艦はその巨体に比して信じられないほど鋭い旋回を見せていた。機首を巡らして長く伸びた尾を振り、雲を削るように飛翔する。船体がビリビリと震えるが、かかる負荷を強化魔法の出力が凌駕《りょうが》した。

「なるほど。だいたいわかりました。巨体による慣性、しなりによる勢いの付き方、タイミング。推力は目覚ましいものがありますが使いどころに癖があります。そして巨体そのものを武器にできるのはやはり強みですね」

トドメに横滑りから全身を大きくくねらせ、飛竜はようやく安定した水平飛行へと復帰した。

「うーん満足です。たまには違う機械を動かすのも勉強になっていいですね！」

船橋に、死地をくぐり抜けた安堵《あんど》が漂う。全身全霊で手すりにしがみついていたグスタフが額に青筋を浮かべて伝声管へと飛びついた。

「え、エムリス船長ッ！　これはいったいどういうことか⁉　貴船からの操縦を試すというから同意したのであって、この馬鹿の好きにしてよいなどとは言っていないぞッ！」

「確かに『次は我々の陣営から操縦する』という話だった。であれば、せっかくそちらに一番の腕利きがいるのだから感触を覚えさせておくべきだと思ってな、許可した」

当然のように告げられた言葉に二の句を失う。ようやく復活したところで、力を籠《こ》めすぎた伝声管が軋《きし》んで音を立てた。

「あれのどこが腕利きというのだ⁉　我々を振るい落とす企みの間違いであろう！」

「あれしきでか？　だとしたら先に告げておかねばならないことがある。俺たちはもしも本船が窮地に陥るような状況となったら、無理にでもエルネスティに舵《かじ》を取らせるつもり

だ。船はさらにぶん回すだろうが、その分間違いなく戦闘能力は格段に跳ね上がるからな。我々はひとつの船に乗る身だが、荒事《あらごと》の中での手加減なぞ約束しかねる」

「お前たちは耐えられると……いうのか？」

「俺とて騎操士《ナイトランナー》の端くれだ、あの程度の動きで潰れるほど柔《やわ》ではない。それにうちの船員にすれば、まぁ慣れもあるしな」

グスタフが歯を食いしばって黙り込んだ。それが騎操士としての能力だと返されてしまっては迂闊《うかつ》な反論は自らの無力さを公言するようなものである。彼とて仮にも天空騎士団《ルフトリッターオルデン》を率い、竜騎士長を任されている身。しかも主《あるじ》である王女フリーデグントの前である。憤懣《ふんまん》やるかたない様子であったが、言葉を呑《の》み込むしかなかった。

そのフリーデグントはようやく一息つき、青ざめた顔色のまま告げる。

「……グスタフ。世に万全はなく、時には危険を顧みぬ動きも必要になるだろう。私は『竜の王』との戦いの中それを知った。そう思えば事前にこの動きを体験できたことは決して無駄にならないはずだ」

「お心遣いにはまこと感じ入るばかり。しかし！　いかに殿下のお心が大空のごとく広く寛容であられたとしても、時には正さねばならぬことがございます！」

「確かにエチェバルリア卿《きょう》はよく無茶をする……というより無茶しかしないお馬鹿であるが、それを押し通すだけの実力の持ち主でもある。グスタフよ、我らの天空騎士団に同じだけのことができる騎士がいるか？」

「それは……ッしかしッ！」

グスタフは反論をためらった。天空騎士団の実力者といえばまず左右近衛《このえ》隊長の二人の名が挙がる。しかし彼らですら、たった一人で飛竜戦艦《リンドヴルム》を手足のようにぶん回すような真似はできないだろう。グスタフの頭の片隅で冷静な部分がそう認めてしまっている。だからこそ彼はフリーデグントに対し、嘘《うそ》や気休めで返すことができなかった。

「とはいえ彼の手を借りるということは、もはやのっぴきならない状況であるということだ。そうならないことを私も心底、切に祈っているよ」

フリーデグントは疲れたように船長席に沈み込む。その意見にはグスタフですら無言で頷《うなず》いたのだった。


そんな船橋の騒ぎを片隅で見つめる者たちがいた。

「いやはや、今のは肝が冷えたよ。船がちぎれるか投げ出されるかと思った」

「飛竜戦艦にこれほどの動きができたとはな。まるで竜闘騎《ドラッヒェンカバレリ》……いや勝るかもしれん」

天空騎士団左右近衛隊長、イグナーツとユストゥスである。

「見ろイグナーツ、団長殿がお怒りであるぞ。もとより謹厳実直な御仁《ごじん》ではあるがさすがに耐えかねたのだろうなぁ」

「団長は何も間違っていない。というよりアレがふざけすぎている」

イグナーツの睨《にら》む先には当然、のほほんと佇《たたず》むエルがいる。グスタフの怒りようを尻目に、まるで何でもないように振る舞うさまは見ていて頭痛を覚えるほど。いったいどんな神経をしているのか。

「ううん。考えてみれば他国の人間が操っているさまを直《じか》に見る機会などそうそうないことだ。興味深い……舵《かじ》だけでどうやってあんな動きを命じたんだ？　わかるか？」

「……おそらくは飛空船《レビテートシップ》向けの操り方などしていない。幻晶騎士《シルエットナイト》や竜頭騎士《シュベールトリヒツ》に近い動かし方をしたのだ。やり方は皆目わからないがな」

溜め息をつくイグナーツに対し、ユストゥスは楽しげですらあった。しきりに方法を教えてもらえないかなどと呟《つぶや》いている。教えてもらってどうするというのだろうか。

同僚はさておき、イグナーツは眉根を寄せて思考の海に沈んだ。

（エルネスティ・エチェバルリア……『竜の王』との戦いではさんざん言い散らかしてくれた蒼《あお》い騎士。やることなすこと無茶で馬鹿だが、ただ一騎で『竜の王』に殴り込んだ度胸と腕前は間違いなく本物だった）

性格的には合わないことこの上ないが、ただその能力は認めざるを得ない。いったい他の誰が単騎で『魔王』と渡り合えるというのか。右近衛《みぎこのえ》の長たるイグナーツすらためらいを禁じ得ないというのに。

そうして幻晶騎士での戦いも見事であったが、さらに飛竜戦艦《リンドヴルム》をすら軽々と操ってみせたとあっては、もはや化け物と呼んでも差し支えない。

(俺とて近衛の長まで上り詰め、それなりに自負もあった。世界は広いということか)

外に後れを取ることなど想像もしていなかったが……世界は広いということか)

イグナーツは妙に落ち着いた気持ちで、騒がしい船橋の様子を眺めていた。あそこまで強烈な人物が相手では、嫉妬も敵愾心《てきがいしん》も湧かないものらしい。

「ところで新しい動きを思いついたので試してみたいのですが。もう一度動かしてもいいでしょうか？」

「いいわけないだろうが貴様ァ！　遊んでいるのではないのだぞ!!」

「……竜騎士長にあれだけ怒鳴られてまったく怯《ひる》まないというのもすごいな！　なんという心の強さだ」

「強いというより度を超して図々しいだけだろう。もっともあそこまでいけばいっそ褒めるべきかもしれんがな」

ついでに尊敬や敬意だってひとかけらたりとも抱けそうにはなかったのである。

◆

「……こちら『黄金の鬣《ゴールデンメイン》』号。こちらからの操船について確認を完了した。多少すったもんだがあったが、飛竜戦艦《リンドヴルム》は無事に動いたのだ。まずは喜ぼうじゃないか」

「……あれを『多少』で済ますあたり、エムリス船長は本当に慣れているのだな」

伝声管の向こうから疲れたような声が響いてくる。実際にフリーデグントたちが消耗しているのがありありとわかった。思わずエムリスは小さく笑う。

「銀の長との付き合いもそれなりに長いからな」

その一言だけでフリーデグントは色々と納得したらしい。エルネスティに付き合っていれば、いやでもこの程度には慣れてくる。

「ともあれだ。少しばかり予定外もあったが、これで飛竜戦艦は一切遜色《そんしょく》なく戦えることを確かめた。改めて山の頂上へ向けて針路をとる」

「向かう途中でずいぶん遠回りをした気がする……貴公らと話しているといつも本題からズレていくばかりだな」

向こうは頭を抱えているのだろうなと、エムリスでさえ容易に想像できる声音であった。

飛竜戦艦が高度を落とし、帆翼《ウイングセイル》を広げて巡航状態へと戻る。やがて周囲に飛空船《レビテートシップ》が追い付いてくる。パーヴェルツィーク王国軍の船であった。伝声管の向こうから声が聞こえてくる。

「護衛戦力、揃《そろ》いました！　脱落ありません！」

「突然飛竜が暴れたというのに、さすがは天空騎士団《ルフトリッターオルデン》の精鋭たちだ」

どれも一般的な起風装置《ブローエンジン》を積んだ船である。それでいて飛竜戦艦の大暴走についてきたのだから、その苦労たるや察して余りあった。エムリスも心の中で労《ねぎら》っておく。

「よい練度だ、北の巨人と呼ばれるだけはある。飛竜戦艦が目立っているとはいえ、他も侮《あなど》りがたいな」

集結を終えた飛空船団は進む。針路上に聳《そび》え立つ光の柱を睨《にら》んでいると、フリーデグントがふと問いかけてきた。

「時にエムリス船長。アレの中身がエーテルだとして、一体なぜ急に噴き出してきたのだと思う？」

「単純に考えるならば地面に穴が開いたのだろう」

「単純にもほどがある。地面を掘ればエーテルが噴き出すというのであれば、我らの支配下にある鉱床なぞ端からエーテルまみれになっているところだ。間違いなくあれは普通の出来事ではないぞ」

「だろうな。人の力で成し遂げるには規模がでかすぎる」

「……原因に心当たりがあるような口ぶりだな？」

「そんなものはない、だが予想はできる。人の手で成しえぬというのならば人以上の存在《モノ》が成したのだ」

返ってきた沈黙が、フリーデグントがすぐに心当たりに行きついたことを如実に表していた。

「決闘級程度では足りないな。旅団級、あるいは師団級もありえる。パーヴェルツィークの、気合いを入れてくれよ。恐らくはもう一度『竜の王』と並ぶほどの魔獣を相手どることになるだろうからな！」

「次から次へと、まったく冗談ではない」

エムリスとて確信を抱いているわけではない。しかし恐らく間違いないだろうとも思っていた。

続々と人間たちが上陸しているといっても、やはり空飛ぶ大地は未知なる土地なのである。ボキューズ大森海《だいしんかい》のように恐るべき魔獣が潜んでいてもなんの不思議もない。

「この地に眠る源素晶石《エーテライト》は我が国の未来を照らす輝きなのだ。これ以上の邪魔立ては許さない。必要とあらば再び飛竜の炎にて墜《お》とすまで」

「国の事情はさておき、島全体に脅威を及ぼすというのならば俺たちだって看過できんさ。ハルピュイアだって困るだろうしな」

「……そうだな」

伝声管の向こうから答えが返ってくるまでに、少しだけ時間があった。

　そうして話し合いを終えて伝声管を閉じ、エムリスは一息ついて背もたれに沈み込んだ。

「皆、聞いての通りだ。予想はしていたと思うが一暴れすることになるだろう」

『黄金の鬣《ゴールデンメイン》』号の船橋にいる者たちの反応はさまざまだった。クシェペルカ王国、またはフレメヴィーラ王国からついてきた者たちはごく平然とした様子である。

「どんな魔獣がいるかわかりませんが、飛竜が味方にいるというのは心強いですね。しかも騎操士《ナイトランナー》はエチェバルリア団長だ」

「連中がそうすんなり操舵輪《そうだりん》を渡すとも思えないが、まぁ銀の長に任せておけば問題なかろう。あいつは人のものを分捕《ぶんど》ることにかけては右に出る者がいない」

「微塵《みじん》も誉めてないですねそれ」

「実際、ジャロウデク王国との戦いの最中なぞ根こそぎ行く勢いだったぞ」

　かつての不穏な出来事の数々を思い出し、エムリスが口元を引きつらせる。

　しかし心強いのは確かである。こと戦闘に関してエル以上に頼れる者などいない。すでに飛竜戦艦《リンドヴルム》の動かし方もモノにしており、たとえもう一度『竜の王』と戦うことになったとしても、そうそう後れをとることはないだろう。

「それにしても自分の乗騎ごと吹っ飛ばしてくれたからな。あいつを手ぶらにさせておくわけにはいかないと思っていたが、ちょうど良い椅子があったものだ」

「はは。団長閣下はあれほど幻晶騎士《シルエットナイト》を愛しておいでなのに、扱い方は特に荒っぽくていらっしゃる」

「そこがよくわからんところなのだが、本人は造るのも壊すのもどちらも大好きだなどとほざいていたぞ。どうあれ、あいつの気まぐれにいちいち悩んでいたら気の休まる暇などなくなる。気にしないことだ」

のんびりと話していると、横合いからおそるおそる声が上がる。

「……本当に、あの勢いで戦うおつもりなのですね」

グラシアノをはじめとしたシュメフリーク王国の者たちが顔を青くしていた。

「我らとて必要とあらば戦いに臨む覚悟はできております。……しかし何分にも貴国ほど戦勘《いくさかん》を備えておりません。なるべくご記憶いただければ嬉《うれ》しいのですが……」

「そうか。ならば今からでも気合いを入れておいたほうがいいぞ！　それこそ戦いとなれば、先ほどの比ではなく『振り回す』だろうしな！」

からっとした笑みで言われたものだから、グラシアノの表情が変な方向に曲がってしまった。おそらくまったく悪気なくいつも通りであり、つまりこの人たちは普段からこんなことをやっているのである。

「西方の何と広いことでしょうか……」

味方であるのは心強いが、しかし一抹の危険も感じてやまないグラシアノたちなのであった。

◆

飛竜戦艦《リンドヴルム》に率いられ、パーヴェルツィーク王国軍が進む。大空に、船団とは進む向きを別にするものがいた。

「ふぅ、やはり外はいい。あの船というものは確かに楽ではあるが、風は直《じか》に浴びるに限る！」

小さな、たった1匹の魔獣。小なりといってもそれは飛空船《レビテートシップ》と比べてのことであり、決闘級魔獣をやや上回る躯体《くたい》は十分に巨大である。

三つ首の鷲《わし》の頭を持つ四つ足の獣、三頭鷲獣《セブルグリフォン》は大きな翼を広げて空を進んでいた。

その背で、ハルピュイアのホーガラもまた翼を広げていた。人間であれば頭髪にあたる部分が翼の形をとり、風をはらんで広がっている。

風の流れに合わせて翼を動かせば三頭鷲獣もそれに合わせて飛び方を変える。魔獣と乗り手たるハルピュイアは翼を重ねることで一心同体となるのだ。

「ご機嫌なところ！　悪いが！　ちょっと人間には！　辛《つら》いんだけど⁉」

ホーガラの上機嫌に水を差すように、後ろから悲鳴のような抗議のような声が上がった。そこにいるのは幻晶甲冑《シルエットギア》で身を固めたキッドである。

「我らと共に飛ぼうというのに、その体たらくでは困る」

「こちとら頑張って強化魔法使ってんだよ……」

キッドとて何回か鷲頭獣《グリフォン》の背に乗って飛んだ経験がある。以前ワトーに乗せてもらった時はもう少し楽に感じたはずだったのだが。

「せっかく風切《カザキリ》が三頭鷲獣《セブルグリフォン》の背を預けてくれたのだ。のろのろと飛んでいたのでは羽毛も抜け落ちよう」

「ちくしょう！」

なにせこの三頭鷲獣というのは鷲頭獣より一回り巨大で、それだけ強力な魔獣なのである。飛ぶ速度も段違いで、さすがは群れを率いる存在というだけはあった。ハルピュイアであるホーガラはともかく、しがみついているキッドにはやや荷が重い。

そもそもである。なぜキッドがこうして魔獣の背にへばりついているかというと――。

「本当！　ひってぇぜ若旦那！　どうして俺はこう！　別行動とかお使いとかが多いんだよ！」

「光の柱は重要かもしれないが、我らも巣を長く空けすぎている。だから風切が三頭鷲獣と共に役目を与えられたのだ。お前だって群の長に命じられたのだろう？」

「そりゃちゃんとした命令には従うけどさ！　若旦那はちょっと俺を便利に使いすぎなん

だよなーって！」

「それだけ頼られているということだ。……それともまさか、私と共に飛ぶのがそんなに不満なのか⁉」

「いやそこに文句があるわけではまったくないんだけど。どうしてそうなった⁉」

「だったらいいだろう！」

「ちょ、手綱もったまま暴れんな！」

勢いよく振り返ったホーガラに睨《にら》まれてキッドが怯《ひる》む。ついでに三頭鷲獣がぐいと進路をずらしたせいで背中の上でぶん回される羽目になり、必死にしがみつきなおす。

「あんまり暴れられると俺落っこっちまうから！　頼むぜ」

「変なことを言ったお前が悪い」

「理不尽だ……」

三頭鷲獣の背に張り付いている状態では天を仰ぐことだって簡単ではない。悲しみのキッドを背に乗せて、三頭鷲獣の長い鳴き声が空に響いたのだった。

第九十八話　紅の隼《はやぶさ》は戦場に集う

上を見れば流れる雲と広がる空。左右を確かめれば無数と言える数の翼があり、ハルピュイアが舞っている。そして眼下には——。

「くくく、なんということかねぇ。どこにも与《くみ》していない良い巣があると聞いてきてみればだよ、どうやら少々手遅れだったというわけだ？」

鬱蒼《うっそう》と茂る木々の合間にわずかに拓《ひら》けた場所。それはハルピュイアが暮らす巣、あるいは村と呼ばれる場所であった。

「人間どもがいるならまだわかるよ？　我々も一戦やってきたところだからね。しかしまさかだ！」

ハルピュイアの群れにあって唯一の異物、蟲《むし》のようでありながら奇妙に人型めいた姿をもつ魔獣——『魔王』がその節くれだった指を地へと向ける。

「巨人族《アストラガリ》とはなぁ!!　森を出て世界を変えてまで辿《たど》り着いたこの場所に！　相変わらず忌々《いまいま》しい目で睨《にら》んでくるじゃあないかお前たちは!!」

『魔王』あるいはそれを操る者である小王《オベロン》の言葉に、地上から吼《ほ》え返すものがいる。

「忌々しきは我が景色！　穢れの獣《クレトヴァスティア》と！　二度と瞳に映すことなきように全て斃《たお》したはずだ！」

「生き残りがあったか！　さらにはこのような遠き景色にいる、貴様は何ものか!?」

その姿は人間のようでありながら身の丈たるや幻晶騎士《シルエットナイト》にも並ぶ。巨人族、カエルレウス氏族の四眼位の小魔導師《パールヴァ・マーガ》とその護衛であるナブは、天に向かって挑みかかった。

「はは！　全て斃したとはまた大きく出た！　だが誤りだねぇ？　なにせこの『魔王』がいる。おやおや、真ならざる物言いは百眼神《アルゴス》とやらに背くおこないではないのかい、巨人族？」

「ぐ……しかし！　ここでお前を倒せば景色も真となろう！」

「ああ、過ちは我らの手で正さねばならぬ！」

「はは！　いいぞ最高だ！　いかにも巨人族の口から出そうな言葉だなァ!!」

巨大な敵意を受けて、しかし『魔王』は悠然《ゆうぜん》とした構えを解かない。逆に小魔導師は今にもその手から魔法現象を放つかと思われ——実際に魔法術式《スクリプト》を編むところまではやっていた——ナブもまた魔導兵装《シルエットアームズ》を構えたが、そこで動きを止めていた。

「うむ？　どうした巨人ども。そちらの娘！　四眼位にもなろうものならば魔導師《マーガ》なのだろう！　よもや魔法が使えないなんて心配は不要だろうさ！」

小魔導師は答えず四つの瞳を厳しく細める。ナブは魔導兵装を構えたまま、動きのない小魔導師の様子を訝《いぶか》しんでいた。

その頃になってようやく押っ取り刀で駆けつけただろう幻晶騎士《シルエットナイト》の足音が響いてきた。村の守りにと残されたシュメフリーク軍の騎士たちである。とはいえ彼らは彼らで、空を埋め尽くさんばかりのハルピュイアの群れを目の当《ま》たりにして動揺を覚える有様であった。

「おっと、うーんっふっふっふっふ。幻獣騎士《ミスティック》……ああいや幻晶騎士が出てきたか。どんどん賑《にぎ》やかになってきたじゃないかァ」

『魔王』がわざとらしい仕草で嘆いてみせる。そうしてすっと手を上げて『魔王軍』のハルピュイアたちを押しとどめた。

空から降り注ぐ敵意は時とともに高まりつつある。異様な沈黙が場に満ちた。迂闊《うかつ》な動きひとつ、言葉ひとつが戦いの火蓋を切りかねないとあっては騎士たちも及び腰になる。

そんな中で最も自由に振る舞えるのはやはりこの男であった。

「おおそうだ、巨人族《アストラガリ》の戦士たちよ。ふふふ、なるほどキミらにとっては言いたいことも山とあろうが、まずは自己紹介といこうじゃないか！　私の名は小王《オベロン》、かつてキミたちが小鬼族《ゴブリン》と呼んだものたちの王といえばよく見えるかい？」

「小鬼族だと……その景色は既にない。師匠《マギステル》・エルによって小人族《ヒューマン》と名を変えた……」

小魔導師《パールヴァ・マーガ》の返事を耳にした瞬間、小王がたまらず噴き出した。

「っふは！　……くっ、あはははははァ！　なんという傑作だよ！　まさか師匠と言ったのかい？　あの小さな彼が？　よりによって巨人族の!!　なぁるほど全て承知したよぉ、四つ目の娘！　キミたちはエルネスティ君がここまで持ってきたというわけだ。確かに大仰な船を使っていたからねぇ！　良い船旅だったかい？　くっくっ」

しばらく無遠慮な笑い声が空に響いていたが、やがてぷっつりと途切れる。

「はぁ。つまりキミたちもこの村もエルネスティ君の仲間であり、ゆえに私の敵というわけだ。面倒だねェ」

「!?」

『魔王』が地上を睥睨《へいげい》する。日差しを遮るほどのハルピュイアの群れが一斉に翼をざわめかせた。小王が一言告げれば、すぐさまそれらの爪が村に襲いかかるであろう。

シュメフリーク軍の幻晶騎士が盾を空に向けた。どれほど意味があるのかわからないが、心理的にないよりはマシというものである。

「しかしだよ！　巨人族も人間もどうでもよいがねェ？　我らの友たるハルピュイアと争うというのは、どうにもこちらの本意ではないのだよ。どうかな？　キミたちも我らと翼を並べ、この空より無粋な侵入者を追い出しはしないかい？　そこな人間など気にすることはない、風向きが変わることなどよくあることだろう？」

小王の言葉を聞き、村に住まうハルピュイアたちにさざ波のような動揺が走った。ハルピュイア同士で相争うことなど当然彼らにとっても望むところではない。どうすべきかを悩み囁《ささや》き合う。翻って人間たちの表情は絶望の色を濃くしていた。戦力差は数えるのも空しいほど。戦いになればひとたまりもないことは誰の目にも明らかである。かといってハルピュイアを積極的に引き留める手立てもない。親交を深めつつあるとはいえ、所詮人間たちは新参者、村に間借りしているにすぎなかった。

「かつての空の色を思い出すといい。人間たちの使う目障りな船もなく、風と鷲頭獣《グリフォン》だけが共にあった空を！　ハルピュイアの翼を縛り付けたものは一体何か!!」

「それは……」

上空に集まったハルピュイアたちが一斉に羽音を鳴らす。もはや圧力すら伴った轟音《ごうおん》に呑《の》み込まれそうになっていた、その最中。妙に不器用な羽音と共に巨大な影が飛んだ。よたよたといかにも危なっかしい飛び方には自慢の速度も見る影もなく。だが確かな意志をもって最前まで向かう。

その姿を確かめた瞬間、小魔導師《パールヴァ・マーガ》が四つの瞳を見開いて叫んだ。

「ワトー!?　なぜねぐらにいない！　傷に響く、百眼神《アルゴス》にお目通り叶《かな》うよう今は翼を休める時であろう！」

「大丈夫、あたしが頼んだからだよ」

若き鷲頭獣ワトーの代わりに、幼い声が答える。小魔導師は驚き、しかしすぐに納得した。忠勇なるワトーが乗り手を置き去りにするような勝手をするはずもない。小魔導師の目配せを受けてナブが前に出て、彼女たちを背に庇《かば》うように立ちはだかる。そうして小魔導師は問いかけた。

「……小さき翼《エージロ》よ、下がっているのだ。ここは問いの場、瞳開ききらぬ者に見通せるものではない」

ワトーの背にちょこんと乗ったエージロが彼女を見上げる。

「うーん。でっかい人の言ってることはなんだか難しくてよくわからないけど！　ここにいる皆は、あたしたちの村に用があってきたんだよね？　じゃああたしたちが答えないと」

「それは正しい景色であるが、だからといってお前が来る必要はないだろう」

「いまこの村にはお父さ……風切《カザキリ》がいないから。誰かが前を飛ばないといけないし」

「小さき翼よ、それをお前が背負えるのか？」

「やっぱりわかんないけど……でもここに集まった皆も、巣がなくて困ってるんだよね？　助けてあげないと！」

小魔導師は思わず四つの瞳を瞬《またた》いた。穢れの獣《クレトヴァスティア》――『魔王』に率いられているからと、全てが敵であるかのように考えていた。しかしハルピュイアにとっては巣を失った同胞たちの群れなのである。

「……そうだな、小さき翼よ。やはり我はまだ眼開ききらぬ者。こうも新たな景色を見せられるとは。真の敵を見定めることなく問いを開いてはならない。百眼神に誤りをお見せするわけにはいかぬ」

掌《てのひら》をおろし『魔王』を睨《にら》む。その『魔王』の中では小王《オベロン》が不満げに腕を組んでいた。

「ほう、風切《カザキリ》がいないのかい。歯切れが悪いと思ったがそういうことねェ。ともあれ決められないというならそれでもいいさ。我々としてもそこの巨人族《アストラガリ》ども、そして西方人《せいほうびと》たちを払ってしまえば事足りるからね」

「嫌いなの？『地の趾《ち し》』たち」

「好ましく思っているハルピュイアなぞいるのかね、お嬢さん」

「あたしは好きだよ？　キッドとか！」

「……いやそういう話ではない」

やりづらい。小王の嘆息が漏れ聞こえてくる。

「悪いが知ったことじゃあないのだよ、お嬢さん。我々の群れは人間たちと爪を交えた後。もはや手を重ねることなどないん……」

小王の台詞《せりふ》が途中で途切れた。村の奥から鷲頭獣《グリフォン》とハルピュイアたちが進み出て、ワトーと巨人たちの周りを守るように集まり始めたからだ。それが意図するところは明白であった。

「はん？　これまでは雛《ひな》の戯言《ざれごと》と見逃してきたけどねぇ。君たちは一体全体どういうつもりなんだい？」

「我々とて『地の趾』の全てが翼を並べられるとは思っていない。しかし全てが敵とも思っていない。ただ彼らは我らを助けるために炎の中に飛び込んだ。野鳥ですら一羽ばたきで受けた恩を忘れることはあるまいよ」

「うん！　ワトーだって、蒼《あお》いでっかいのが助けてくれたし！」

ついに小王は頭を抱えだす。

「蒼い……くっ、なんと嫌な単語だ！　読めてきたぞ、またエルネスティ君だな！　まったく巨人族といいハルピュイアといい、彼はどうしてこう隙間に入り込むのがうまいんだ！　小さいからか？　しかも毎回私の邪魔ばかりしてくれる！　ええい、ならばよかろう！」

若干の勘違いがあるが、それを正せるものはいない。『魔王』が腕を広げ、それまで推移を見守っていた『魔王軍』のハルピュイアたちが一気に動き出す。

「風向きを合わせられなかったのはとてもとても残念であるよ。君たちの意見は我が群れとは食い違っている。風は常に巨大なるものの味方なのだよ。いかにも不格好ではあるが、ここからは力で押し切らせてもらおうか！」

地上も応じて動き出す。幻晶騎士《シルエットナイト》は魔導兵装《シルエットアームズ》を空に向け、鷲頭獣たちは迫るハルピュイアの群れを威嚇《いかく》した。小魔導師《パールヴァ・マーガ》が傍らのエージロとワトーに囁《ささや》く。

「小さき翼よ、あの穢れの獣《クレトヴァスティア》は我らが瞳と引き換えてでも倒す。後は空の民同士の問い、任せてよいか」

「うん。皆ちょっと怒ってるけど、なんとか話してみる！」

「ひどく困難な目であるな。しかし問いが難しいほど百眼神《アルゴス》はお喜びくださろう。挑む価値のあることだ」

「真は見定まったか、小魔導師《パールヴァ・マーガ》」

「ああ。またひとつ大きな問いを越えしところ、百眼《アルゴス》のお目に入れん！」

『魔王』はついに攻撃の命令を下さんと腕を持ち上げ――。そのまま動きを止めた。空のみならず地上にも疑問が広がってゆく。

「なんだ？　あれは……」

むしろ当の小王《オベロン》ですら、じっと空の彼方を睨《にら》み、困惑の表情を浮かべていたのである。

彼の視線の先、流れる雲をかき分けるようにして巨大な舳先《へさき》が現れた。

それは空を進む船――もはや空の大地でもありふれた飛空船《レビテートシップ》であった。ただ一点目を惹《ひ》くのは、その船が異様なまでに巨大であったことだ。船体長は通常の船の倍はくだらない。

そんな巨大船の周囲を囲むように何隻《せき》もの飛空船が現れる。まるでパーヴェルツィーク王国軍に並ぶかのごとき堂々たる大船団であった。

「なん……だあれは！」

「飛空船!?　あんな規模が……どこの国が！」

船団の接近に気付いた者たちがざわつきだす。そうして『魔王』の中では小王が完全にキレていた。

「これはこれは……またも懐かしい顔ぶれじゃあないかね？　ああ、ああ。そうだとも、私にはわかっていたよ。エルネスティ君がいるということは、貴様らもいるだろうということはね！　だが！　本当にいるとはどういう了見なんだい!?　ええい！　彼が現れてから本当にロクなことが起こらないんだよォ!!」

◆

空に響いた小王の慟哭《どうこく》などつゆ知らず。

巨大船――銀鳳《ぎんおう》騎士団旗艦《きかん》、飛翼母船《ウィングキャリアー》『イズモ』の船橋は慌ただしさに包まれていた。

「前方、ハルピュイアの群れが……おそらく数百羽はいるものと！　また魔獣と思《おぼ》しき巨大な影も多数あります！」

「どういうことだ？　ここは確かにハルピュイアの村なのだろうが、聞いていたのは友好的かつもっと規模が小さかったはずなのだがな」

報告を聞いたエドガーが眉を跳ね上げる。問いかけられたノーラがわずかに思案した。

「状況が変わったのでしょう。群れの中身がわかりません、味方とは判断しかねます」

「やれやれ。大団長閣下の後を追っていけばこの有様だとは、つくづく波乱に富む人生をお送りでいらっしゃる。さてもどうする？　いずれにせよ無防備に接触するわけにはいかないと思うね」

「また勝手に突っ込まないでよ？　ディー」

「フッ。わかっているとも。これでも騎士団を率いるようになって考えを改めたのだ」

「何？　今の間《ま》は」

一緒に報告を聞いていたディートリヒとヘルヴィが話しているのを聞きながら、エドガーは考え込む。

「少なくともイズモの周囲には防御陣を敷くべきだ。しかしどう接触するといってもな。全軍で進むのは威圧的にすぎるが、あれが敵であるかもしれない以上戦力を渋るわけにもいかない」

そうして彼が戦力の割り振りについて考え始めたところで、ディートリヒがひらひらと手を振った。

「ふむ、では任せたまえ。我らが出てちょっと話を聞いてこよう」

「ディー、さっきの言葉をもう忘れたの？　力押しでは務まらない役目なんだから、ここはおとなしく藍鷹《あいおう》騎士団に任せるべきだと思うわ」

ヘルヴィの意見にノーラも頷《うなず》いている。しかしディートリヒはなぜか自信満々に胸を張った。

「何を言うんだい。少数で殴り込むなら我々向きだろう？」

「待て、殴り込むと決まったわけではないぞ」

「それに『新兵器』の慣らしにちょうど良さそうでもあるしね」

「そっちが本音か。ちったぁ取り繕えや馬鹿野郎《ダーヴィド》」

エドガーのみならず、イズモ船長の親方までもが諦めたように嘆息しては、もはや止められる者などいない。ディートリヒは意気揚々と船橋を後にする。

「では行ってくる。朗報を期待していたまえ。ようし紅隼《こうじゅん》騎士団！　お待ちかねの出撃だぞ！」

「イェア!!」

団員たちを引き連れたディートリヒが去ったところで、船橋に残ったエドガーが諦めたように息をついた。

「……白鷺《はくろ》騎士団。おそらく大事《おおごと》になる。いつでも出撃できるように準備しておいてくれ」

「やっぱこうなっちゃうのね。ま、それじゃあ準備しに行きましょうか」

「はっ！」

ヘルヴィが頷き、伝声管の向こうからは気合いの入った返事がくる。

彼女が船倉に向かうのを見送っていると、心配そうな表情のノーラがエドガーに問いかけた。

「クーニッツ団長があの様子では、おそらくこちらから喧嘩《けんか》を売る形になります。大丈夫でしょうか？」

「ああは言っているがディーとていろいろ考えている。それほど悪くはならないだろう」

「しかし……こう言ってはなんですが、クーニッツ団長の行き当たりばったりさは非常に見覚えがあります」

どこで見た動きなのかは言うまでもない。その上でエドガーは珍しく肩をすくめた。

「ならばいつも通りということだな」

彼もまた確かに銀鳳《ぎんおう》騎士団の出身なのであった。

『イズモ』の上部甲板へと昇降機《エレベーター》が上ってゆく。

「団長騎、出撃準備！　上部甲板開放します！」

紅隼《こうじゅん》騎士団団長騎グゥエラリンデがせり上がってきたところで、通信用の伝声管から声が響いてきた。

「団長！　『紅の剣』号がともに出るかと聞いています！」

「あん？　あれは地上用だ、今回出番はない……いやゴンゾースが騒いでいるな？　勝手に動くなと厳に命じておきたまえ。今回のパーティは空で開かれる。こちらも相応《ふさわ》しい装いをしなくてはね」

近接戦仕様機《ウォーリアスタイル》であるグゥエラリンデが2本の足で立ち上がり、甲板に吹きすさぶ風に身を晒《さら》した。いかに『イズモ』が巨体を持つとはいえ、ほんの少し走ればその先は空中。ただの幻晶騎士《シルエットナイト》では落ちるばかりである。

「『エスクワイア・ファルコン』準備、持ち上げます！」

そのための秘策がこの船にはあった。グゥエラリンデの後方にあるハッチが開き、新たな機体が甲板へとせり上がってくる。

それはおそらくは幻晶騎士であり、だとすれば非常に奇妙な機体であった。およそ銀鳳騎士団にまつわる機体はどれも一癖あることで知られているが、それは飛びぬけて異様な形状をしている。なにしろ『幻晶騎士の上半身だけ』しかないのだから。

「手順を開始します！　連結用補助腕《サブアーム》展開！」

伝声管から緊張感の滲《にじ》む声が聞こえてくる。グゥエラリンデの真後ろに位置したエスクワイア・ファルコンが細い補助腕を伸ばし、グゥエラリンデの背を掴《つか》んだ。

「接続を確認！　制御移譲します！」

計器の表示を見ていたディートリヒが頷《うなず》く。

「ようし操作が来た。続いて魔導演算機《マギウスエンジン》の同期……よし。最後だ、強化魔法を上書き《オーバーライト》……確認した！」

補助腕を通じて接続された2機が、強化魔法の適用範囲を書き換えたことで『ひとつの機体』と化す。

それはかつて銀鳳《ぎんおう》騎士団団長エルネスティが編み出した秘儀の再現。『イカルガ』と『カサギ』がひとつの機体『マガツイカルガ』となったように、『エスクワイア・ファルコン』は『グゥエラリンデ』の新たな一部となる。

「さあてこれがお披露目だ。気張っていこうじゃないか。『グゥエラリンデ・ファルコン』出る!!」

力強い踏み込みと共にグゥエラリンデ・ファルコンが空中へと飛び出した。

エスクワイアに搭載された源素浮揚器《エーテリックレビテータ》には既に十分なエーテルが供給されており、機体に浮揚力場《レビテートフィールド》を与える。さらに追加された魔力転換炉《エーテルリアクタ》から供給された魔力が魔導噴流推進器《マギウスジェットスラスタ》へと流れ込んだ。強力ではあるが大食らいである魔導噴流推進器を、グゥエラリンデとエスクワイアを合わせた2基の炉の出力によって支える。

そうしてついに近接戦仕様機《グゥエラリンデ》は空へと放たれた。

「うん、よい加速だ。これならば問題なく空中で戦えそうだね!」

エスクワイアに搭載された、安定翼を兼ねる可動式追加装甲《フレキシブルコート》を幾度か羽ばたかせ、ディートリヒは満足げに微笑《ほほえ》んだ。

飛翔するグゥエラリンデの周囲にすっと飛翔騎士《トゥエディアーネ》が並ぶ。紅隼《こうじゅん》騎士団の機体である。

ディートリヒは拡声器の出力を目いっぱいまで上げた。

「今回はまず探りを入れる。いきなりかましてはならないぞ。殴ってよい相手かどうか確かめてからだ。では突撃！」

「了解！」

空を切り裂き、紅の双剣が飛翔騎士《トゥエディアーネ》を引きつれて進む。

◆

地にはハルピュイアの村、空には『魔王』軍の群れ、そして飛空船団《レビテートシップ》から放たれた剣が突き進む。そんな最も危険な交点を目指して飛ぶ、小さな影があった。それは魔獣。三つの大鷲《おおわし》の頭を持つ獣が大きな翼を広げている。

「いったい！　これは！　どうなってるんだよ！」

「私が聞きたい！　どうして『魔王軍』がここにいる⁉　というかあの船はお前たちの群れのものなのか⁉」

「ああそうだよ！　銀の鳳《おおとり》を描いた旗なんて西方諸国《オクシデンツ》のどこ探しても他にないけどさ！　しっかし俺も困ったことに、飛んでる奴の何ひとつとしてまったく見覚えがねぇんだよ！　でも半分魚みたいな幻晶騎士《シルエットナイト》を飛ばしたのは確実にエルだ！　他にいてたまるかって！」

「なんでもいいからどうにかしろ！　それがお前の役目なのではないか⁉」

「できるんだったらなんだってやってやるよ！　でも俺にもできねーことはあるからな!?」

そんな獣――三頭鷲獣《セブルグリフォン》の背の上ではキッドとホーガラが大絶賛言い合いの最中であった。無理もない。ただの伝言役であったはずの彼らが、何を間違ってか史上最高に危険な戦場に突入する羽目に陥りつつあるのだから。

無益な言い争いはしばらく続き、やがてお互いに疲れたところですっと終わった。

「コレ絶対、今こそエルがいるべき奴だろ。つーかアイツ以外に誰がこんなの収められるんだよ……」

キッドは頭を掻《か》きむしりたい衝動に襲われる。しかし嘆いていても始まらない。彼は一息で気合いを入れ直した。

「あーでもやっぱ、俺がやるしかないんだよな。なんか最近損な役回り多い気がする！」

「それはお前がお人好しだからだろう。嫌なら避けて飛べばいいだろうに、好き好んで首を突っ込んでばかり」

「否定できないよなぁ。……というわけでさ、ホーガラ。これからけっこう危ないところに行かないといけないんだけど」

ホーガラはふんと翼を一羽ばたきし。

「誰に言っている。この私は風切《カザキリ》の次列であり、跨《また》がっているのは三頭鷲獣だぞ。いかなる危地も造作もない。お前こそ振り落とされるなよ、拾いになど行かないからな！」

「頼もしいけどひっでぇなぁ。まぁ頑張るよ。どうにも吹っ飛ぶのは俺の役目らしいんでね！」

斯《か》くして三頭鷲獣《セブルグリフォン》は混迷の渦中へと飛び込んでゆく。

◆

「ああもうやっていられないねぇ！　こちらはうんざりするほど西方人《せいほうびと》を相手した後なんだ！　それもまさかのエルネスティ君の横槍《よこやり》で『竜王体』まで失われて！　あまつさえ！身体を休めに巣に戻ったらわけの分からない魔獣にふっ飛ばされているし！　さらに！また船団ときた！　どれもこれもすべてエルネスティ君のせいだ！　許すまじぃぃぃ!!」

ぼけっと宙に浮かぶ『魔王』から小王《オベロン》の罵声が響いてくる。ハルピュイアたちは顔を見合わせたが、さすがに放っておくわけにもいかずおずおずと声をかけた。

「王よ。嘆きの風は胸に納め、まずこの逆風を越えねばならない」

「……ふぅ。わかっているともぉ面倒だがやるしかないわけだ。腹立たしいが！」

「勝てるか？」

「無理だね」

　小王が正気を取り戻したところで、おのおの群れを率いる風切《カザキリ》たちが『魔王』の周りに集まってきた。彼は投げられた問いを即座に切って捨てる。

「忘れもしない。あれはかつて完全だった『魔王』を打ち倒したエルネスティ君の愉快な仲間たちだ。それこそ『魔王』が健在か、せめて『竜王体』があれば話は違ったかもしれないが、我らのような群れに対しては過ぎた脅威だよ。加えて我らは一戦交えてからロクに休めていない。これで勝てる道理などまずあるまいよ。あー許せないねぇ」

　正しくも率直すぎる意見に、風切たちの間に動揺が走る。

「それではなんとする。この地の風は歪《ゆが》んだままか。我らは巣を追われ、翼折れて墜《お》ちる野鳥にすぎないということか！」

「そうならないために、乗るべき風はふたぁつほどある」

「！」

　思いのほか小王の口調は軽い。

「ひとぉつ。尻羽《しりばね》散らして逃げること！　おそらくこの遭遇は偶発的なもの、こっちが逃げるならまず追っては来るまいよ」

「……王よ。おそらくその風は正しい。だが我らは……」

　ここにいるのは、住処《すみか》であった森を焼かれて恨みと怒りをもって戦うハルピュイアである。さらに重ねて西方人に追い立てられることを決してよしとはしない。

「ま、だろうと思っていた。ならば選ぶべき風はひとつだねぇ」

『魔王』が眼下へと視線を転ずる。

「この巣をすぐさま制圧し、ここにいる者たちを盾にするとしようか」

◆

「ヒィアッハー！　紅隼《こうじゅん》騎士団のお通りだーっ！」

「敵はどこじゃー！　戦《や》れぇーッ！　ぶちかませー！」

「君たちそろそろうるさい」

　イズモと船団を後ろに残し、紅隼騎士団の幻晶騎士《シルエットナイト》が飛ぶ。団長騎であるグゥエラリンデ・ファルコンを中心に周囲を飛翔騎士《トゥエディアーネ》で固めた陣形だ。

　その中でディートリヒは、いくら能力に長《た》けるからといって古株たちのいる第一中隊を連れてくるんじゃなかった、と若干の後悔を抱き始めていた。確かに困難に対する対応能力は団の中でもずば抜けているが、基本的に頭の中まで筋肉が詰まりすぎている。

　とはいえ、一応手綱は取れている――はず。いざとなれば自分がなんとかすればいいと考えているあたり、ディートリヒ自身も脳筋の誹《そし》りを免《まぬが》れないことに気付いていない。

さてそんな騎士たちは、その自慢の観察眼でもって空を切り裂くように突き進む1体の魔獣を見つけ出した。

「魔獣確認！　前方、数は1！　進路直行！　魔導飛槍《ロングランス》いつでもイけまッス！」

「確認した、まだ放つんじゃないぞ。アレは鷲頭獣《グリフォン》という奴か。なるほど背にハルピュイアを乗せる騎獣だと聞いているが……なにやら頭が多いな？」

ノーラから聞かされて、ハルピュイアと鷲頭獣の関係については大まかに把握している。多数のハルピュイアが集まるこの場であれば鷲頭獣が何頭いようと不思議ではないだろうが、それにしても妙な雰囲気だった。

「どうやらあちらも目的地は群れのようだ。しかし偵察のようにも見えないが」

「あーのー。ディーダンチョ？」

その時、並んで飛ぶ飛翔騎士から戸惑いの声が上がった。

「なんかー、あのー、魔獣の背中に一二人？　いるっぽいッスけど。……片方、もしかしてキッドじゃないス？」

「は？」

思わず素《す》で返したディーが慌てて遠望鏡を起動する。グゥエラリンデの眼球水晶と連動した遠望機能が視界をぐっと拡大した。飛翔騎士の普及以降、戦場の拡大に伴い必須化した装備である。後付けで既存の機体にも搭載されるようになった。

部隊の全員がそれに倣《なら》い、三頭鷲獣《セブルグリフォン》の背にいる一人と一羽の姿を確かめる。

「おー？　そういえばあんな感じだったような？」

「一緒にいるんはハルピュイアだろうなー。ってか雰囲気からして女性なんじゃね？」

「ならキッドで確定じゃね？」

ここにいるのは銀鳳《ぎんおう》騎士団時代からの古株であり、つまりはライヒアラ騎操士《きそうし》学園からの同窓なのである。キッドはここしばらく国元を離れていたとはいえ、まさかその姿を見間違えはしない。

確かにキッドだと全員が確かめたところで、その場の空気が変わった。

「なぁ、キッドなら知らぬ間柄ってわけでもなし……ちょっとくらい攻撃してもいいんじゃね？」

「お？　やっちゃう？」

「一発だけなら事故かもしれない」

「俺、もしかしたらエレオノーラ女王陛下から密命を受けたかもしれない」

「あー俺もそんな気がしてきた」

「念のため言っておくが、やめたまえよこのバカども？」

じゃれ合いの範囲ではあるが、たまに実行しかねないのが怖いところである。ともかくグゥエラリンデ・ファルコンが翼をすぼめて加速した。

「……はぁ。私が先行する。お前たちは周囲を警戒しながらついてくるんだ」

「うーっす！」

紅の剣が一直線に突き進む。それを追う飛翔騎士《トゥエディアーネ》の中で、団員たちは面白くなってきたと俄然《がぜん》盛り上がりつつあった。

◆

わだかまるハルピュイアの群れが形を変えつつある。残る混成獣乗り《キュマイラライダー》が地上へと駆け降りていった。

「巣を襲うつもりか！」

三頭鷲獣の背の上でホーガラが叫ぶ。『魔王軍』が降り立とうとしているのは、彼女の一族が暮らす巣がある場所だ。

「戦《や》る気なんだな『魔王軍』！　ホーガラ、三頭鷲獣を急がせてくれ……」

ホーガラの後ろでキッドが口を開いた瞬間のこと。

急速に轟音《ごうおん》が迫ってくる。聞き覚えのある魔導噴流推進器《マギウスジェットスラスタ》の噴射音。はっと振り向いたキッドの視界に巨大な影が侵入してくる。

それは異様な姿をしていた。上半分は人型。数本の槍《やり》を無理やり集めたような武器を片手に保持している。異様であるのが下半身。滑らかに後方へと伸びるのは『尾びれ』。半分は人、半分は魚という常識を蹴り飛ばすかのような形。

「……っぱエルだよなぁ、コレ！」

だがキッドは呆《あき》れこそすれども驚きはしなかった。なにせ彼の愛機たる幻晶騎士《シルエットナイト》も半人半馬の異形であるのだから。さらに機体にはフレメヴィーラ王国の紋章が刻まれているとあっては、顔もほころぶというモノである。

「エルと若旦那を追ってきたのか？　……でも知らない騎士団章なんだよなぁ」

彼とて騎士としての教育を受けている。国内の騎士団章はすべて把握していたが、剣と紅の隼《はやぶさ》をあしらった紋章には見覚えがなかった。

しかし覚えた疑問はすぐに氷解することになる。

「っていうかうっそだろ、あれってグゥエラリンデ！　……が、飛んでるって⁉」

忘れようはずもない。かつて銀鳳《ぎんおう》騎士団で轡《くつわ》を並べて戦った紅の双剣、第二中隊長騎『グゥエラリンデ』。

ただし見慣れない機体が背中にくっついているうえに、まさか近接戦仕様機《ウォーリアスタイル》のまま空を飛んでいるとは。

「囲まれた……こいつら三頭鷲獣《セブルグリフォン》に並ぶと……！」

手綱を握るホーガラの手が強張《こわば》る。それをそっと押さえ、キッドが頷《うなず》いた。

「大丈夫だホーガラ、これは味方だよ。それに攻撃してこないってことは多分、こっちのこともわかってる気がする」

何しろフレメヴィーラ王国の騎士ときたらどいつもこいつも対魔獣の専門家なのである。この間合いまで接近して攻撃のひとつも加えてこないということは、少なくともいきなり戦う意思はないと考えて間違いない。


ホーガラを押さえながら、キッドは紅の騎体へとぶんぶん手を振った。ゆっくりと接近していたグゥエラリンデが小さく腕を上げて応える。

「やっぱり気付いてくれてるな。さっすがディーさんだ！　なぁ、あれは敵じゃない……近づいても暴れないでくれよ？」

背を撫《な》でながら三頭鷲獣に語り掛ける。三つ首のうちひとつがちらと目を向けてすぐに戻った。どこまで伝わったかいまいち不安だが敵意は感じないので大丈夫だろう。

半人半魚の機体たちはグゥエラリンデと三頭鷲獣を守るように位置している。もしかして第二中隊が来てくれたのかもしれないと、キッドはさらに顔をほころばせた。

「……確かにキッドだね。どうにもずいぶん妙なことになっているようだ」

風の音にかき消されないよう、強めにかかった拡声器から懐かしい声が響く。

「本当にディーさんなんだな！　えっといろいろあったんだけどさ！」

「見ればわかるよ。それよりまずは確かめたい……『誰が敵』だ？」

ディートリヒらしい単刀直入な問いかけである。

「下の森にいるのは味方だ。彼女の一族のハルピュイアと……巨人族《アストラガリ》って？　デカいのがいる」

「ああ、小魔導師《パール》とナブはここにいるのか。ならばさっさと合流するのも手ではあるね」

ディートリヒは、巨人族の少年少女であるナブと小魔導師《パールヴァ・マーガ》のことを知っているらしい。

キッドは意外な想いを抱いたがすぐに納得した。しばらく国元を離れていた彼とは違い、ディートリヒはずっとエルと行動を共にしていただろうからだ。

「そんでエルと若旦那はここにはいない。パーヴェルツィーク軍とあの光の柱を調べに向かってる……はずだ」

「パーヴェ……？　最終的には大団長のところに馳《は》せ参じるつもりだが、ならばあの光を目指せばいいんだね」

「大……？」

お互いにいろいろ情報が溢《あふ》れているが、大まかには伝わっているので良しとする。

「さあて後はここをどう収めるかだが。そこのお嬢さんの群れとは別なのかい？　あの魔獣とハルピュイア、なかなかに敵対的に見えるよ」

「ああ、あいつらは『魔王軍』っていって、ここから西方人《せいほうびと》を追い出そうとしてる」

「……は？　いやいや。『魔王軍』？　まさか『魔王』があそこにいるのかい？」

「確かエルがそんなことを……ディーさんも知ってるのかよ」

「知っているも何も『魔王』ならボキューズ大森海《だいしんかい》の奥で戦ったよ。というかエルネスティが倒したはずなんだが」

「そういやエルが死ぬほど狙われてたな」

「完膚《かんぷ》なきまでに叩《たた》き潰したからね、そりゃあそうもなる。しかし、だとすれば交渉も和解も不可能じゃないか。さっさと全軍を展開すべきだろうが……」

ディートリヒは僅かに考え込んだ。空飛ぶ大地、先住の民ハルピュイア、再び出会った『魔王』とエルネスティ――。まぁ見事にロクでもないが、既に大団長《エルネスティ》が動き出している今、余計なことで時間を食いたくはない。

「……よし。下には小魔導師たちがいるのだったね？　我々は最優先で彼女たちとの合流を目指す。それと一騎、敵は『魔王軍』だと後ろに伝えてきたまえ」

「了解ッス！」

「ディーさんが突撃しないだって……ッ!?」

「何かものすごい失礼な言葉が聞こえたが。私とて今では紅隼《こうじゅん》騎士団を任された身なんだ、そうそう身軽でもいられないさ」

「……え。ディーさん、銀鳳《ぎんおう》騎士団から離れたのかよ!?」

「む、聞いていないのかい。簡単に言えば私とエドガーがそれぞれ独立した。ともあれ積もる話は後回しだ、今は急ぐよ」

「いや、ちょ。結構気になるんだけどさ!?」

物足りない様子のキッドを置き去りに、グゥエラリンデが発光信号を灯《とも》す。

「これより最大速度で進出。巨人たちと合流の後、本隊が来るまでの時間を稼ぐ！　紅隼《こうじゅん》騎士団よ、その剣の冴《さ》えを見せろ！」

「応さァ!!」

グゥエラリンデと三頭鷲獣《セブルグリフォン》の後を追って、飛翔騎士《トゥエディアーネ》が加速する。視界の先では降下する混成獣《キュマイラ》と舞い上がる鷲頭獣《グリフォン》の間で衝突が起ころうとしていた――。

◆

「……『魔王』……だと？」

先遣隊として紅隼騎士団を送り込んだと思っていたら、早々にとんでもない情報を携《たずさ》えて帰ってきた件について。

伝令から報告を受けたエドガーは額に手を当てて首を振った。

「大森海《だいしんかい》の奥で死闘を繰り広げたのはそう昔の話でもないぞ。もたもたしている場合ではない、すぐに全軍を展開すべきだ。最大戦力で先遣隊と合流するぞ。親方、いいな？」

「おうよ！　まさかまた『魔王』の名を聞くたぁ思わなかったが、こいつも銀色坊主《エルネスティ》の人徳かねぇ？」

「ますます急いで大団長を追いかけたいところだが、無視はできない」

エドガーが指示を出そうとした矢先、すっと現れた人物がいる。

「攻撃は少しお待ちください。考えがあります」

ノーラだ。エドガーは少々意外な想いを抱きながら問いかけた。

「聞こう」

「大森海に赴いたおり、『魔王』とその操り手である小王《オベロン》についての情報は集まっております。小王がハルピュイアの一派を率いているというのなら、交戦する前に接触の機会をいただけないかと」

「まさか説得するつもりか？　できるのか」

「試してみる価値がある程度には。もしも決裂したら、我々のことは無視して即座に戦力を投入していただいて構いません」

エドガーはじっとノーラを見る。相変わらず感情を表に出さない彼女ではあるが、それなりに付き合いも長くなり、通じるものもある。

「わかった。後詰めは即時展開の準備のまま待機する。とはいえ急いでほしいところだな」

「承知しています」

ノーラは早速船橋から去ってゆく。間もなく『銀の鯨二世《ジルバヴェール》』号が加速してゆくのが硝子《ガラス》窓の向こうに見えた。

「おうおう。相手はあの『魔王』だぜ？　いいのかよ」

「ノーラがなんの勝算もなく動くとは思っていないからな。いずれ戦いが避けられないとしてもその前に何かを試みることは無駄ではない。それに……」

エドガーは続く言葉に少し迷ったが、結局思ったままを口にした。

「……大団長《エルネスティ》ならおそらく、許しただろうからな」

「くはは！　騎士団長ってのも大変だなぁ、エドガー？」

「本当にな。俺たちがいかに大団長に頼っていたか身に染みて感じているよ」

雑談をかわしつつ余念なく出撃準備を指示してゆく。伝声管の向こうからヘルヴィの同意の声が聞こえてきて、エドガーはわずかに安堵《あんど》した。騎士団長としての彼はまだまだ手探り状態なのである。

そうしてイズモはゆっくりと前進を再開した。

◆

悍《おぞ》ましい咆哮《ほうこう》を響かせながら混成獣《キュマイラ》が降りてくる。その背にいるハルピュイアたちは険しい表情を浮かべていた。

森からは迎え撃つべく鷲頭獣《グリフォン》たちが上がってくる。混成獣よりは一回りほど小柄な体《たい》躯《く》。しかしその精悍《せいかん》な表情には怯《ひる》みなどまったくない。乗り手たるハルピュイアと共に自信に満ちて空を翔《かけ》る。

衝突の直前、混成獣たちの降下が一時止まった。

「……今一度問う。お前たちは同族である我らではなく侵略者である西方人《せいほうびと》につくというのか。これは我らの森を守る戦いだ、なぜ翼を並べようとしない⁉」

投げかけられた問いに、鷲騎士《グリフォンライダー》たちもまた翼を広げて止まった。

「ここにいる西方人は我らと巣を分け合い、翼を並べた者たちだ。それに足る者たちなのだ！　全ての西方人が敵ではなく、また味方でもない。ちょうど我らが翼を並べ、お前たちが向かい風にいるように！」

「そうか……残念だ。風を読み間違えた者の末路はただ落ちるのみ！」

「鷲頭獣と翼を重ねる限り、我らが落ちることなどない！」

「ほざけぇ！」

甲高く長い鳴き声を残し鷲頭獣が舞い上がる。上空から覆いかぶさるように混成獣の巨体が降りてきた。魔法現象を起こすでもなく力任せに突っ込んでくる。小柄な鷲頭獣《グリフォン》を飲み込むように爪を振りかざすと、鷲頭獣が風と共に加速して攻撃をかいくぐった。

「遅い！」

今度は鷲頭獣が頭上を取る。混成獣《キュマイラ》自体は強靭《きょうじん》でも乗り手であるハルピュイアは脆《もろ》い。背中は弱点なのである。

「悪く思うなよ！」

鷲頭獣が嘴《くちばし》を開き大気操作の魔法現象を起こす。ハルピュイアすら吹き飛ばすだろう暴風はしかし、混成獣の放った風の魔法によって打ち消された。

「たった一撃で終わりか、こちらにはまだ頭があるぞ！」

混成獣の山羊《やぎ》の頭が濁った眼を見開く。引《ひ》き攣《つ》ったような叫びと共に起こされた雷が鷲頭獣を強《した》たかに打ち据えた。

「がっ⁉」

「……耐えたか、さすがは翼の友だ。だがそこまでだ。事が終わるまで翼を閉じているがいい！」

衝撃にふらつく鷲頭獣へと向けて山羊の頭が再び嘶《いなな》き——雷の魔法現象が放たれる前に、飛来した炎弾がその横っ面を打ち据えた。

「……対空法撃、命中あり！　しかし効果は小！」

「かまわん！　少しでも鷲頭獣《味方》たちを援護するんだ！」

村に残っていたシュメフリーク王国軍の幻晶騎士《シルエットナイト》が魔導兵装《シルエットアームズ》の切っ先を空に向け、次々に法撃を撃ち放つ。宙に幾筋も火線が走り、混成獣が煩《わずら》わしげに吼《ほ》えた。

「おのれ、空にも上れぬ者が調子に乗るな！」

ハルピュイアが手綱を打ち、混成獣が身を翻す。急降下し一気に地上へ。息を呑《の》んだ幻晶騎士へと接近して嵐の吐息《ブレス》を放った。

「ぬぅ⁉　ひ、怯《ひる》むな！　抜剣！　前へ……」

幻晶騎士隊が崩れかけた体勢を立て直そうとした瞬間、混成獣が咆哮《ほうこう》を放つ。獅子《しし》の頭が、山羊の頭が、鷲《わし》の頭がそれぞれひどくねじくれた音を響かせた。

「お前たちを相手に加減など必要ない。少々間引く程度なら王も怒りはすまいよ！」

幻晶騎士が思わず一歩後ずさった。シュメフリーク王国の騎士たちに魔獣を相手に戦った経験などない。さらに混成獣は、決闘級からはみ出そうな巨大・強大な魔獣である。

騎士たちの怖《お》じ気《け》を感じ取った混成獣が勢いづく。残された間合いをわずかひと羽ばたきで詰め寄り、凶悪な獅子の頭が牙を剥《む》き出して襲いかかって――。

「つがッ⁉」

叫びを上げたのはシュメフリーク軍の騎士ではなかった。牙が届く直前に、唸《うな》りを上げて飛んできた槍《やり》が混成獣の首のひとつを貫いたのだ。

「あの槍《やり》はまさか⁉　どこからだ……！」

森の木々を擦《こす》るように低空を飛翔する影。飛翔騎士《トゥエディアーネ》の1騎が構えていた複合型空対空槍《トライデント》を戻した。

「おっしゃ命中！　つーか胴にぶっ刺さなくてよかったンス？」

「あのデカい魔獣は『魔王軍』らしいからね、まず敵だとは思うが様子を見るに越したことはない」

「どうあがいても手遅れだと思うッスけどね」

グゥエラリンデ・ファルコンが首を巡らせる。既に周囲は混戦状態であり、あちこちで魔獣同士が戦っていた。

「これは味方を守るにしても骨だな」

集団から抜け出すように三頭鷲獣《セフルグリフォン》が飛び出す。その魔法能力の高さを見せつけるような目覚ましい加速だ。

「群れの皆が待っている！　ゆくぞ！」

「ってことでちょっと先行ってるぜ！」

1体だけ抜け出したキッドたちの後を追い、飛翔騎士たちも加速を始める。

「おーすげぇ」

「先触れは彼らに任すとして、ひとまず友軍の守りに徹するぞ。可能なら巨人たちを探すんだ」

「了解！」

混戦のただ中へと紅隼《こうじゅん》騎士団が斬り込んでゆく。

「ッハァー！　守備優先だオラァ！」

「押し返せば味方は守れるぜ！」

飛翔騎士の加速力を遺憾《いかん》なく発揮。混成獣《キュマイラ》へと法撃を叩《たた》き込みつつ離脱を繰り返し、攻撃の出鼻をくじき続ける。

「なんだアレは……幻晶騎士《シルエットナイト》なのか!?」

「敵魔獣と戦っている！　味方のようだが……」

シュメフリーク王国軍の騎士たちがざわめきながら空を見上げている。突然乱入してきた新手の猛攻により、混成獣は空へと押し返されていった。

「魔獣どもの牽制《けんせい》はこれでいいか。残る問題は、ここに『魔王』がいるはずなんだが……」

グゥエラリンデを旋回させて戦場を見回す。

「……アレか！」

そうして魔獣と幻晶騎士が暴れまわる戦場に、ディートリヒは目ざとく異物を見つけ出していた。

混成獣《キュマイラ》でも鷲頭獣《グリフォン》でもない明らかに異質な存在。記憶にある『魔王』の大きさとは比較にならないほど小さくなっており、幻晶騎士《シルエットナイト》より一回り大きい程度である。

しかし『穢れの獣《クレトヴァスティア》』との類似を感じさせる甲殻《こうかく》をまとい、虹色に光る翅《はね》を広げて静かに佇《たたず》む姿を見れば疑いようがなかった。さらに周囲には先ほど別れたばかりの三頭鷲獣《セブルグリフォン》の姿までもがある。

「さすがはキッドだ、早くも見つけ出したとはね！」

ただひとつ不思議であるのは『魔王』が友軍と離れてたった1体、しかも地上付近にいることである。聞いた限りではハルピュイアの群れを率いる立場であったはずだが。

「『穢れの獣』の能力ゆえか？　はたまた余裕のなせる業か。不気味さはあるが……見逃す手はないな！」

『穢れの獣』という魔獣は非常に厄介な性質を有している。その体液は強烈な腐蝕性を帯びており、幻晶騎士の外装《アウタースキン》など瞬《また》く間に溶かしてしまうほどだ。また生身に対しても猛毒であり、気化拡散する性質も手伝って以前の戦いでは猛威を振るった。

「かつての私ならば尻込みしただろうが、今ならば『コイツ』がある。もっともこんなに早く出番が来るとは思わなかったがね」

ディートリヒが操縦席に新設された桿《レバー》を引く。機体内を命令が走り、背中に接続されたエスクワイアへと流れ込んだ。

補助腕《サブアーム》が動き、エスクワイアに装着されていた巨大な板状の装備を持ち上げる。グゥエラリンデが頭上に両手をかざし、突き出た持ち手を掴《つか》んだ。

「魔導剣《エンチャンテッドソード》、抜鞘《アンシース》!!」

がっちりとかみ合っていた固定機構《ロック》が外れてゆき、鞘《さや》そのものがふたつに割れる。日の光にさらされた刀身に鈍い輝きが走った。

それは『剣』としては異様な形状をしていた。頑丈であるべき刀身には縦横に罅《ひび》が走り、用途も不明な装置が埋め込まれてデコボコしている。およそまっとうな刀剣には見えない代物《しろもの》なのである。

「悪く思うな、戦場で隙を晒《さら》したほうが悪いのだからな!」

パキパキと音を立てて刀身に隙間《スリット》が開いてゆく。内蔵された紋章術式《エンブレム・グラフ》の命じるまま莫大《ばくだい》な大気が集《つど》い始める。

唸《うな》りを上げてグゥエラリンデが加速して一直線に『魔王』へと迫った。ようやく接近に気付いたのだろう、『魔王』が緩慢な動きで振り向く。高速で突っ込んでくるグゥエラリンデに対し『魔王』はなぜか避けも防ぎもせず立ち尽くしたままで――。

「紅の剣よ!　やめるのだ!!」

妨害は意外な方向からやってきた。『魔王』とグゥエラリンデの間に飛び込んでくるものがある。その姿を目にした瞬間、グゥエラリンデが全ての推進器を全力で逆噴射させた。

「んなっ、小魔導師《パール》!?」

加速がつきすぎていて、このままでは衝突してしまう。グゥエラリンデを無理やり大地に降ろすと、ディートリヒはとっさに源素浮揚器《エーテリッククレビテータ》からエーテルを強制放出。グゥエラリンデを無理やり大地に降ろすと、両の足でもって制動をかけた。

地面にくっきりと跡を残してグゥエラリンデがようやく停止する。魔導剣から圧縮されていた大気が溜め息のように吐き出された。

「くっくくっくっくっくっ……」

『魔王』から低い声が聞こえてくる。その手前、グゥエラリンデの眼球水晶が小魔導師《パールヴァ・マーガ》の厳しい表情を捉えた。

「……何があったんだい」

小魔導師がなんの理由もなく『魔王』を守るわけがなく、また敵に寝返ることはなおさらありえない。そもそも『魔王』、ひいては『穢れの獣《クレトヴァスティア》』は巨人族《アストラガリ》の不倶戴天《ふぐたいてん》の敵なのだから。

小魔導師が口を開くより先に、答える声があった。『魔王』、その乗り手である小王《オベロン》だ。

「そこの騎士よ。言ってしまえばそう大した理由ではないんだよ。ほら、コレさ」

『魔王』が節くれだった手を差し出す。そこに掴《つか》まれた幼いハルピュイアがもがく姿が、はっきりと見えた——。

◆

――時は少しさかのぼる。

紅隼《こうじゅん》騎士団に先行して村に飛び込んだホーガラとキッドが見たものは、そこかしこで戦う魔獣たちの姿だった。

「混成獣《キュマイラ》か！　村の鷲頭獣《グリフォン》が空に上がっている……三頭鷲獣《セブルグリフォン》よ、その爪を見せる時が来たぞ！」

ホーガラの叫びに三頭鷲獣が猛《たけ》り応じる。彼女の後ろからキッドが指し示した。

「あそこだ、見ろホーガラ！　『魔王』がいる！　巨人たちが戦ってるのか……！」

『魔王』は空中に浮かんだまま打ち上げられる法弾を躱《かわ》していた。地上にいる巨人たち、小魔導士とナブによる攻撃は激しいものだったが、『魔王』は余裕で回避している。逆に『魔王』からはまったく攻撃していないあたり、彼我の戦力差がありありと見えていた。

「強い……！　あれが『魔王軍』の最前を飛ぶもの……私たちに墜《お》とせるのか？」

問われてキッドは僅かに考え込む。『魔王』の強大さは以前の戦いで十分に理解している。さりとてこの場で戦っている者は彼らだけではない。

「ホーガラ、俺たちで奴を地上に引きずりおろすんだ。そうすれば皆で戦うことができる。まだ勝ちの目はなくなっちゃいないぜ。いけるか？」

「フン、任せろ。三頭鷲獣《セブルグリフォン》ならば風を掴《つか》むことも容易《たやす》い！」

ホーガラが手綱を打ち、三頭鷲獣が一気に舞い上がる。強大な魔法能力によって俊敏な動きを見せ、獲物に向かって高速で飛び降りる。

その間も巨人たちによる法撃は続いていた。幾度目かの法撃をかわした直後の『魔王』へと、三頭鷲獣の爪が迫る。

「おっと、どうにも見ない奴が混じっているねぇ！」

避けた先への急襲であったにもかかわらず、『魔王』は三頭鷲獣の爪をかわしてみせた。しかしそこへと間髪容《かんはつい》れず法弾が浴びせかけられる。巨人たちは三頭鷲獣の動きに気付いていたのである。地上と空中からの攻撃に挟み込まれ、さしもの『魔王』も避け続けるのは困難である――かに思われた。

「みんな、すごい！」

味方の奮戦にエージロが快哉《かいさい》を上げる。彼女とワトーは小魔導師《パールヴァ・マーガ》とナブに守られた後方にいた。なにせワトーは傷ついたままで、十分に戦えるとは言えない状態である。

そうして『魔王』が動きを変えた。

「ははは！　なるほどやるねぇ！　よかろう、そこまで熱烈に招かれるのならば大地に降りてあげようじゃあないか！」

炎弾をかいくぐりながら地上に降り立つ。『魔人体』をとる『魔王』は人型に近く、2本の後肢が大地を踏みしめた。

「さぁ、来てやったぞ？」

『魔王』が前肢を広げて悠然《ゆうぜん》と構える。まるで周囲を脅威とは捉えていないかのようなそぶりに巨人たちが激昂《げきこう》した。

「空にある優位を自ら捨てると？　その奢《おご》り、百眼《アルゴス》は見逃さぬ！」

「これで過ちを正す!!　百眼よご照覧あれ！」

小魔導師が魔法を放つと同時に、ナブが地を駆けた。元来巨人族《アストラガリ》は肉体を武器とする。法撃戦よりも格闘の方が得意なのだ。

「ふぅ。その動きは見飽きたぞ、巨人」

『魔王』が翅《はね》を広げた。微細な振動音をまき散らしながら、まさに風のごとき速度で動き出す。

「速い！　鷲頭獣《グリフォン》よりも!?」

『魔王』の動きは高速かつ変幻自在であった。鋭利な軌道を描いて放たれた魔法を回避、そのままナブを難なくいなして後方へと抜ける。

「それがお前の見た景色か！　させぬ!!」

小魔導師が持てる限りの力を振り絞って魔法を放つ。逆巻く炎の嵐を『魔王』は肢の一振りで蹴散らした。さらに加速し、その先にいる若い鷲頭獣《グリフォン》へと向かう。

未《いま》だ傷の癒えきらない身体でありながらワトーは鋭い羽ばたきで飛び上がった。その本能が危険を感じ取り、痛みを無視してでも逃れようとしたのである。だがしかしそんな死に物狂いの抵抗すら『魔王』にはまったく及ばなかった。

『魔王』の姿が掻《か》き消えた――そう錯覚するほどの加速。ワトーの動きを上回り、その背から何かを掴《つか》み上げた。

「ふうむ。手札というモノは必要になるまで伏せておくものだよ。勉強になったかい？」

そうして『魔王』は前肢を掲げてみせる。そこに掴まれていたものは幼いハルピュイア。ワトーが苦しげな鳴き声を上げた。

「は、放せぇ……！」

「そうつれないことを言うでないさ。少し話をしようじゃないか、風切《カザキリ》の雛《ひな》よ。……おっと、キミたちは動くでないよ」

駆け寄ろうとしていた巨人たちが、大地を踏みしめて動きを止める。

「……小さき翼を放すのだ。その者は此度《こたび》の問いに含まれぬ！」

「やれやれ、相変わらず眼ばかり多くて道理を解しない連中であることだ。見たところ風切のいない間はこの娘が要になっているようじゃないか。有象無象《うぞうむぞう》を捕らえたところで意味がない、必要なのは彼女なんだよ」

　上空では三頭鷲獣《セブルグリフォン》が悔しそうに嘶《いなな》いていた。ナブは構えたまま隙を窺《うかが》う。そして『魔王』に向けたままの小魔導師《パールヴァ・マーガ》の掌《てのひら》が震える。

「……ダメだ……」

　それは小魔導師が初めて覚える感情だった。

　もしも巨人族《アストラガリ》同士であれば、たとえ問いの半ばで果てたとしてもいずれは百眼神《アルゴス》の御許《みもと》にて再会が叶《かな》う――少なくとも巨人族はそう信じている。だがハルピュイアであるエージロは違う。喪失は永遠であり、その恐怖が震えとなって現れた。

　その時である。小魔導師の四つの瞳が、猛然と突撃してくるグゥエラリンデの姿を捉えたのは。

　彼女の身体は考えるよりも先に動き出し、『魔王』とグゥエラリンデの刃《やいば》の間に割って入っていた――。

◆

　素早く状況を見て取ったディートリヒが小さく息を漏らす。

「……なるほどね。小魔導師《パール》、あれが協力者かい？」

「小さき翼は……我が友である」

「委細承知した」

グゥエラリンデが迷いなく魔導剣を収めた。剣が鞘《さや》に収まるのを見て『魔王』もまた満足げに腕を戻す。

「『魔王』……『魔王』で、いいのだね？　記憶にある姿よりずいぶんと……小さいが」

「ほう？　それを知るということはあの戦いにもいたのか。はっは！　いやぁエルネスティ君はずいぶん熱心な狗《いぬ》を飼っているようだね！」

「ああ、今も獲物の喉笛《のどぶえ》を噛《か》みちぎりたくてうずうずしているよ」

「それは威勢がいい。そうだ、説明の必要はないかもしれないが……迂闊《うかつ》なことはやめてくれよ？　この『魔王』の身体を傷つけようものならばお嬢さんがどうなることやら。それは互いに望ましくはないだろうしね？」

ディートリヒは会話の裏で高速で思考を回転させる。己《おのれ》の繰り出せるありとあらゆる攻撃を試行。しかしそのどれもが『魔王』を傷つけ、湧きだす酸の雲《アシッド・クラウド》によって人質を巻き込んでしまう。

奴らの体液を封じる常套《じょうとう》手段であった風の系統魔法を使うにしろ、あまりに距離が近すぎる。それこそエルネスティ並みの魔法の使い手がいれば救出も叶《かな》うかもしれないが、ないものねだりの部類であろう。

今は解決法を思いつくか状況が動くまで時間を稼ぐしかない。ディートリヒは意を決した。

「しかし『魔王』が……小さくなったのは体躯《たいく》だけではないらしい。人質とは随分せこいことをするね」

「勝手な早合点は慎みたまえよ。このお嬢さんはどうやら群れの中でも重要な位置にいるらしくてね、直接話すのが手っ取り早いと思っただけなのさ」

「話し合いならばその手を離してもいいのではないかい？」

「できかねるねぇ。何せまだ話している途中だ。むしろ君のような邪魔者が横から口をはさんでこなければ、もう済んでいたかもしれないが？」

「それはそれは。私に構わず、話とやらを進めてくれればいい」

「もちろん順番に話を済ませてゆくとも。まずは狗、貴様たちの番だ」

『魔王』の複眼に見つめられ、ディートリヒは顔をしかめた。攻略法はまだ見出《みいだ》せず、そもそも攻撃を繰り出そうにも相手の注意はずっと己から外れていない。彼ほどではないかもしれないが、小王《オベロン》もこれで（エルネスティという）修羅場をくぐり抜けてきた強者《つわもの》なのである。

「さきほど乱入してきたのは貴様の仲間だね？　勇ましいことであるがそろそろ目障りだ。ひとまず全員、地上に降りてもらおうか」

まずいことになった、ディートリヒは滴《したた》り落ちてきた汗をぬぐった。

元々が近接戦仕様機《ウォーリアスタイル》であるグゥエラリンデはともかく、純粋な飛行型である飛翔騎士《トゥエディアーネ》たちは一度地上に降りると再度上がるまでに時間と手間がかかる。陸に打ち上げられた魚よろしく地上に降りた半人半魚になってしまうのだ。それでは戦力の激減は避けられない。

「フ～ン、だんまりかい？　残念だが余計な時間稼ぎは悪手《あくしゅ》なんだよねぇ。何せこちらには遠くまで届く『詩』があるんだよ！」

小王《オベロン》が意地悪く『囁きの詩《ウィスパードソング》』を起動しようとしたのとほぼ同時。

巨大な影が日の光を遮った。慌てて振り仰いだディートリヒは、そこに1隻《せき》の飛空船《レビテートシップ》の姿を認める。

「なんだぁ？　せっかちな奴がいるな！」

「……『銀の鯨二世《ジルバヴェール》』号だって!?　ノーラ、早すぎるよ……！」

まずいという思いと同時、状況が動くことへの期待もある。小王にとっては警戒に値する事態であろうが。

『銀の鯨二世』号が速度を緩め、そこから1体の幻晶甲冑《シルエットギア》が飛び降りてきた。大地まではかなりの距離があったが翼のような腕を広げて滑空し、静かに降り立つ。後続はなし。現れたのはたったの1体だけだった。

「増援としてはみすぼらしいねぇ。あの船は張り子なのかい？」

「私は戦いのために来たわけではありません。お初にお目にかかります『魔王』……いいえ、小王とお呼びすべきでしょうか」

「ふぅん。小王と呼ぶこと、特にさし許そうじゃないか」

小王は周囲の状況を確認する。飛空船は距離を置いて停止したまま。暴れていた紅の奴の仲間はいつの間にかおとなしくなっていて、当の紅の奴は手ぶらのままおそらくは隙を窺《うかが》っている。巨人族《アストラガリ》はこちらを睨《にら》んで動かず、三頭鷲獣《セプルグリフォン》は空中から降りる様子はない。

（さぁてこの交渉は囮《おとり》かねぇ？　いいや、焦るのは悪手だね。奴らは迂闊《うかつ》に『魔王』を傷つけるわけにはいかない。応じるかどうかすら私が決めていいのだから）

『魔王』の手の中でエージロは暴れることを諦めて静かになっている。主導権はまだ小王の手中にあるということだ。

「では伝令よ、まずは名乗れ。何者だい？」

「私はフレメヴィーラ王国藍鷹《あいおう》騎士団所属、ノーラ・フリュクバリと申します。エルネスティ様に従う者の一人とご理解ください」

「く！　くく……ならば敵だといえよう！　エルネスティ君本人でなくともぉ！　彼の一党は全て敵だよぉ！」

まぁそうだろうなと、ディートリヒはやんわりと操縦桿《そうじゅうかん》を握る手に力を込めた。

（どうするノーラ。向こうが動くのなら迎え討たざるを得ないが……）

グゥエラリンデによる介入。それはどうあがいてもエージロを巻き込むことを意味する。ノーラが強引にやって来た真意はまだ見えていない。しかし彼女は迂闊《うかつ》さとは縁遠い人物である。必ず何か意図があり、ならば必要な時に動くのが己《おのれ》の役目だと腹をくくった。心地よい緊張感が彼の集中力を研ぎ澄ましてゆく。

「我らの役目は『物語』を詳《つまび》らかにすること。故にさまざまな断片を収集してまいりました。今何としてもあなたに伝えておくべき物語があると判断し、罷《まか》り越しました」

「語《かた》り部《べ》ごときがでしゃばるねぇ。せいぜい西方に戻ってから謳《うた》うがいいよ」

「この物語は……そも我ら西方人《せいほうびと》に利するものではありません。むしろハルピュイアのため、多数の群れを従えるあなたにこそ必要なものです……」

それを聞いた小王《オベロン》はとてつもなく嫌そうに顔をしかめたのであった。

第二十二章
決戦、西方世界救済編

Knight's & Magic

第九十九話　エーテルの中を泳ぐもの

「これは……想像以上にすさまじいことになっていますね」

驚きを浮かべているのはエルだけではない。船橋にいる誰もが言葉を失い、食い入るようにソレに見入っていた。

音はない。ただ目くるめく七色の光をまき散らしながら天へと伸びる、柱のようなものが存在していた。この距離からでは詳細が判然とせず、まるで最初からこうであったかのようにも思える。

「あの輝き、確かにエーテルなのでしょうが……。ここは専門家のご意見を伺いたいですね、オラシオさん」

静まり返った船橋でただ一人、何事かをぶつぶつと呟《つぶや》き続けていたオラシオが呼ばれて振り返った。

「……最悪も最悪。酷《ひど》い有様だな。ありゃあ確かにエーテルで、しかも源素晶石《エーテライト》ではなく気体状ってことだ。石に換算してどれくらい抜けたかなんて計算するのも億劫《おっくう》ってヤツでね。それよりも問題なのが……今この大地はまるで穴の開いた革袋になっているってことだ。わかるだろう？　このまま大地から浮揚力場（レビテート・フィールド）が失われるまで、あとどれくらいなのかってことだよ！　お前は計算できるか!?」

「いえ。総量が不明ですので」

「だろうな！　なんつう不愉快な景色だ!!」

　バカ騒ぎを隣で聞いていたフリーデグントが船長席の肘置きをコツコツと叩《たた》く。

「お前たちだけで納得されても困るな。まったく喜ばしくない事態であるが、我々はそれを防ぐためにここまで来たのだ。悲観よりも先に止める方法を考えてもらいたいものだ」

　オラシオは忙《せわ》しなく手袋を外したり着けたりを繰り返す。

「もちろん、もちろん。仰せでなくとも考えてますよ。何せ私の飛空船《レビテートシップ》には源素晶石が必要で、こんな無駄遣いは許しがたいですからねぇ。しかし規模が規模だ。ところで逆にお聞かせいただきたいのですが、例えば根元を幻晶騎士《シルエットナイト》で埋められますかねぇ？　アレ」

「他に手段がなければそうするが、実際に穴の様子を確かめないとな。柱の規模からして難しそうに思えるが……」

「確かめて確かめて確かめて……。全部わかるころにはすっかりと袋が空になってそうですなぁ。……ああいや違う、違うぞ。あれだけのエーテルが噴出してるんだ、根元のエーテル濃度は酷いことになっているはず！　手持ちの防具では近づくことすらできないんじゃないですかねぇ。源素浮揚器《エーテリックレビテータ》に頭突っ込むのとあんまり変わりないかと。やってみたことありますかい？」

帰ってきたのは無言だけ。当然、そんなことをするバカはいないからだ。オラシオはさっと肩をすくめた。

「……待てよ。だとすると妙じゃあないですかね」

「どのあたりだ？　妙というならどれもこれも妙で仕方がないのだが」

「この光の柱は数日前までは存在していなかった。ならばごく最近何かが……あるいは誰かが穴を開けたってことになる」

「道理ですね。ならば逆の手順で穴を塞げないでしょうか？」

「闇雲に埋めるよりはまだアリかもしれんねぇ。いかがです？　殿下」

フリーデグントはこめかみを揉《も》みほぐす。確かにこの二人に任せておくのはある種心強いが、それでもついてゆくのがようやくであった。

「……待て、一度整理する。まず情報が必要だ。ここには何があったのだ？　イグナーツ、もう一度教えてくれないか」

「はっ！」

天空騎士団《ルフトリッターオルデン》右近衛長《みぎこのえちょう》イグナーツ・アウエンミュラーが進み出て答えた。

「きわめて巨大な源素晶石《エーテライト》塊《かい》です。露出している部分だけでこの飛竜をはるかに上回るほどの！」

オラシオがぽんと手を打つ。

「ほうほう、なるほどそいつぁいい。それって栓にできるんじゃないですかね？　見つけて突っ込んでみますかい」

「……仮に栓になるとしても、いったいどうやってそんな巨大なものを運ぶのだ」

するとエルネスティがひょこっと手を上げた。

「飛竜戦艦《リンドヴルム》を修復した甲斐《かい》がありましたね！　掴《つか》んで持っていきましょう！」

「軽々しく言ってくれるが、卿《きょう》。この飛竜は戦闘用だぞ。破壊力こそ優れているが、幻晶騎士《シルエットナイト》のように細かい作業に向いているとは言い難いぞ」

「とのことですが、設計者としてはいかがでしょうか？」

「飛竜戦艦で杭《くい》打ちをやりたいなんて馬鹿がいたら頭カチ割ってやるところだがね。やるしかないならやる……そういうことなんだろう？　エルネスティ・エチェバルリア」

船橋中の視線が一点に集中する。パーヴェルツヴィーク王国軍にとっての異物、エルネスティは満面の笑みで頷《うなず》いた。

「ではやってみましょうか！　できなかったらその時にまた考えるということで」

「とはいえ多少の調整はいるだろう。さすがにそのままでは可動範囲が……」

「待て、待て！　勝手に話を進めるなこの馬鹿者ども!!」

今すぐにでも行動に移しそうな勢いで話す二人に、フリーデグントが慌てて口を挟んだ。エルとオラシオは不思議そうに顔を見合わせている。まるでなぜ止めたのか？　と言わんばかりだった。心強くはあるが周囲を待たないのがこいつらの難点である。王女の溜め息が深みを増した。

「それは次善の手段とする。幻晶騎士《シルエットナイト》部隊で埋めてしまえる程度かもしれないからな」

「承知しました。正しいご判断です。何事にも情報は大事ですからね！　では飛竜にて可能な限り接近しましょう。観測の兵を手配してください」

「いいだろう。見張りの兵に最大限の防護服を用意してやれ」

準備を進めながら飛竜戦艦《リンドヴルム》が光の柱へと接近してゆく。随伴している他の船は後方で待機となった。戦闘能力、機動性、急な事態への対応能力などあらゆる面で、飛竜戦艦が最も強力であるからだ。

「……やはりでかいな。飛竜よりも幅があるぞ」

「全くの自然にこのようなことが起こるものなのか」

「光の柱自体が邪魔で、根元の状況はわかりません！」

それぞれに情報を集める中、同じく窓を食い入るように見ていたエルがふと眉を跳ね上げる。

「いま……柱の中で何かが動きませんでしたか？」

「柱の中だと？　あれは噴き出したエーテルなのだろう。その中に生物がいるというのか？」

「はっきりと見えたわけではありませんが」

言われて皆も柱に注目する。

「柱の中に、ねぇ。魔獣って奴か？　あいつらだってこの地上で生きてるからには高純度のエーテルに長く耐えられるはずがないんだがねぇ。魔力転換炉《エーテルリアクタ》と同じだ。もしも本当にあの中に住むような生物がいるとすれば……」

オラシオはぶつぶつと呟《つぶや》きながらも七色に揺らめく光を眺めて、

「!?」

柱の表面で唐突に起こった異様な動きに気付いた。

それまでのような緩やかな色の変化ではなく、そこだけ絵の具をかき混ぜたかのように色合いが斑《まだら》になっている。次の瞬間、斑の色合いがそのままぐにゃりと伸びた。それは細く長く、生物の触腕《しょくわん》のような形状を取り——。

「回避します！　操作を！」

謎の触腕が飛竜戦艦に向かっていると気付いた瞬間、エルが舵《かじ》に飛びついた。許可を得る暇も惜しいとばかりに即座に操作系を乗っ取る。

「全員掴《つか》まってください！」

警告を発しただけまだ親切であったといえよう。なぜならエルは直後に魔導噴流推進器《マギウスジェットスラスタ》を最大出力に叩《たた》き込み、急加速をかけたからだ。

身体を支えていなかった者たちが慣性で壁に叩きつけられる。委細気にせず飛竜戦艦《リンドヴルム》はその速度性能を最大に生かし、迫りくる触腕《しょくわん》を避けていた。

「……1本じゃない！　追ってくる！」

躱《かわ》したと安堵《あんど》する暇もない。すぐさま新たな触腕が光の柱から現れ、船体めがけて伸びてくる。

ミシミシと悲鳴を上げながら飛竜戦艦が躯体《くたい》を曲げた。船体に多数の関節を持ち、生物的な動きによる高い機動性を備える飛竜戦艦は、その能力を最大に発揮して全ての触腕をかいくぐった。しかし触腕は執念深く飛竜を追いかけてくる。

「少し牙を見せてあげなければいけないようですね！」

エルが獰猛《どうもう》に笑った。同時に、飛竜戦艦に接続された法撃戦仕様機《ウィザードスタイル》が一斉に魔導兵装《シルエットアームズ》を構える。

エルの直接制御《フルコントロール》により、非人間的なほどに一糸乱れぬ動きで法撃を放つ。宙を灼《や》いて飛翔した炎弾はまったく外れることなく全て直撃。多数の火炎が咲き乱れた。

にもかかわらず触腕が動きを鈍らせる様子はない。虹色の光を放つ表面にも目立った傷は見えなかった。

「効果なしですか……なかなか厄介ですね！」

飛竜戦艦が船体を翻して光の柱より離れてゆく。触腕の長さには限界があるようで、やがて諦めたように光の中へと戻っていった。

「なるほど。人の仕業にしては大掛かりだとは思っていましたがやはり魔獣が絡んでいましたか」

「……っ。エチェバルリア卿《きょう》！　少し、説明をしてもらおうか！」

エルが一人で納得していると、ようやく復活したフリーデグントが食ってかかる。彼女のみならず船橋にいる者たちは多かれ少なかれ同じ様子であったが。

「はい。ああして光の中にいる以上、エーテルの放出とあの魔獣は無関係ではないだろうということです」

「それはそうなのだろうが……それで卿、魔獣については何かわからないのか」

「いいえ。初めて見る種類の魔獣ですね！」

船長席でフリーデグントがガクッと傾いた。思わず溜め息が漏れる。

「ふうむ。おい、エルネスティ。あの魔獣とやらをぶっ殺して穴を塞げないのか」

意外な頑強さを発揮して窓にへばりついていたオラシオが振り返った。エルはふむと腕を組む。

「そう都合よくいくかどうか、断言はしかねますが。少なくとも今以上の穴の拡大は防げそうですね」

「やって損はなさそうだな」

飛竜戦艦《リンドヴルム》は光の柱から距離を置いて巡航している。魔獣に動きはない。おそらくはある程度離れてしまえば反応してこないのだろう。

「……やるならば遠距離からの一撃必殺。王女殿下、竜炎撃咆《インシニレイトフレイム》の使用を提案いたします」

フリーデグントはふむと目を細めた。

「確かにあれは強力ではあるが、乱発してよい代物《しろもの》ではない。根拠を聞こう」

「さきほどの接触においてただの法撃は効果が薄いと見ました。また接近しての格闘は未知の要素が多く。余裕をもって決するならば竜の炎をおいて他にないと考えます」

「……よかろう、許す。総員、投射の準備を」

フリーデグントが頷《うなず》けば後は早い。船員たちがキビキビと動いて準備を進めてゆく。

「魔力貯蓄量《マナ・プール》、残量問題なし！」

「飛行安定、体勢よし！」

「周囲に障害確認できず！　投射準備全てよし！」

「では照準と機体の制御をこちらに。中央を撃ち抜きます」

エルは当然のように操舵輪《そうだりん》を占拠してにんまりと笑う。

「ふふ……うふふ。竜炎撃咆……撃たれたことは何回かあるのですが、自分で撃つとなるとまた違ったワクワクがありますね！」

「お前本当にまともじゃないな」

オラシオのうんざりとした呟《つぶや》きは、おおむね周囲の人間の総意であった。そんな空気など委細構わずエルは上機嫌でぶっ放す。

「それではいざ、投射！」

飛竜戦艦が顎門《あぎと》を開き、史上最強の対城法撃を撃ち放つ。『竜の王』すら撃ち滅ぼす破滅の炎が光の柱へと直撃し――。

「……？　あれは何が……どうにも様子がおかしいですね。炎が⁉」

法撃は続いている。城塞すら焼き尽くす炎を浴びて無事なものなどこの世に存在しない
――はずだった。

しかし実際は、炎は光の柱に当たる端から不可解な消失を遂げていた。海の中へと吐きかけるほうがまだ効果があるだろうという有様である。

「投射停止！」

炎が収まった後、そこにはまるで何事もなかったかのように光の柱が存在していた。不可解のあまり誰もが言葉に詰まる中、グスタフが額に青筋を立てながら叫ぶ。

「何が……起こったのだ⁉　今、飛竜の炎を浴びせたのではないのか⁉　貴様、外したな⁉」

「心外ですね。ここにいる皆が目撃したでしょう。確かに直撃させた……なのにかき消されたのです。そんなことがあり得ると思いますか？」

視線で問いかけられたオラシオはしばらく眉間に皺《しわ》を寄せていたが、唐突に顔を上げた。

「しまった、そういうことか！　当たり前だ、ありゃあ高純度のエーテルじゃねぇか！」

「……なるほど。魔力《マナ》に干渉してくるのですね」

「どころの話じゃあないぞ。そこらの法撃だって大気中のエーテルに溶けて消える！　比べてあの柱は大量の純粋なエーテル、いわば魔力の大瀑布《だいばくふ》だ！　手桶《ておけ》で水をいくら引っ掛けたところで意味なんぞない！」

「確かに。しかし困りました。竜炎撃咆《インシニレイトフレイム》が無意味となればおよそ魔導兵装《シルエットアームズ》で通じるものが存在しないことになりますね」

威力と規模において竜炎撃咆を超える魔導兵装などこの世に存在しない。フリーデグントが眉根を寄せる。

「エーテルが噴き出ている限りあの魔獣を攻撃できない。そして大地の穴を塞ごうにも魔獣の攻撃を受ける……？　なんだこれは、八方塞がりではないか」

王女が機嫌を悪くするのも無理はない。オラシオが考え込みエルがじっと光の柱を見つめているこの状況で、解決方法を思いつく者は皆無であった。

「皆、戦闘準備をお願いします」

その時エルがぽつりと呟《つぶや》いた。聞き逃しかけた王女が慌てる。

「どうした。なにがあった⁉」

「あちらの歓迎の準備も整ったようですので」

慌てて窓の外を確かめれば、光の柱の表面に新たな動きが起こっていた。青白い光が泳ぎ回るのが見える。それらはやがて表面を突き破り、宙へと泳ぎ出てきた。

無数の細長い糸が膜を開き絡まるように伸びてくる。触腕《しょくわん》はある程度以上の距離までは伸びてこないが、この青白い魔獣はそうではないらしい。

「青白い糸のような……もしや報告にあった魔獣か⁉　本当にいたのか、いやしかしなぜ光の柱から出てくる⁉」

「空を飛ぶような大地がただの地面であるわけはありませんが、中にはいったい何が秘められているのでしょうね……いずれにせよ魔獣を相手に遠慮はいりません！」

フリーデグントたちの混乱をよそに、エルはさっさと飛竜を動かした。飛竜戦艦《リンドヴルム》が旋回を始め、背に並ぶ法撃戦仕様機《ウィザードスタイル》が一斉に魔導兵装を構える。そうして紐《ひも》のような魔獣へと向けて猛烈な法撃を浴びせかけた。

魔獣に直撃した法弾が爆炎をまき散らす。エルによって完全に制御された法撃は1発の無駄弾も出していない。

その効果のほどを確認すべくじっと目を凝らしていた彼であるが、やがて炎が消えた後の光景を見て嘆息した。

「法撃が効いていない……？　おかしいですね、既に光の柱の外にいるというのに」

先ほどの巨大な触腕《しょくわん》の場合は、エーテルでできた光の柱が邪魔になっていた。しかし紐《ひも》のような魔獣の場合、何も防ぐもののない空中で法撃を受けながらも、目立った傷がない。確かに魔獣は耐久性が高い傾向にあるが、だとしても不可解な無傷さだった。

「そもそも法撃に耐性のある魔獣ということなのでしょうか？　ならば竜の爪はいかがでしょう！」

船体を返し、うぞうぞとわだかまる魔獣群を格闘用竜脚《ドラゴニッククロー》で食い破る。魔獣が解《ほど》けて飛び散るのを見て、その効果のほどを確信し――。

「……!?」

ぞわりとした違和感。それにいち早く気付けたのは、エルが飛竜戦艦《リンドヴルム》を直接制御《フルコントロール》していたためだった。

格闘用竜脚を制御する魔法術式《スクリプト》に大きな乱れが起こっている。デタラメな術式が走り、竜脚の制御が失われてゆき、さらに異常は徐々に船体へと向けて這《は》い進んでいるのが感じられた。

「格闘用竜脚の制御が奪われた……!?　まさか、魔獣が船内に侵入している！」

「なん……馬鹿な！　相手はロクな知能もなさそうな魔獣だぞ！」

「違います……これではまるで魔法術式に直接干渉するような……！　いえ、それよりも対処します！」

即断し、エルの制御が船内を駆け巡る。下面の法撃戦仕様機《ウィザードスタイル》が奪われた格闘用竜脚を一斉に狙った。

放たれた法撃が集中し、格闘用竜脚を物理的に破壊する。爆発が起こり振動が船橋を駆け抜けた。

「なっ、何をした!?」

「奪われた脚を撃ち、切り離しました。船内には……もう魔獣らしき感触は残っていません。すぐに距離を取ります！」

今回は格闘用竜脚だけで済んだが、より奥まで潜りこまれたら対処のしようがない。飛竜戦艦は船体を翻し、急いでその場を離脱した。幸いにも速度は飛竜が優越しており、再び魔獣に取り付かれるということはなかった。

「いったいなんなんだ。これが魔獣というものなのか」

「いいえ……法撃が効かず機体に侵入し、あまつさえ制御を奪いに来るなんて。このような魔獣、見たことも聞いたこともありません。しかし……」

動揺するフリーデグントたちは気付いていない。これまでで初めて、エルの表情から笑みが消えているということに。

「僕から奪おうとしましたね。たとえ人型兵器《ロボット》ではないとしても……僕の操る機体を。この借りは絶対に返させてもらいます」

静かに燃える炎が飛竜を満たしてゆく。

◆

飛竜戦艦《リンドヴルム》が光の柱から離れてゆく。

青白い紐《ひも》のような魔獣たちはしばらくその後を追っていたが、やがて諦めたように光の柱の周辺を漂い始めた。

「あれもどこまでも追ってくるというわけではないようですね」

ずっと操舵輪《そうだりん》を占拠していたエルがさっさと操作を投げだす。いきなり役目を返された船員が泡を食って操舵輪に飛びついた。

「魔獣は二種類……いえ、同じような性質のものが大小いると考えた方がよさそうですか。ひとつ、法撃が通じない。これはエーテルの振る舞いが関係していそうです。もうひとつ厄介なのがこちらの機体への侵入。どちらかというと魔法術式《スクリプト》への干渉能力というほうが正確だと感じます」

格闘用竜脚《ドラゴニッククロー》へと這《は》い入ってきた時の感触を思い返す。エルの直接制御《フルコントロール》によって完全な制御下にあった機体と術式が突如として乱れた。まるで『虫食い』にあったかのように綻《ほころ》んでいった、というのが彼の抱いた印象である。

目を伏せ、些細《ささい》なきっかけすら見逃すまいと思考に耽《ふけ》る。

「どうやって倒すか、それにはアレが『何か』を知る必要がありますね。どこかに要点があるはずです。全体を貫く法則さえ把握すれば、必ず突破口を見出《みいだ》せる……」

エルは騒がしい周囲にまるで頓着《とんちゃく》せずに考え込んでいたが、やがて顔を上げた。

「どうやら必要な情報が足りていません。話が見えない。オラシオさん、これをどう捉えますか？」

突破口を求めて、この場にいるもう一人の専門家に問いかける。オラシオもまた窓からまったく視線をそらさずに応えた。

「……エーテルだ。奴らはエーテルに親しんでいる。あれは恐らく違う形なんだ。俺たちが知らない生命、エーテルの河を泳ぐ魚……」

なるほど、エルは己《おのれ》の思考に新たな条件を加えた。

――エルたち人間、アルヴ、あるいは巨人族《アストラガリ》、ハルピュイア。形も能力もさまざまな者たちだが、いずれもエーテルが希薄な地表の大気の中で暮らしているという点で共通している。極めて高純度のエーテルの中に生息する存在がいるとすれば、そもそも生命としての在り方が異なっていて当然であろう。

「そんなエーテルの中にあるものと、僕たち地上の生命。共通点を見出《みいだ》すとすれば……」

「魔力《マナ》……いや、魔法現象だな」

エルとオラシオがどちらからともなく視線を合わせ、頷《うなず》き合った。

「フリーデグント王女殿下！　全軍の撤退を進言いたします！」

二人の思考の行く末を見守っていたフリーデグントは僅かに眉を上げた。彼女が口を開く前に竜騎士長グスタフが限界を迎えた。

「貴様ァ！　どこまで馬鹿にしてくれる！　好き勝手やった挙げ句、取って返せだと⁉　貴様がしくじったのであろうが！　何を当然のようにほざいておるかァ‼」

「俺からもお勧めしておきますよぉ」

「んぐっ！　貴っ様らァ……‼」

オラシオまでもが涼しい顔で続いたことで、グスタフの額の血管がいよいよ限界を迎えようとしている。フリーデグントが呆《あき》れかえった。

この天才どもは厄介すぎる。なんといっても、本人たちが正しく理解しているがゆえに、周囲がついてゆけなくともまるで気にせず最短距離を進もうとする。だから彼女が凡人との間に入って翻訳してやらねばならない。

「まず理由を述べよ。お前たちのことだ、考えなしというわけではあるまい？」

「はい。一番大きな理由は今のままでは勝てないからですね」

「先ほどまでの大口が聞いて呆れるわ！」

「グスタフ、少し抑えろ。とはいえその言い分にも一理ある。ずいぶんあっさりと諦めるではないか」

　フリーデグントの指摘にも、二人は自信満々に頷いた。

「もちろん必ず倒します。なのでそのためには集めた情報の精査と反映が必要です」

「そうですなぁ、色々と出揃《でそろ》いましたんで。これをなんとかするのはそりゃ骨が折れるでしょうがねぇ。ま、それが我らの仕事でございますれば」

「そう……だな」

　フリーデグントは考え込むふりをしつつ、周囲の理解が追い付いてきているのを確かめた。

「それにですねぇ、幸いにもあちらさんは追ってこれんでしょう。ご覧の通り高純度のエーテルと親しんでいる、逆に言えばエーテルが希薄な環境での活動には制限があると考えてよろしいかと……」

「どうやらそうもいかないみたいですね」

「あ？」

　エルの視線は険しい。慌てて窓の外を確認した者は、そこに急速に飛び上がってくる影を見つけた。

「ありゃあ『魔王軍』の混成獣《キュマイラ》かッ！　また奴らかよ！」

「いいえ、あれは『魔王軍』というわけでもないようです」

それは確かに混成獣の姿をしていた。しかし少し観察すればわかる。全身から青白く光るモノを生やし、たなびかせた姿。それはエーテルから湧き出てきた、あの魔獣だった。

「混成獣の身体を乗っ取ったのでしょうね。この船に対してそうしたように」

「馬鹿げたもんだ。じゃあ何か？　ありゃあ奴らのよそゆきの服ってことかい」

「美意識を疑いますが魔獣に言っても仕方のないところですね」

周囲としてはツッコミを入れたいところだが、状況に対してついてゆけているのがこの二人だけであるせいで何も言えない。

「落ち着いてる場合じゃないぜぇ。要するにあのごちゃ混ぜは青白い魔獣の入れ物ってことだろう。船に取り付かれでもしたらまた乗っ取りに来るぞ」

「ご懸念の通りです。ここは少し本気を出して後退させていただきましょう」

再びエルが操舵輪《そうだりん》を占拠する。操舵担当の船員はそろそろと居心地悪そうに引っ込んでいった。

飛竜の推進器がごうごうと炎を吐き出し始める。推力を増しながら、背の法撃戦仕様機《ウィザードスタイル》が魔導兵装《シルエットアームズ》の切っ先を魔獣へと向けた。

「せっかくのお見送りですが混成獣の身体にならば法撃も通じるでしょう。飛竜の火力で押しきります！」

すぐさま飛竜戦艦《リンドヴルム》の全身から法弾が放たれた。宙を埋め尽くす熾烈《しれつ》な法撃はしかし、混成獣から生えた青白い魔獣によって払い消されてゆく。無傷の混成獣がさらに迫った。

「そうきましたか……ならばこれで！」

飛竜戦艦が身をよじった。魔獣の来る方向へと背面を向けて。直後、飛竜戦艦本体ではなくその半身につながれた『黄金の鬣《ゴールデンメイン》』号の『内蔵式多連装投槍器《ベスピアリ》』が32連の口を開いた。

エルの操作によって一斉に魔導飛槍《ミッシレジャベリン》が放たれる。水平投射された槍《やり》は加速しながら直《じか》進、混成獣へと直に襲いかかった。法撃には耐性のある青白い魔獣だったが実体の攻撃を止めきることはできず、槍が混成獣の身体を抉《えぐ》る。

さしもの混成獣も悶《もだ》えて吼《ほ》える――そこへ間髪《かんはつ》容れず大量の法弾が飛来した。青白い魔獣が消し去る間もなく、法弾の嵐を浴びた混成獣がボロ雑巾《ぞうきん》のように吹っ飛ぶ。

「まずは目の前が開けましたね」

「なんつう力押しだよ。しかしもうお代わりが来ているようだぞ」

「いよいよ逃げましょうか。魔導飛槍の再装填《そうてん》には時間がかかりますので」

遮るものがいなくなった飛竜戦艦が一気に加速する。後方で待たせていた飛空船《レビテートシップ》と合流し、この場を離脱しようとして。

「何かが……!?」

魔獣はおらず開けているはずの前方に、不明な影が立ち込めていた。

まるで壁のように並ぶ、巨大な存在たち——。

「なんだあの巨大な船は！」

飛竜戦艦《リンドヴルム》という、この時代においては最大級を誇る戦闘艦を運用するパーヴェルツィーク王国。その王女たるフリーデグントが驚愕《きょうがく》を露わにした。

通常に倍する船体を持つ恐るべき巨大船。周囲に飛空船《レビテートシップ》を引きつれているからこそ、その突出した存在感が如実に理解できる。

「じょ、冗談だろぉ……。まさか俺以外に！　あんな巨大な船作る技を持つやつが……!!」

「おや『イズモ』ではありませんか。なんとも絶好の機会に現れてくれますね」

「お前かよ!?」

オラシオの絶叫に、船橋中の視線がエルへと集中した。本人は気にせずウキウキとした様子で伝声管に飛びついている。

「若旦那、本国よりお叱り艦隊が到着しましたよ！」

「……あァ!?　まさかあのデカい船は……」

「あれぞ銀鳳《ぎんおう》騎士団旗艦《きかん》、飛翼母船《ウィングキャリアー》『イズモ』です！　親方とバトソンの努力の結晶、どうぞじっくりご覧ください」

「くっ⁉　心強いのが恐ろしいぞ……！」

エルが伝声管から顔を上げた。

「王女殿下、少々方針を変更しようと思います。僕はこれから自分の騎体を出します」

「お前の機体は粉々に吹っ飛んだのではないのか？　いやそれよりもだ、ではこの飛竜はどうするのだ」

「飛竜とあの魔獣では相性が悪い。あそこに見えます僕の騎士団にて護衛させましょう」

「……できるのだな？」

「お任せを。この事態を打破する何かしらの鍵は探し出してまいります」

フリーデグントが頷《うなず》いて船長席に深く腰掛けたのを見て、再び伝声管に向き直る。

「若旦那、僕は自らの機体を受け取ってきます」

「銀鳳騎士団がここにあるならば『アレ』があるのも当然か。存分に征《い》ってこい！」

エルのやる気が乗り移ったかのように飛竜が跳ねた。

◆

――『銀の鯨《ジルバヴェール》二世』号の先導に従って光の柱の元へとやってきた銀鳳騎士団を出迎えた

のは、突撃してくる飛竜戦艦《リンドヴルム》の姿であった。

「ひぃぃいいえぇぇぇっ!? なんか来るよォ!?」

「落ち着けバト坊！ なんかっつーかどう見ても飛竜戦艦じゃねぇか！」

「……敵ではないとわかっていても、つい力が入ってしまうな。確かに敵ではないのだな？ キッド。信用しているのだからな」

操舵輪《そうだりん》を握ったまま慌てるバトソン、船長席からにわかに立ち上がる親方、傍《かたわ》らで硬い表情のまま腕組みをしているエドガー。彼らを見回してキッドが胸を叩《たた》く。

「ああ、翼んとこ見てくれよ。あの船に若旦那もエルも乗ってるはずだからさ」

「うおおお『黄金の鬣《ゴールデンメイン》』号……マジで飛竜にくっつけやがったのかよ！」

「エル、すっごいことするなぁ」

「飛竜と戦ったことなんてもう忘れたのかしら」

「いやー、エルのことだから気にしてないだけなんじゃないかなぁ」

彼らがキッドから聞いた話はあらましだけである。心づもりはしていたつもりだが、実際に遭遇した飛竜戦艦は想定よりも数段馬鹿げた代物《しろもの》と成り果てていた。

「これだから銀色坊主を野放しにするのは嫌なんだ！」

「まぁ、エルネスティの行動としては穏当な部類かもしれないがな……む、光った。解読を！」

エドガーが目ざとく飛竜戦艦からの発光信号に気付く。すぐに通信担当が信号を読み取り、困惑の表情を浮かべた。

「えっ。なんだこれ……」

「おいコラ報告で詰まるんじゃねぇ！　大事なトコだろ！」

「どんな内容であろうとまずは正確に伝えてくれればいい」

通信士はわずかにためらうも意を決する。

「は、発！　大団長より!!　これより着艦する、『鬼神』を起こせと！」

「……んあ？　大団長だぁ？　そりゃまさか坊主のことじゃねぇだろうな？」

「あの、その通りです。他にはあり得ません……これはエチェバルリア大団長専用の符丁《ふちょう》ですっ！」

微妙な空気が漂う。親方は顔を覆っているしエドガーすら溜め息を禁じ得ないでいた。

まさかこの世に、エルネスティから専用の符丁を聞き出せるような人間がいるとは思えない。

つまりはおそらく、エルは飛竜に乗り合わせているどころか、そのものを操っている可能性が高いということである。

「さすがというべきか。相変わらず穏やかに過ごす気など欠片《かけら》もないようで何よりだ」

思わず笑ってしまいそうになる。相変わらず彼らの大団長は想像の斜め上に突き抜けるのが得意のようだった。

「いやちょっと待てぃ。それで坊主はなんて言ったってんだ⁉　着艦って言いやがったか⁉」

「は、はい！　間違いありません！」

「……うん？　それはまさか飛竜戦艦《リンドヴルム》で、なのか」

ぼそりと呟《つぶや》いたエドガーの疑問を肯定するように、飛竜戦艦は容赦なく無遠慮にイズモへと接近してきた。なぜか片足だけとなった格闘用竜脚《ドラゴニッククロー》を振り上げているさまは、どう控えめに表現しても襲いかかろうとしているようにしか見えない。

親方は絶句して顔を引きつらせ、エドガーは慌てて伝声管に飛びついた。

「通達！　大団長が派手に帰還してくる！　上部甲板にいる者は見張りを含め全員退避だ！　総員、最大級で衝撃に備えろ！」

「ウッソだろあのバカ坊主めぇ！　バト坊！　動くな、かじりついてでも進路維持しろ！」

「やってるよぉ！」

もちろんわかっていたことではあるが、エルネスティの辞書に遠慮という文字はなかった。イズモと飛竜戦艦、いずれ劣らぬ巨大船がありえないほど接近する。

飛竜戦艦の落とす影がイズモの上部甲板を覆った。源素浮揚器《エーテリックレビテータ》の効果により落下してくることはないと頭ではわかっていても、頭上の飛竜が恐怖を掻《か》き立ててやまない。

誰もが戦慄《せんりつ》と共に見守る中、飛竜戦艦が1本しか残っていない格闘用竜脚を伸ばした。それは格闘用兵装であるとは思えないほどの繊細さでもって動き、イズモの外壁を柔らかく掴《つか》んで固定する。

「……飛竜を操ってるのは絶対に坊主だ。俺の鎚《つち》を賭けたっていい」

「賭けは無効だな親方。やるなら俺だってそっちに剣を賭ける」

イズモが大きく揺れることすらなかったのがいっそ不気味なほど。斯《か》くして史上最大の船が2隻《せき》、お行儀よく縦に並んだのである。

◆

その頃飛竜戦艦の船橋は、ごくごく気軽に繰り出された絶技を目の当《ま》たり《あ》にして静まり返っていた。

飛空船《レビテートシップ》同士を空中で連結するのは専用の設備と優れた操舵士《そうだし》を必要とする。ぶっつけ本番で、しかも格闘用竜脚を使ってやってよいことでは、決してない。

そんな超絶的な操船を披露したエルはといえば、もうすでに船橋を飛び出そうとしていた。

「それでは行ってきます！」

にこやかな表情のまま当たり前のように出てゆく。後には呆気《あっけ》にとられた船員たちが残されるばかり。ややあって正気に戻ったオラシオがぼそりと呟《つぶや》いた。

「いや行くって……どうやってだ？」

その頃には当然、エルは生身のまま飛竜戦艦《リンドヴルム》から飛び出していた。『大気圧縮推進《エアロスラスト》』の魔法を繰り出すのも慣れたもの。危なげなくイズモの甲板に着地する。

そしてこれまた当然のように『黄金の鬣《ゴールデンメイン》』号からも一人飛び出してくる影があった。聞くまでも言うまでもなく、アディである。

「マガツを出します。すぐに台座へ」

後ろに彼女がいると確信しての言葉。もちろんいる。

「うんっ！　……あれ。エル君がなんだかご機嫌斜めだ」

元気よく頷《うなず》いたアディがそのまま首を傾《かし》げつつ、エルを追って走り出した。

二人して勝手知ったるイズモの船内を吹っ飛ぶように駆け抜ける。十分に訓練された船員たちは間違っても最短経路を塞がないように避けていた。最悪の場合、撥《は》ね飛ばされかねないからである。

「やぁ、僕のイカルガ。出番が来ましたよ」

船倉に飛びこんだエルは、最奥部に鎮座する愛機の姿をみて少しだけ微笑《ほほえ》んだ。操縦席の感触を楽しむ間もなく出力を最大に叩《たた》き込む。

乗り込んだ時と同じような慌ただしさでイカルガが出撃し、わずかに遅れてシルフィアーネ・カササギ三世《サード》・エンゲージが進み出た。

「アディ、マガツ形態でいきます。出し惜しみはなし、全力で片を付けますよ」

「りょーかいっ！」

速度を緩めることもしないままシルフィアーネが加速してイカルガに追いつく。腹部から補助腕《サブアーム》を展開、イカルガの背につながった。

「接続確認、強化魔法上書き完了《オーバーライト》！」

可動式追加装甲《フレキシブルコート》が翼のようにはためき、イカルガの躯体《くたい》を包む。カササギからシルフィアーネに入れ替わったことで後方へと大きく伸びた形状。急造でぶっつけであったときとは異なる、計算し整えられた姿。

開放型源素浮揚器《エーテルリングジェネレータ》が起動し、虹色の円環が周囲に形成された。

「僕だってこのまま引き返すだけではつまらないと思っていたのですよ……。さぁ、お披露目ですよ『マガツイカルガニシキ』！　その力を魅せてさしあげましょう‼」

咆哮《ほうこう》のような吸排気音をあげながら完全なる鬼神が飛翔する。

第百話　新たなる魔法定義

突如として出現した、通常の船の倍はあろうかという巨大船。そこから飛び出た2機の幻晶騎士《シルエットナイト》が重なり、空中でひとつとなった。

「ありゃあ……知っているぞ。俺はあの幻晶騎士を知っているぞ……！」

飛竜戦艦《リンドヴルム》の船橋にて、硝子《ガラス》窓を内側から割りかねないほどべったりと貼りついてオラシオが呻《うめ》く。目は限界まで見開かれ、どんな些細《ささい》なことも見逃すまいとしていた。傍《そば》で見ると異様極まりなく、船員たちは何と声をかけるべきかもわからず遠巻きにしていた。

「なるほど、なるほど！　竜殺し……!!　ああそうだ、そうだったんだ！　お前だったんだな原型《オリジナル》！　くくひはは、こんなところでお目にかかろうとは、光栄で実に最高じゃないか!!」

戦闘用である飛竜戦艦のこと、硝子窓といえども極めて頑強に作られている。にもかかわらずそれらがミシリと音を立てたような気がした。

「イッヒア、苦労してるじゃないかぁ。幻晶騎士ごときの大きさじゃあロクな源素浮揚器《エーテリックレビテータ》が収まらないだろう？　専用に設計した竜闘騎《ドラッヒェンカバレリ》ですらずいぶん苦労したんだぜぇ……。

だからだ、機体の外側にエーテルを集めてきたか！　ヒィッヒヤヒヤそいつぁいい、名案だなぁやるじゃぁあないか!!ッヒィ！」

ちょっとどころではなく気持ち悪い。とても触りたくはなかったが、立場上放っておくわけにもいかない人物がいた。

「……コジャーソ卿《きょう》。これまでは貴殿の功績を踏まえて多少の奇行にも目を瞑《つぶ》ってきたが、それも限度というモノがあるぞ」

嫌そうな表情を隠そうともしないフリーデグントに諫《いさ》められ、オラシオはようやく窓から離れた。しかし心ここにあらずといった様子であり、なおさらに不気味さが増しただけである。

「これは大変失礼をいたしました殿下しかし私は今大変な使命感にかられておりすぐに仕事に取り掛かりたく思いまして早速これにて失礼いたします！」

言い終わるより早くオラシオの姿が扉の向こうに消える。誰も止めなかった。いや止められなかった。

「……はぁ。エチェバルリア卿といいあやつといい、有能な人間はどこかが壊れていないと気が済まないのか？」

その言葉にはグスタフですら深く頷《うなず》いていたのであった。

◆

蒼穹《そうきゅう》を切り裂いて深い蒼《あお》が飛ぶ。

マガツ形態をとったイカルガは、並の幻晶騎士《シルエットナイト》より一回り以上は巨大である。加えて機体の周囲には開放型源素浮揚器《エーテルリングジェネレータ》による虹色の円環を形成しているのだから、否応なく目立ちまくる。

「高度によるエーテル濃度の影響は許容範囲内ですが、さすがに光の柱に近づくと厳しくなっていきますね。直接調べるほど接近したらいかに『皇之心臓《ベヘモス・ハート》』と『女皇之冠《クイーンズコロネット》』でももたなそうですが……アディ」

「ふっふーまっかせてー。吸排気の分岐《バイパス》かけるねー。余った分は開放型源素浮揚器にぽーい！」

マガツイカルガニシキを囲む七色の輝きが鮮やかさを増す。機体の周囲にエーテルを集める開放型源素浮揚器は、応用することでエーテルから身を守る鎧《よろい》にもなる。

「魔力出力は安定して継続。上々ですね、後は思うさま暴れられそうです……さっそくお迎えもいらっしゃったようですしね！」

単騎で飛び出してきたマガツイカルガニシキへと魔獣が殺到してくる。どれも体中から青白い魔獣をたなびかせた変異個体であった。

「まずはご挨拶！」

イカルガが構えた銃装剣《ソーデッドカノン》が開き、内部の銀板が露《あら》わとなる。紋章術式《エンブレム・グラフ》によって紡がれた轟炎《ごうえん》の槍《やり》が魔獣めがけて伸びた。混成獣《キュマイラ》から生えた青白い魔獣がざわめき、飛来した法弾へと集中する。並の幻晶騎士《シルエットナイト》なら一撃で破壊できる轟炎の槍ですら、青白い魔獣によって霧散させられていた。

「やりますね、銃装剣でも押しきれないとは。ではこれからあなたを試験して差し上げましょう。このマガツイカルガニシキの力にどの程度耐えられるのかを。アディ、お手伝いをお願いしますよ」

「りょうかーい！　ふふーエル君と一緒にー。それっ！　皆、出番だよー起きて！」

ウッキウキワックワクな様子のアディが操鍵盤《キーボード》を操作する。マガツイカルガニシキの機体を覆う可動式追加装甲《フレキシブルコート》が持ち上がった。

「よーし『機動法撃端末《カササギ》』ちゃんたち！　エル君のお手伝い、いっくよー！」

装甲として配置された、翼のような形状の部分がぶるりと震えた。それは半ばからふたつに割れ、先端部が飛び出してゆく。閉じられた装甲を開いて翼とし、尾翼を立てて。まるで『鳥』のような形へと変形すると、魔導噴流推進器《マギウスジェットスラスタ》の噴射も高らかに飛翔を始めた。

マガツイカルガニシキから分離した6基の魔導兵装《シルエットアームズ》、これこそがマガツイカルガの新たなる力。その名も機動法撃端末『カササギ』である。

銀線神経《シルバーナーヴ》によって本体と接続されたカササギ群は、操手たるアディの命ずるまま縦横に空を翔《かけ》た。

「さぁ、どれくらい対応できますか？」

改めてイカルガが銃装剣を構える。轟炎の槍が放たれるも青白い魔獣によってかき消されるところまでは、以前と同様だった。だが今回は『機動法撃端末』がある――アディに手綱を握られた凶鳥たちが魔獣の側面へと回り込む。銃装剣による法撃と同時、魔獣を囲むように全方位からの法撃を加えた。

青白い魔獣たちがそれとわかるほど明らかに身じろいだ。それらはイカルガによる強力な法撃すら打ち消す能力を備えてはいても、同時に複数を受け止めることはできなかったのである。

何発かをかき消すも、残りが直撃して混成獣の躯体《くたい》を揺さぶる。魔獣の身体は痛みに暴れ、束の間青白い魔獣との連携が断ち切られた。

その僅かな隙を見逃さず容赦なく轟炎の槍が飛び込んでくる。

一撃入れれば後は脆《もろ》い。青白い魔獣たちは力を生かしきれず、あらゆる方向から降り注ぐ法撃を受けて混成獣の身体が砕かれてゆく。そうして混成獣という殻を失った青白い魔獣たちは、光の柱へと逃げ去るしかなくなっていた。

「ふむふむ。あなたたちの持つ法撃を防ぐ能力はだいたいわかりました。この程度であれば問題はありません。アディ、一気に片付けていきましょう」

「はーい。カササギちゃんたちも絶好調よ！」

「そのようですね。さすがに6基もあると操作が面倒かと思いましたが」

「いっぱい動かすのは昔から得意だし！」

エルの直弟子である双子のうち、アディは特に複雑な演算を得意としている。ツェンドリンブルを主な乗騎とし、魔導飛槍《ミッシレジャベリン》を操るうちにその能力はさらに磨きがかかっていた。

「では、いざ……」

鬼神が前進を再開する。6基の凶鳥が周囲を取り囲むように陣形を描いた。

混成獣《キュマイラ》が押し寄せて来るがもはや無意味だった。銃装剣《ソーデッドカノン》による法撃が激しい火線を描く。強力な法撃をかわし、あるいはかき消した魔獣はその瞬間、横合いから猛然とカササギ群に食らいつかれた。カササギ群とイカルガ本体の連携は完璧。わずかでも体勢を崩した混成獣はことごとく銃装剣の餌食となって散った。

ギィイイアガッ!!

それでも数では魔獣が上回る。悪あがきのごとく吐き出した魔法が法弾を弾《はじ》き、ついに1体が奇跡のように無傷のままイカルガへと肉薄することに成功する。

混成獣が魔法を吐き出すも可動式追加装甲《フレキシブルコート》に弾かれる。だがそれは囮《おとり》。本命である青白い魔獣が飛び出した。

カササギ群は本体からは離れていて——しかしイカルガにはまだ手段が残されていた。

イカルガの背面から飛び出した執月之手《ラーフフィスト》が法弾を放つ。横合いからの不意を衝《つ》く一撃に、混成獣も青白い魔獣も対応できなかった。つんのめるように姿勢を崩され、そこへと轟炎《ごうえん》の槍《やり》を叩《たた》き込まれる。

哀れ混成獣の身体が吹き飛ばされる——その瞬間、青白い魔獣が一斉に魔獣の身体を離れた。もはや光の柱には戻れない。それらが生き残るにはイカルガに入り込むしかないのである。

「往生際の悪い魔獣ですね！」

イカルガが推進器を吹かして高速で離脱する。青白い魔獣たちが必死に後を追い。あと少しまで接近したところで、突如として何かに阻《はば》まれるように動きを止めた。

「……？」

その間にマガツイカルガニシキは魔獣との距離を開けていた。追いすがってこないことを確かめ、エルはしばし考える。

「先ほどの。魔獣たちが最後に妙な動きを見せましたね」

「うん、私も見た。なんだか壁にぶつかったみたいな感じだったね」

エルはイカルガの周囲を確かめた。幻像投影機《ホロモニター》に映るのは虹色の円環。

開放型源素浮揚器《エーテルリングジェネレータ》によって形成されたエーテルの帯である。

「ほう？　これはなかなかに興味深いですね」

その間にアディは周囲の様子を警戒していた。

「エル君。混成獣《キュマイラ》はもうほとんどいなくなってるよ」

「それでは本命に向かうとしましょう」

「うーん。さすがにアレ、大丈夫かな？　もう見るからにどうしようもないけど」

幻晶騎士《シルエットナイト》どころか飛空船《レビテートシップ》の全長すら上回る太さを持つ光の柱。マガツイカルガニシキは単体としては破格の破壊能力を誇るが、さりとて相手は桁が違っていた。

「今すぐどうこうできなくとも、これからどうにかするためには今行く必要があるのです」

「また帰ったら皆で会議かな？」

「イズモも来たことですしね。多分いるだろう親方にでも投げてみましょう」

本人の与《あずか》り知らないところで酷《ひど》い無茶ぶりが決定したが、ともかく。

マガツイカルガニシキが進む。接近するほどに光の柱の威容をまざまざと見せつけられていた。

「さあて啖呵《たんか》はきったものの……。実際にこの量のエーテルをどうにかしろと言われてもなかなか困りますね」

「私たちエーテルについてあんまり知らないしねー」

「専門家であるオラシオさんを連れて来るべきだったかもしれません」

「えーヤダ。イカルガにもシーちゃんにも乗せるところはありません！」

じゃれ合いつつ光の柱の周囲をぐるりと回る。エーテルが満ち満ちているだろう柱は常に七色に輝いている。その落ち着かない色合いを眺めていたエルは、ふと気づいた。

柱の奥のほうで起こる色合いの変化。また青白い魔獣か、はたまた巨大な触腕《しょくわん》の前兆かと身構えた。直後、柱の表面が水面のように波打ち、触腕となって伸びる。

「厄介具合では青白いヤツよりもこちらの方が厳しいですね。それでもなんとか……!?」

言い終えるより早く、エルは推進器を最大に叩《たた》き込んだ。激しい爆炎の尾を曳《ひ》きながらマガツイカルガニシキがぶっ飛んでいく。

その間にも柱に異常が現れていた。表面の波はより激しさを増し、円柱としての形状が揺らぎ始めている。やがてそれは糸が解《ほつ》れるようにバラけ、天の果てまで伸びていただろう柱は既に途切れている。解れた柱は恐るべき巨大な触腕と化して、だらりと天空から垂れ下がってきた。

「触腕！　しかしこれはなんと巨大な……いえ、柱全体が!?」

「えー!?　これってどういうことよ!?　だって柱自体は噴き出したエーテルだって……」

「どうやら少し勘違いがあったようですね。柱は確かにエーテルなのかもしれません。ですが同時に！」

多数の触腕《しょくわん》へと分かたれた柱が天から枝垂《しだ》れ来る。それぞれが飛空船《レビテートシップ》に匹敵する太さがある。さらに比較的小さな触腕も現れ、さながら若木の芽吹きのように方々へと伸びていた。あまりにも巨大な存在。光の柱はその姿をすっかり変貌させていた。

「おそらく柱それ自体がひとつの魔獣！　エーテルの中に生きているのではない。エーテルそのものでできた……!!」

その時、エルとアディは確かに見た。

数多《あまた》の触腕の根元、中央にぼこぼこと泡のように沸き立つ球体群。まっとうな生命の法則を頑《かたく》なに拒否しながら、それでもある種の機能を感じずにはいられないモノ。

二人は既に、それらが『眼』であると確信を抱いていた。なぜなら、強烈な視線が幻像《ホロ》投影機《モニター》越しに二人へと向けられているのを感じていたからだ。

「どうしよエル君……」

「さすがに現状の装備では手に余りますね、これは」

光の柱が変じた魔獣が触腕を七色に輝かせながら吼《ほ》える。それは未《いま》だ人類が聞いたことのない未知なる聲《こえ》だった。音ではない、ただ気配だけが波紋のように広がってゆく。

マガツイカルガニシキの中で二人は緊張感を湛《たた》えていた。何が起こってもすぐさま対応できるように身構えて。

するとと大気がざわめきだした。光の柱を中心として風が起こり始める。

「さきほどのあれは魔法現象ですか。大気操作のようですが、僕たちを吹き飛ばすつもりでしょうか」

「ね、ねぇエル君。コレどこまで風が起こってるのかな。ヤバくない？」

風が起こる。

渦を巻く。

風はより強くなる。

どこまでも、どこまでも。

――大気操作の基礎式系統の魔法は、数ある魔法現象のなかでも威力に欠ける系統だとされてきた。爆炎や雷撃が破壊力そのものを生み出すのに対して、大気操作は周囲の大気に働きかけて攻撃を発生させているからだ。

だがそれこそ、他の系統がもちえない特徴でもある。

周囲にある大気を操作する――例えばそれが見渡す限りに及んだならば。測定すら困難な莫大《ばくだい》なる魔力の働きにより、想像すらできないほどの範囲の大気を動かしてしまえるとすれば。何が起こるのか？　結果は単純である。

広範囲に及ぶ大気の運動が急激な上昇気流を発生させた。にわかに発生した積乱雲が天を衝《つ》くがごとく伸びてゆく。無理やりかき回され湧き上がった黒雲が、天を覆い隠した。

雷鳴が轟《とどろ》き積乱雲が明滅する。

「……うそ」

「これがたったひとつの魔法現象だというのですか！　こんなもの、既に大気操作の範疇《はんちゅう》にはありません……」

大気が荒れ狂い、マガツイカルガニシキの機体が揺れ始めた。ぽつ、ぽつと降り出した雨は瞬《また》く間に豪雨と化す。

——その日、人類の歴史上に新たなる魔法区分が定義された。人類外の存在のみが用いる、『戦術級魔法《オーバード・スペル》』すらはるかに凌《しの》ぐ超々大規模魔法。

「これではもはや『天候操作級魔法』です!!」

『天候操作級魔法《ハザード・スペル》・颱風招来《コーリング・タイフーン》』

空飛ぶ大地が時ならぬ嵐に揺れる。

◆

「三番船！　帆布《ほぬの》が保ちません!!」

「起風装置《ブローエンジン》が力負けしています……！　動けないッ!!　制御不能です！」

「収納急げぇーッ!!」

「近すぎる！　激突するぞー!!」

「回頭！　回頭！　死ぬ気で下がれッ!!」

「……わ、我操舵《われそうだ》不能!!　ダメです！　もう……手遅れだ」

風。空飛ぶ大地においてありふれていたその現象は今、あらゆる存在に対して牙を剥《む》いていた。

天に向かって成長していた積乱雲はやがて渦を巻き始め、見る間に姿を変えてゆく。荒れ狂う大気は無限に黒雲を生み出し、船団を、間《ま》を置かずこの空飛ぶ大陸そのものを呑《の》み込んだ。天に伸びる光の柱を中心に、空の色が青から黒へと塗り替えられてゆく。

後に『天候操作級魔法《ハザード・スペル》・颱風招来《コーリング・タイフーン》』として定義されるこの極大魔法は、正しくその場に台風を生み出していた。

時に天候が荒れることはある。しかし何ものかの意思によって無理やり変えられることなど、その場にいた誰一人として想像すらしていなかった。備えのあるものは一人としておらず、また備えのあった船は1隻《せき》としていない。それらは瞬《また》く間に嵐に呑まれる哀れな小舟と化したのである。

「っあああああ!!　クッソがぁぁぁ!!　俺の！　飛空船《レビテートシップ》がぁっ!?」

飛空船はこの時代最先端の飛行機械である。しかし生み出されてより時が短く、多くの未熟さが残されているのもまた事実であった。

パーヴェルツィーク王国軍の船団が大混乱に陥る。これらは生みの親たるオラシオによって直々《じきじき》に手を入れられた船である。この大地に到達している以上、嵐への抵抗能力も十分に高い。だがその現象はあまりにも唐突で、そしてあまりにも暴威であった。

暴風の手に捕らわれた船が隣り合った船へと激突する。砕け散った外壁が風に舞い上がった。

「何が起こっている!?」

「わかりません！　いきなり、嵐が……！」

「なんでもいい！　決して舵《かじ》を離すな！　とにかく嵐の範囲から逃れるのだ！」

『竜の王』とすら戦った船団が、なす術《すべ》もなく壊滅してゆく。飛竜戦艦《リンドヴルム》の船橋でフリーデグントが叫び、オラシオは卒倒した。

「飛翔騎士隊《ウィンジーネ》!! 船を護《まも》れ!! あらゆる手段と被害を許容する！」

「あたしがいく！」

「指揮は頼んだ！ とにかく船を支え、激突だけは避けてくれ!!」

破滅の嵐吹きすさぶただ中で、しかし抗《あらが》う者たちがいた。

フレメヴィーラ王国所属、銀鳳《ぎんおう》騎士団、白鷺《はくろ》騎士団、紅隼《こうじゅん》騎士団。船から矢継ぎ早に空戦仕様機《ウィンジーネスタイル》が出撃してゆく。

船倉を出た瞬間、暴風が大口を開けて襲いかかってくる。しかし飛翔騎士はよく耐えた。重武装ゆえの重さが有利に働き、強力な推力がよく機動を支えたのである。

「余計なものは全部切り落として！ 風の影響を抑えるのよ！」

「了解！」

ヘルヴィの操るトゥエディアーネに続いて飛翔騎士隊が飛空船《レビテートシップ》に群がってゆく。

船が帆を切り離そうとする。収納しているだけの余裕など既にない。少しでも切り離しに手間取った船の帆は飛翔騎士の刃が切り飛ばした。

そうして飛翔騎士が船体に取り付き、自ら推進器となって船を押す。目指すは光の柱とは逆方向。嵐の中心と化した柱から逃れるより他に生き残る方法を思いつかない。

「ッおいくそヤベェぞ！ 他の船はともかくイズモはガタイがデカいんだ、こんな嵐にゃ耐えきれねぇ!!」

「わかっている！　機関室！　船の強化を最優先だ！　残りは主推進器へ！　飛翔騎士も展開させろ！　とにかく墜《お》ちなければいい!!」

親方が頭を抱え、エドガーが叫んだ。通常に倍する船体を持つイズモは、当然風による影響もより大きい。相応に強力な推進器を積んでいるものの、それもまた圧倒的な暴風には抗いきれていなかった。

飛翔騎士が健気《けなげ》に船体に取り付く。団の総力を結集した抵抗作戦はしかし芳《かんば》しくない。船体が嫌な音を立てたのが耳に届いた。

「……今の音はやべぇな。けっこう中心だぜ」

「ひぇえ……舵《かじ》が重い……!!」

バトソンが必死に操舵輪《そうだりん》と格闘するが、ドワーフ族の力をもってしても苦戦している。

「船を捨てて飛翔騎士での脱出も考えた方がいいな」

親方が固唾《かたず》を呑《の》み、エドガーが冷静に吐き捨てた。その時だった、船体そのものを通して『声』が響いてきたのは。

「聞こえていますか!?」

「ッ！　坊主かッ!?　どこからだ！」

多少間《ま》が開いたところで、その声を聞き違えることなど生涯ありえないだろう。銀鳳騎士団大団長、エルネスティは告げる。

「船に執月之手《ラーフフィスト》をつなげています……これからイズモの制御をもらいますよ。それとちょっと無茶をすることになると思いますので、どうか耐えてくださいね」

一方的に言うだけ言って静かになった。船橋にいる皆で顔を見合わせる。

「おい坊主が無茶って言ったか」

「大団長の仰せだ。全員死ぬ気で周囲に掴《つか》まれ!!」

エドガーは伝声管に怒鳴ると、自身も手すりにかじりついたのだった。

◆

エルネスティとアデルトルートは嵐が発生したと知るや、すぐさまイズモまで引き返していた。マガツイカルガニシキの推力であれば嵐の中を飛ぶこと自体はそう難しくない。

今は執月之手をイズモ、飛竜戦艦《リンドヴルム》のそれぞれへとつなげていた。

「若旦那、フリーデグント殿下。これから飛竜戦艦の制御をこちらで掌握します。少々荒っぽいですが我慢してくださいね！」

「今とんでもないことを言ったな!?」

「この状況だ、存分にやれと言いたいが俺たちが死なないようにはしてくれよ？」

「善処します。では！」

さっさと通話を切り上げると、今度は後ろに振り返る。

「アディ、お手伝いをお願いします。全て片付けますよ」

「準備だいじょーぶ！　いつでもいいよ！」

「では……全騎投射《フルディスパーション》!!」

イカルガが執月之手を、シルフィアーネ三世《サード》が機動法撃端末《カササギ》を全基発射する。イズモと飛竜戦艦めがけて飛翔し、装甲を穿《うが》つ勢いで強引に突っ込む。銀線神経《シルバーナーヴ》によってつながったそれらによって、ふたつの船とマガツイカルガニシキが魔法的に接続された。

「一気に掌握します！」

「イズモの方は任せて！」

マガツイカルガニシキを通じ、エルとアディがふたつの船を完全に支配下に置く。飛空船《レビテートシップ》を外部から乗っ取るなど正気の沙汰ではないが、もはやそれを気にする余裕のある者は一人もいなかった。

エルはまずイカルガを徹すことで強引に全ての船体を強化した。

さらに飛竜戦艦の格闘用竜脚《ドラゴニッククロー》を通じてそれぞれを無理に接続固定する。飛竜戦艦とイズモ、双方の船体を詳しく知り得たからこそできる荒業である。

「両方一緒にいてくれて助かりましたね。それでは脱出しましょう！」

イズモと飛竜戦艦《リンドヴルム》、それぞれ時代を象徴する巨大船が動き出す。残る魔力を燃やして推力へと変え、暴風荒れ狂う死地から逃れるべく飛び出した。2隻《せき》の後を追うように無事な船が続く。飛翔騎士《トゥエディアーネ》に支えられた船、同じように竜闘騎《ドラッヒェンカバレリ》に支えられた船がほとんどだった。

そうして全ての船が離脱、あるいは墜落して、人間たちの気配が全て去ってよりしばし、嵐は始まった時と同じ唐突さで消え去った。

気流を起こしていた力が失われ、風は急速に凪《な》いでゆく。残された雲も時と共に薄れてゆき、その向こうに青空をのぞかせてゆく。

解《ほど》けていた光の柱が再び触腕《しょくわん》を絡め合わせ、1本の柱としての姿へ戻った。

やがてすべては元に戻り、空飛ぶ大地は平穏を取り戻したのである――。

◆

空を船団が行く。まるで幽霊船のように、どの船もボロボロの有様だ。

船団の中央を進んでいたひときわ大きな塊《かたまり》が速度を緩めた。飛翼母船《ウィングキャリアー》イズモと飛竜戦艦、当代きっての巨大船にも往時の威厳はない。

「……惨憺《さんたん》たるものだな。まるで敗残兵の集まりだ」

「どころかそのものかもな、エムリス船長。まったくこの大地はロクでもない。最近は心痛ばかりが増えてかなわないぞ」

「『竜の王』といい、大戦続《おおいくさ》きだな？　フリーデグント。さてひとつ相談だ。下にあるイズモとかいう巨大船はどうやらうちの国からやって来たらしくてな」

「……本来ならば真っ先に聞いておきたい話だが、正直今は乗り気になれない」

「同感だが、ともあれまずは少しばかり協力し合おうではないか。肩を組むほど親しくなくとも、傷ついている時に手を貸し合うくらいはできる」

「いいだろう、お互いさまだな」

フリーデグントは溜め息を漏らして船長席に沈み込む。窓の外に目を向ければ、虹の円環を纏《まと》った幻晶騎士《シルエットナイト》が舞い上がってきた。

「……どうするエチェバルリア卿《きょう》。さすがのお前の手にも余るのではないか？」

疲れ切った呟《つぶや》きはしかし、どこか相反する期待を滲《にじ》ませていた。

◆

「んむくくく……ははははハハハハハァッ!! なんてザマだよぉ、ああ愉快! 痛快! 爽快ッ!!」

ようやく安全圏まで帰り着いた船団を待ち受けていたのが、この馬鹿笑いである。

『彼』はひたすらに上機嫌であった。機体の中にいるために直接その表情は見えないが、さぞかし気持ちよさげな笑みを浮かべていることであろう。

「……小王《オベロン》?」

マガツイカルガニシキの中で、エルは警戒することも忘れてそんな『魔王』の奇態を見つめていた。

「ヒュイッ! どうかねどうかねエルネスティ君? 自らも敗残者となった気分はぁ? いい声で鳴いて聞かせてくれないかねぇ? ヒハハハハハ!!」

「確かに敵は強大でしたね、ずっと負け続けるつもりはありませんが。それよりもあなたがいったいなぜここに?」

『魔王』、そして小王である。西方人《せいほうびと》と敵対するハルピュイアを率いる首領にして、エルネスティへの個人的憎悪を燃やす彼である。エルからしてみれば、眼前にいるのに殺し合いが始まっていないのはずいぶんと奇妙であるように思えた。

「……くくく。とくと語って聞かせてやりたいところだよォ、だが面倒だ。君の、随分と囀《さえず》る部下にでも聞くがいいよ」

「ふむ。どなたかが説得して連れてきたということですね。思い浮かぶ方といえばノーラさんでしょうか」

『魔王』は空中でくるりと回り、疲弊《ひへい》した船団を見回すと肩をすくめた。

「しかしねぇ。こんな有様となるならば約束などするのではなかったよ！　今ここで君を血祭りにあげて『魔王』の夕餉《ゆうげ》にならべる、絶好の機会だったろうにさ！」

「約束ですか。あなたが西方人との約束を律儀《りちぎ》に守るとは、少し意外です」

「フン。確かに西方人は無礼な侵略者だ。しかし約束をすると決めたのはほかならぬこの私。私が私を裏切るわけがなかろうよ」

「なるほど。おっしゃる通りです」

「さあてさて。良い余興であった、今宵《こよい》はこの満足に免じてあげようじゃあないか。クハハ……」

『魔王』が踵《きびす》を返す。

「これからどこへ行くのです？　小王」

「当然、私の群れのもとだ。……キミたちがしくじったおかげで深刻さ具合がわかったからねぇ。感謝したまえよ、キミの処刑はしばし後に回ったのだからね」

別れの言葉もないまま『魔王』が舞い上がる。さっさと飛び去るその背中へとアディがぶー垂れた。

「むー。好き放題威張り散らしていったー」

「彼らしいのではないでしょうか」

「……エル君、『魔王』と戦うのに幻晶騎士《シルエットナイト》自爆させるくらい全力なのに。なんだか話すときはすっごいふつーだよね」

「戦うとなれば全身全霊あらゆる機能を駆使するのが礼儀ですから、手加減などしませんよ。ですがお話をするだけならば必要ない。そういうことなのです」

「んむぅ。エル君のことだけどそれはわかんないー」

彼女はまだ首を傾《かし》げていたが、そこで話は終わりになった。

マガツイカルガニシキが2機の幻晶騎士へと分離し、イズモに格納されてゆく。


壮麗だった船体には様々な傷跡が残されていた。船内も無事とはいかず、物は散乱しているし一部歪《ゆが》んでしまった場所もある。致命傷に至る前に離脱できたのは、イカルガによる強化魔法の適用あればこそであった。

「大団長がお戻りです!!」

船橋へと上がったエルとアディを馴染《なじ》みの顔たちが出迎える。

「国王陛下よりエムリス殿下保護の命を受け、白鷺《はくろ》騎士団および紅隼《こうじゅん》騎士団、ここにまいりました」

エドガーとディートリヒが神妙な様子で跪《ひざまず》く。後ろにいたヘルヴィが小さくウインクしていた。操舵輪《そうだりん》を握るバトソンが手を上げているし、親方は関係ないとばかりに船長席でふんぞり返っている。いつも通りの光景である。

「はいお疲れさまです！　着いて早々の大仕事になりましたね」

「やっほー皆！」

「まったくだエルネスティ！　本当、君の行く先はロクでもない危険が満ち溢《あふ》れているね！」

「別にエルネスティのせいというわけではないのだろうが。イズモもかなりガタがきてしまった」

一声かければ、二人ともすぐさまいつも通りに戻る。さらに親方が船長席から身を乗り出した。

「本当だ！　直すのどんだけ大変だと思ってやがる！」

「あぁー、またしばらくはかかりっきりだぁ」

「いつも苦労をおかけします二人とも。でもおそらく本番はこの後かなと……」

「あ⁉」

「え？」

「いえなんでも。ところで若旦那はあちらの飛竜戦艦《リンドヴルム》に接続された『黄金の鬣《ゴールデンメイン》』号で指揮を執っていらっしゃいます」

「おうおう！　そこだそれぇ!!　なんてことをしてくれやがる坊主！　あの船はクシェペルカ製たぁいえ基本設計は俺たちが出したバリッパリの機密だぞコラ！　他国の！　しかも飛竜戦艦《リンドヴルム》についてるたぁどういうことだ!?」

「そうですが、事態への対処のために銀鳳《ぎんおう》騎士団団長である僕の権限において許可しました！」

「そういえばそれってまだ有効なのね……」

「大旦那……そろそろ坊主をとめたほうがいいぜ……」

頭を抱えてしまった親方はさておき。なんとなくそろった面子《メンツ》がいつものように卓を囲む。

「事態のあらましかわかっていないのだが。要はあの魔獣を倒さなければならないということなのか」

「イズモから見ていることしかできなかったがねぇ。なんだいあの魔獣。というか魔獣と言っていいのか？　もっと別の何かじゃないかい？」

「確かに疑問ではあるな。まさか魔法現象で空模様が変わるところを目撃しようとは」

「ちょっと疑わしいんだけど、あれってやっぱり魔法現象なのよね？　たまたまいきなり天気が変わったなんてことはなくて」

「残念ながら、あの魔獣が行使したもので間違いありません。少なくとも魔法術式《スクリプト》を操る意志をもった生命体のようです。今のところ僕たちには魔獣と呼ぶ他ありませんが……」

エルには何か考えがあるようだったが、本題ではないだろうと話を進める。

「ともかくだ。大団長、今後の方針についてはいずれ相談が必要だろうが。こちらからまず伝えておくべきことがある。ノーラ、頼む」

「はい」

控えていたノーラが進み出るのを見てエルが頷《うなず》いた。

「さきほど小王《オベロン》と話しました。なかなかの大仕事をされたようですね」

「独断で先走る形となってしまいました。申し訳ございません」

「構いません。どうあれあの小王が耳を傾ける気になったのですから大金星ですよ。先ほどの戦いを見たでしょう。おそらくここから先、使えるものは多ければ多いほどいい。『魔王』が使えるようになったのは非常に強力な一手です！」

「それとも関係していますが、ぜひお耳に入れておかねばならないことがあります」

そうしてノーラから報告を聞いたエルネスティが珍しく溜め息を漏らす。

「……なんともはや。いよいよ厄介なことになってきていますね。小王の心変わりも納得がゆくというモノです」

エドガーたちも頷いている。

「どうやら本格的に、僕たちにあの光の柱を避けて通るという選択肢は許されないようですね」

「あれが魔獣だというのならば、この大地は……巣？　それとも卵や繭《まゆ》にあたるのか」

「そのいずれにせよ彼の眠りを僕たちが妨げてしまったのは確実です。どうにかしてもう一度元のように眠ってもらう方法を考えなければいけません」

「眠りに？　倒してしまうのではなく、かい？」

いくらかつてない強敵が相手とは言え、エルネスティにしては弱気なことである。ディートリヒは素直に珍しいと思った。

陸皇亀《ベヘモス》に女皇殻獣《クイーンシェルケース》、さらには『魔王』まで、ありとあらゆる魔獣を撃破粉砕してきた銀《ぎん》鳳《おう》騎士団の大団長の言葉としては実に控えめといえよう。それも続くエルの言葉を聞いて顔色を変えることになる。

「おそらく倒すこと自体が不可能に近いのです。接近してわずかでも戦ったことでわかりました。僕たちはあれを魔獣と呼ぶ。しかしその本質は魔獣と……いえ、僕たちの知る生命とはかけ離れたものです。死という定義自体が異なっている可能性すらある」

「そんなにすごいの？」

「難儀なことだ。魔獣退治も楽ではないね」

どうやらフレメヴィーラ王国の騎士にとっても荷の重い戦いになりそうである。

「ですがまったく手も足も出ないということはありません。それに皆さんが朗報を持ってきてくれました」

「俺たちが？」

エルはにっこりと微笑《ほほえ》みながら頷《うなず》く。

「ここには銀鳳騎士団《僕たち》がいて巨人族《アストラガリ》がいてハルピュイアがいて、ついでに小王《オベロン》がいてパーヴェルツィーク軍だってある。徒手空拳には程遠い、多くの力があります。それらを合わせればきっとやってやれないことはありませんよ」

周囲の人間は戦慄《せんりつ》と共に理解した。

確かにこの場所には多くの戦力がある。しかし所属どころか種族すらバラバラな集団をまとめ上げるなど、まともに考えれば不可能に等しい。だがやってのけるのだろう。彼らの知るエルネスティ・エチェバルリアという人間ならば。

「それでは全員を集めて……お話をしましょうか！」

斯《か》くして地獄の門は開かれる。全員の胃に穴が開くまで、あと少し。

第百一話　世界救済会議

「一番！　紅隼《こうじゅん》騎士団団長ディートリヒ・クーニッツ！　推して参る!!」

蒼穹《そうきゅう》に紅が飛翔する。

魔導噴流推進器《マギウスジェットスラスタ》の音も高らかにグゥエラリンデ・ファルコンが迫り、光の柱は不動のままそれを待ち受けた。

「デカい魔獣だが私の双剣にかかれば……っておうわぁーッ!?」

静かであったのは近づくまで。にわかに柱が解《ほど》けて触腕《しょくわん》となって広がると、急激に天候が悪化し始めた。『天候操作級魔法《ハザード・スペル》・颱風招来《コーリング・タイフーン》』の前兆である。

巻き起こされた突風につかまったグゥエラリンデは哀れ、錐《きり》もみしながら吹っ飛んでいったのであった。

「……ふっ。この私を退けるとは。なかなか手ごわい相手であるね」

「それでは次の方、お願いしますね」

準備万端のアルディラッドカンバーがこころなしか嫌そうに首を動かす。

「何？　俺も言うのか……？　ゴホン！　あー、二番……白鷺《はくろ》騎士団団長エドガー・C・

ブランシュ。参る……」

「いってらっしゃーい」

ヘルヴィに見送られつつ、いかにも気が乗らない様子のエドガーだったが飛翔する勢いに陰りはない。アルディラッドカンバー・イーグレットが光の柱めがけて突き進む。

「来たか……！」

やはり魔獣が動き出す。魔法現象の前段階である積乱雲が発生したところで、風に耐えかねて後退した。

「さすがに盾で風は防げないか！」

飛翼母船《ウィングキャリアー》イズモは光の柱からかなりの距離を空けて停止している。アルディラッドがイズモまで帰還した。

「三番！　三番はぜひこの自分にぃぃぃ!!」

「だからお前の乗騎は人馬騎士《ツェンドリンブル》だろう。おとなしくしておきたまえ」

「無念……ッ！」

などという一幕があったりなかったりしつつ。ならばとばかりに次はイズモ自体で接近を試みようとして――。

「おいヤバいぞ！　全然近づいてねぇってのに、もう魔法現象が始まってやがる！」

「うえええ回頭！　せっかく直した船体をもう一回壊すのは嫌だからね!!」

「ふむふむ。飛空船《レビテートシップ》と幻晶騎士《シルエットナイト》では捕捉距離が全然違うのですね」

「冷静こいてる場合かッ！　急げ！　ケツまくれッ！」

団員たちの大騒ぎを乗せながらすたこらと逃げ出したのだった。

そうして何回かの試行を経て、エルネスティは満足げに頷《うなず》いた。

「ご協力ありがとうございました。なるほど、飛空船だけでなく幻晶騎士が近づいても魔法現象を起こしてくると」

「はぁ……こっちはご協力で死にかけてんだがよう坊主？」

「なんとかイズモは無事だった……」

「しかしこれはとても重要な情報です。試した甲斐《かい》がありましたよ！」

言われてへこむ大団長ではない。それは親方もバトソンもよくわかっているので、溜め息ともつかぬ唸《うな》りをあげて終わった。

「何が近づいても同じような反応を示したところからして、おそらく細かな識別はついていないのでしょう。しかしイズモほどの大きさがあれば、より離れていても反応するといった感じですね」

「つまりは飛空船を使ってアレに接近するのは自殺行為というわけだね」

「やるなら幻晶騎士なんでしょうけど、飛翔騎士《トゥエディアーネ》の性能じゃあちょっと不安は残るわ」

「しかも魔獣はあれ一種類ではないのだろう。幻晶騎士で挑む場合、小型の魔獣の能力が恐ろしすぎる」

小型の、青白い紐《ひも》のような魔獣は幻晶騎士や他の魔獣を乗っ取る能力を有している。さらには法撃が通じず、有効な攻撃手段がない現状で戦うには、あまりにも危険な相手となっていた。

「少なくとも小型への対策はいくつか目星をつけてあります」

「ほう、さすがだな」

「だから嫌がられたのかな〜」

「図体のわりにみみっちい魔獣なこった」

「魔獣がそこまで理解する？」

「しかし大げさなことだ。あの魔獣に比べれば幻晶騎士など蟻《あり》のようなものだろうに。たかだか追い払うために天候まで変えてくるとは」

「僕たちにとってあの魔法現象はまさに人知の及ばぬ脅威です……が、あの魔獣にとっては普通のことなのかもしれません。むしろあれ以下の魔法現象を起こせない可能性も十分にあります」

「確かにねぇ。図体が大きいというのも何かと大変なものだね」

「巻き込まれる方はたまったものじゃないけどね、ホント」

元に戻りつつある天候に安堵《あんど》しながらイズモが引き返してゆく。

「これでこちらの手札は揃《そろ》いました。後は会議にかけてみましょう！」

◆

光の柱との接触から数日が経《た》った頃、とある会議が開かれようとしていた。

「皆様、本日はお集まりいただきありがとうございます！」

会議の発起人であるエルは集まった面子《メンツ》を見回した。会場として設《しつら》えられた場所は、これまでで最も異様な雰囲気に包まれている。座席を埋めるのは――。

謎の船長改め、フレメヴィーラ王国第二王子『エムリス・イェイエル・フレメヴィーラ』。

パーヴェルツヴィーク王国第一王女『フリーデグント・アライダ・パーヴェルツヴィーク』。

シュメフリーク王国軍船団長『グラシアノ・リエスゴ』。

『魔王軍』首領『魔王』こと『小王《オベロン》』。

ハルピュイアの最前、風切《カザキリ》の『スオージロ』。

さらにフリーデグントの背後には竜騎士長『グスタフ・バルテル』と鍛冶師《かじし》長『オラシ

オ・コジャーソ』が立つ。エムリスの背後には筆頭騎操士《ナイトランナー》『アーキッド・オルター』が、スオージロの後ろにはホーガラとエージロがいた。

ちなみにグラシアノの後ろには誰もいない。怖すぎて部下の全員が逃げた。余談ながら、彼の飲む胃薬の消費量がついに過去最高を記録したということだけは言い添えておく。

また一人という意味では小王も同じくであるが、こちらは圧倒的なふてぶてしさを放っており、何一つ苦にする様子はなかった。


「本日の議題は他でもありません。空飛ぶ大地に降りかかる災厄、その中心である光の柱対策について話したいと思います！」

このような錚々《そうそう》たる面子を前にしても、銀鳳《ぎんおう》騎士団大団長『エルネスティ・エチェバルリア』はまったくいつものようにニコニコと微笑《ほほえ》んでいた。物怖《ものお》じという言葉はおそらく彼の辞書にはない。

ちなみに傍らにはエドガーとディートリヒが助手よろしく佇《たたず》んでいる。ヘルヴィは来るのを拒否した。

見知らぬ登場人物に数名が眉根を寄せたが、それで終わった。それぞれが騎士団を率いる人物であるなどと傍から見ている限りではわかりはしない。

「……エチェバルリア卿《きょう》。話すのはよい。しかし……ここに『魔王』までもが混ざっているのはどういうことか？」

開口一番、フリーデグントの険しい視線が突き刺さる。グスタフなどは、主《あるじ》の背後に控えていなければこの場で斬りかかっていただろう、火の出るような視線を放っていた。

受け取る小王《オベロン》は涼し気な表情である。それくらいの神経がないと『魔王』は務まらないし、エルネスティとも戦えない。

「こいつなのだろう？　『竜の王』とかいう化け物をけしかけ、我らの飛竜に痛手を負わせたのは。よくぞのうのうと顔を出せたものだな」

「ふうむ？　確かに私としては西方人《せいほうびと》ごときがいくら嵐にまかれようと知ったことではないがねぇ。しかしこの大地の行く末は我が群れにとっても重要なこと。だからお前たちの茶番を少しは我慢してやろうというのだ。まずは感謝するがよいよ」

「……貴様ッ」

パーヴェルツィーク王国としては当然、心中穏やかならざるものがある。そして小王がそれを気にかけることなどない。会議にはその始まりから暗雲が立ち込めていたが――。

「小王には僕からお願いしました。ハルピュイア族最大の群れを率いる者としてもですが、これから『魔法生物《マギカクレアトゥラ》』と戦うにあたって『アルヴ』としての知見を伺いたく参加していただいています！」

さまざまな意味合いのざわめきが起こった。フリーデグントはなかでも最も耳慣れない言葉について尋ねる。

「『魔法生物』とはなんだ。察するにあの光の柱を指しているようだが。アレが何か知っているのか、卿《きょう》？」

「いいえ。僕が名付けました！」

「……あっそう」

「あれは尋常の魔獣とは一線を画しています。ならば相応《ふさわ》しい呼び名を新たに考えるべきだと思いまして」

「魔法……生物ね。まぁ、徒人《ただびと》の感性にしては悪くない線だろうね」

　小王は何事かを考え、宙を睨《にら》む。

「これまでに得た情報から、『魔法生物』は身体のほとんどを純粋なエーテルによって構成していると思われます。今のところ光の柱である大型、青白い小型の2種類が確認されています。エーテルとはこの世界に普《あまね》く満ちたる魔力《マナ》の源であると、皆様もご存じのことでしょう。つまりこれらは生物でありながら魔力そのものと言って差し支えない存在なのです」

「生きた魔法現象か。なるほど『魔法生物』ねぇ」

「はい」

　いきなりエルが振り返り、オラシオがしかめっ面を浮かべた。

「どうでしょうか、オラシオさん。あなたはエーテルの振る舞いには詳しいはずです。『魔法生物《マギカクレアトゥラ》』についてわかることはありませんか？」

「エーテルでできた生き物なんてぇ、『純エーテル作用論《セオリー》』をどうひっくり返したところで書かれちゃいない！　あれにはあくまで源素浮揚器《エーテリックレビテータ》だとか、人間が使うためのことしかねぇよ！」

「それでは仕方がありませんね」

「なんで俺が残念がられるんだ……」

しばらく静かに耳を傾けていたフリーデグントが、ようやく顔を起こした。

「確かに呼び名はあったほうがいいのだろう。だが詳しい定義になど興味はない。……むしろ我らとしては先に言っておかねばならないことがある」

ちらりと背後を窺《うかが》う。グスタフが首の動きだけで頷《うなず》いた。

「……そう。我々の目的は今更隠すことでもないだろう、源素晶石《エーテライト》だ。現状の収穫でも、出費を考えると損と言うほどでもない。よって……撤退することも視野に入れている」

フリーデグントの、パーヴェルツィーク王国の言葉に、場に溜め息のような音が流れた。最初に反応したのは誰あろう、キッドである。

「このまま見捨てていこうってのかよ!?」

「……もしも光の柱の脅威が低ければまだやりようはあった。しかしこれ以上は……飛竜も飛空船《レビテートシップ》も、私一人の持ち物ではない」

「だからって！」

なおも言い募ろうとしたキッドをエムリスが片手で遮った。

「ではお前たちが退場するとして、飛竜戦艦《リンドヴルム》はどうする？　半分はこちらの船だが、まさか貴国までついてゆくことはないぞ」

「片翼では十全に動けないが、曳航《えいこう》して運ぶくらいはできる。本国まで持ち帰るだけならば問題はない」

「フン。やはり西方人《せいほうびと》というのは礼儀がなっていないなァ。餌を漁《あさ》って帰っていくだけならば犬でもできそうなことじゃあないか。そうだろう？」

横合いからのヤジをフリーデグントがきっと睨《にら》みつけた。

「……小王《オベロン》とやら。お前こそなぜそうも拘《こだわ》る？　お前自身は『アルヴ』！　ハルピュイアでもなんでもないはずだ」

小王の長く伸びた耳がちらちらと見え隠れしている。アルヴという技と魔法の民の存在は、当然フリーデグントもよく知っていた。彼らがめったに住処《すみか》を出ないということも含めて。

「そうとも言い切れないねぇ。徒人《ただびと》たちに比べればハルピュイアの方がよほど我々に近い存在だよ。まぁ、それだけではなくて。私は王であるからね。民草がついてくるというのならば導くのが役目だ。お前はどうなんだい？　徒人《ただびと》の王女よ」

「……我が国のためを考え、動いているとも。だからこそなのだ」

雰囲気が険悪さを増してきたところでエルがひょいと割って入った。

「なるほど殿下のお考えはもっともです。自国のためを思えばこそ、こうして自ら乗り込んで来られたわけですし。ですが、ならばこそ。ここで踏みとどまって戦っていただかねばなりません」

「なぜだ？　卿《きょう》はいったい何を知っている」

「ご判断されるのは私どもの手の者が持ち帰った情報を聞いてからでも遅くはないと思います。……ノーラさん、皆へあの情報を」

「はっ」

あらかじめ控えていたノーラの姿を見た瞬間、小王《オベロン》が微《かす》かに表情を歪《ゆが》めた。そもそも彼は彼女の口車に乗せられてここにいる。

「私どもは国元からの戦力との合流を目指し、一度大地の外へと出ました。その際に大地の動きを詳細に観測し、大地が徐々に沈下していることを確かめました……」

「今更それがどうしたというのだ！　そんなことは何度も聞いている！　内部のエーテルがあれだけ派手に漏れ出しているんだ！　いつ浮揚力場《レビテートフィールド》が大地を支えきれなくなってもおかしくはないというのだろう！　しかし、我々はそんなことに付き合う必要はないと言っているのだ！」

　グスタフが額に青筋を立てながら怒鳴り、スオージロが目を細める。しかし意外なことに小王の態度は冷ややかであった。そこに怒りは見えず、むしろ口元に微笑すら浮かべている。

　彼の態度の理由は、続くノーラの言葉の中にあった。

「……同時に、大地は少しずつ移動しています」

　戸惑いが湧きおこる。人々はとっさにその意味を掴《つか》みかねていた。

「移動……とは、どういうことだ」

「おそらくは形状の問題だと考えられます。この大地は沈むほどに、風に滑るようにしてどんどんと移動しつつあるのです」

　エルネスティが言葉を引き継ぐ。そこに至ってようやく、全員の頭に理解が染み渡ってきた。同時に最も重大な疑問が思い浮かぶ。

「どこへ……だ？」

　行き先だ。

　海の彼方《かなた》へ向かっているのならば大事《おおごと》ではあるがわざわざ気にするほどのことではない。こうして問題として取り上げるからにはおそらく――。

「完全に調査するには時間的な余裕がありませんでした。しかし……その方角は確実に、西方諸国《オクシデンツ》へと向かっています」

溜め息ひとつなかった。誰もが口を開くことを恐れている。あたかも、言葉にすればそれが現実になってしまうといわんばかりに。

そんな沈鬱《ちんうつ》な静けさをエルネスティが遠慮なく蹴り飛ばした。

「つまり、このまま光の柱を放置し沈下が続けば……いずれこの大地は西方諸国のどこかへと落着します。『源素晶石《エーテライト》の塊《かたまり》のような』この大地が、です」

「戦争になるな」

ぽつりと漏らしたフリーデグントの呟《つぶや》きは、ぞっとするほどの気配を帯びていた。

「そう。大西域戦争《ウェスタングランドストーム》よりもなお激しく、西方諸国普《あまね》く全ての国を巻き込む未曽有《みぞう》の大戦争となるでしょう。……そしておそらく、この戦いに勝者はありません。西方人《せいほうびと》だけではなくハルピュイアも全て呑《の》み込んで、際限のない破壊の嵐が吹き荒れる。欲望が燃え尽きるころには西方諸国など跡形もなくなるでしょう」

西方人にとって、世界とは西方諸国そのものを指す。故にそれは正しく世界の破滅と表現して差し支えない事態だった。

「私にとってはお前たちの国がどれだけ滅ぼうとも知ったことではないんだよ。だがそれに我が民を、ハルピュイアを巻き込むわけにはいかないのでねぇ。そもそも大地が沈む時点で許しがたいことであるが！」

それが小王《オベロン》がエルネスティと決着をつけるのを我慢し、会議に出てきた理由である。

世界の破滅。誰しもが想像すらしたことのない脅威が徐々に現実味を帯びて脳裏に染み込んでくる。だというのにただ一人、エルネスティだけが気落ちした様子ひとつない。むしろどこか楽しげであり。

「悲観するには及びません。ここにはまだ僕たちがいます。最悪の事態が起こる前に、ここに僕たちがいるのです。だから……」

とんでもない笑顔で、とんでもないことを言いだすのだ。

「これより僕たち皆で大地の落下を食い止めます。そうすればすべて丸く収まりますね！」

コイツはなぜこんなに嬉《うれ》しそうなのか？　疑問が吹き抜けてゆく間に、エルは全員の顔を見回すとぴしりと指を突きつけて。

「小王、そしてハルピュイアの皆さま！　これまで通りに空飛ぶ大地で暮らせれば問題ありませんね!?」

「は？　うん？　まぁ？　そういうことではあるがね？」

「フリーデグント殿下！　このまま逃げ帰っても戦争はあなた方の後ろを追ってきます。ここで未然に防いだほうがお得ではないですか!?」

「そ、それはそうかもしれないが……」

「スオージロさん！　あなたも大地を守りたいのではないですか⁉」

「当然。大地がなくなれば、巣を作るべき森もなくなってしまうからな」

「グラシアノさん！　あなたは……」

「ひっ⁉　い、異論ないです‼」

「なるほど！　つまりは皆様問題なし！　全員一致というわけですね！」

「おいエルネスティ。俺には聞かんのか」

「本国からの戦力が僕の指揮下にある以上、若旦那は嫌でも付き合っていただきます」

「なんてことだ……」

一人で大満足しているエルへと小王《オベロン》が静かに問いかける。

「やれやれ、皆の心がひとつになって、実に結構なことじゃあないか？　しかしどうするというんだエルネスティ君？　確かに大地の落下は防ぎたい。それにはあの光の柱を……キミのいうところの『魔法生物《マギカクレアトゥラ》』を、なんとかする必要があるんじゃあないのかい？」

事態の衝撃に呑《の》まれかけていた者たちがふと我に返った。そもそも根本的なところが未解決であると気付いたのである。

「どうにもできるわけがない！　そもそも近づくことすらできなかったのだぞ‼」

「そうだねぇ。仮に近づいたとして奴らの身体はエーテルの塊《かたまり》。有効な手段がないぜ」

「わかっているのか、敵は天そのものなのだぞ。これまで振り仰ぐことしか許されなかった天の候が牙を剥《む》く。我らはあまりにも無力だ」

さまざまな反論が飛び出してくる。だがエルネスティは、まったく揺るがなかった。

「ご心配には及びません！　成功するかは賭けの部類ですが、少なくとも策はあります」

ざわめきが起こる。今この場にいる誰もが戦慄《せんりつ》する中、たった一人で対抗策まで考えていたというのか。

そんなエルの後ろではこっそりとアディたちが囁《ささや》き合っていた。

「エル君楽しそう」

「あれは危険な兆候だね」

「多分新しい玩具について考えてるよねー、あの表情」

「また親方が吼《ほ》えるのか」

エルネスティ・エチェバルリアが完全に『やる気』になっている。それは銀鳳《ぎんおう》騎士団出身の人間にしてみれば見慣れたものであると同時に、そこはかとなく恐ろしく、かつ頼もしいという複雑な感情を呼び起こすものであった。

「それではご説明いたしましょう！　板をこちらへ！」

エドガーとディートリヒがどこからか持ち出してきた黒板をテキパキと組み立てる。その前に立ち、エルがものすごい勢いで図を描きだした。

「考え方は単純です。大地の落下はあの魔獣……いいえ、『魔法生物《マギカクレアトゥラ》』が抜け出ることにより、内部からエーテルが失われることにあります。だからそれを止める。そのためには『魔法生物』を元の穴に押し返せばいいのです。なにせ『魔法生物』自体が巨大なエーテルなのですから！」

「それで作戦と言うつもりか⁉　口を動かすだけならば簡単でも実行は難しい！　そもそも手段がないと言っているんだ‼」

「いいえ。たったひとつだけ手段があります。おそらくは唯一、『魔法生物』に効果的な攻撃方法が」

「なに……？」

カツッ、と白墨《チョーク》で黒板を叩《たた》く。丸に囲まれた文字は――。

「エーテル、あるいは源素晶石《エーテライト》です！　何よりも『魔法生物』である彼らの身体と同じ素材であるがゆえに最も強く干渉できる。どうですか？　小王《オベロン》。アルヴであるあなたの感覚にお尋ねしたい」

「……癪《しゃく》だが、考え方はそう間違っていないだろうね。しかしこれは推測だよ、根拠に乏しくては頷《うなず》けないねぇ」

小王は僅かに考え、逆に問い返した。

「根拠はあります。光の柱に接近した時のことです。小型の『魔法生物』がエーテル円環《リング》とぶつかり、怯《ひる》んだ瞬間がありました。それともうひとつ、この大地そのものです」

「……！　ははぁ、なるほどね。源素晶石は奴らにとっての殻というわけかい？」

「おそらく近しいものかと」

二人が理解《わかり》し合っていると、一周回って落ち着いたフリーデグントが口を開いた。

「そこまで言うならば具体案を聞こう。卿《きょう》のことだ。色々と考えているのだろう？」

「もちろんです。フルコースをご用意してきました！　まずはこれから、主にみっつの作業を並行して進めます。時間がないので全て一気にやり切ります」

「み、みっつ……」

聞いてから判断するのはマズいかもしれない。フリーデグントは早くも自分の言葉を後悔し始めていた。

「ひとつは源素晶石の効果確認班！　これは小型の『魔法生物』を標的に、仮説をより確かとします。もうひとつは『決戦兵器』の構築班！　あの最大の『魔法生物』に効果を発揮しうる、特大の『源素化兵装《エーテリックアームズ》』を建造しなければいけません」

『源素化兵装』なる、すらっと飛び出した新たな概念に対するツッコミはもはやない。それよりもなおさら大きな問題が彼女たちに頭痛を呼び起こしていたからだ。

「もう馬鹿と与太《よた》の大盤《おおばん》振《ぶ》る舞《ま》いみたいな話が聞こえたが。その『決戦兵器』というのはまさか……」

「現状ここにある最大の魔導兵装《シルエットアームズ》を転用するしかないでしょう。つまりは飛竜戦艦《リンドヴルム》であり、竜炎撃咆《インシニレイトフレイム》ですね!!」

エルネスティがわざわざパーヴェルツヴィーク王国を巻き込もうとする理由に合点がいった。最初から逃すつもりなどさらさらなかったのである。

「……言いたいことがありすぎる……。だがその前に残りを聞こう。卿《きょう》はみっつと言ったはずだ」

「はい！　最後は、飛竜戦艦をあの『魔法生物《マギカクレアトゥラ》』の元へと突入させる手順を考える班です！　どんな武器を作ろうとも届かなければ意味がありませんしね」

「なっ……なんだと!?　これだけ偉そうに言っておきながら今から考えるというのか！」

もうグスタフの顔色は茹《ゆ》で上げたように真っ赤であり、隣のオラシオが耳を押さえて一歩距離を開けた。その程度では大声は防げなかったが。

「卿には勝算があるというのか？　聞いた中では特に最後が一番無茶だと思える。天候すら操る魔法現象の具現化を相手に、たかが人の作った機械がどうやって抗《あらが》おうというのか」

ちらりと視線を向けられたオラシオは、慌ててぶんぶんと首を横に振った。そんな都合の良い方法はとんと思いつかない。

「そうです、天候です。魔法現象としてはとてつもないものですが、起こった現象自体は既知《きち》の範囲内にある。つまりは嵐のただ中を突っ切ることさえできればそれでいいわけですね！　できそうな気がしませんか？」

「するかっ!!」

もう言葉もない。なぜこうも自信満々で言い切ることができるのか。誰か凡人にもわかるように翻訳してほしい。周囲の願いも空《むな》しくエルは止まらない。

「そのために、あらゆる勢力から全ての物資、人材の提供をお願いします。詳しい人の振り分けは後々詰める必要がありますが、差し当たって必須となるのが……」

くるうりとエルが振り返ると、視線の先にいた者たちが怯《ひる》んだ。

「オラシオさん！　僕と一緒に決戦兵器の建造に携《たずさ》わっていただきます。あなたの業《わざ》が必要です！」

「吐きそう」

「小王《オベロン》！　あなたのアルヴとしての智慧《ちえ》が今こそ必要です！　突入方法の検討にお力を貸してください！」

「反吐《へど》が出そう」

我慢できずに小王が立ち上がり、ツカツカとエルに詰め寄った。

「わかっているのかねエルネスティ君？　ハルピュイアの巣であるこの大地の危機でなけ

れば、今ここで君を八つ裂きにして『魔王』の餌に混ぜているところなんだよ？　何を当然のように顎で使ってくれるんだい？　そんなに今すぐ死にたいのかい？　望むところだよ？　ただちに表に出たまえ再戦といこうじゃないか？」

「ですがハルピュイアを助けたいのは本心なのですよね。でしたらあなたはきっと裏切りませんし無用の諍《いさか》いも起こしません。なぜならあなたは王だからです」

「事が！　終わったら！　絶っっっっっ対に！　ぶっ殺してやるぅ……ッ!!」

歯を食いしばりすぎてもはやなんだかわからない表情になりつつある小王《オベロン》を華麗に置き去りにして、全員を見回してにっこりと、まったくいつも通りの花咲くような、それでいてどこまでも不穏な笑顔でエルが告げる。

「それでは皆様！　僕たち皆で世界を救ってしまいましょうか!!」

おそらくこれを楽しいと表現してしまえるのは世界広しといえどエルくらいのものだろう。その証拠に会議後、事態のあまりの大きさに何人か吐いたという。

◆

「ふぅ。やはり仕事上がりの飯は美味いぜぇ。身体が求めてやがんのよ」

「ようやくイズモと飛空船《レビテートシップ》の補修が全部片付いたからねぇ～。もうクッタクタの腹空きだよ。いくらでも食べれそう」

「おう、しっかり食っとけバト坊。どうせすぐに坊主が来て忙しくなる……」

「親方！　親方はいらっしゃいますか！　至急作ってほしいものがあるのですが！」

「……んだよ。こういうふうにな」

「……ドワーフ使いが荒すぎるよエル……」

◆

「というわけで『源素化兵装《エーテリックアームズ》』の試作品をお持ちしました！」

パーヴェルツィーク王国の拠点にズカズカと踏み入ってきたエルネスティを眺めて、騎士たちは呆気《あっけ》に取られていた。

「歓迎されているようには見えないぞ、エルネスティ」

一緒についてきたディートリヒがこっそりと囁《ささや》く。

「そうですね。では上層部の皆様に話を通しに行きましょうか」

「迷いなく上から落としにかかるあたり、本当に大団長の行動力には恐れ入る」

「いつものことじゃない？」

「だろうけど、学べても実行が難しくていけない」

勝手知ったるとばかりに歩き出したエルの背中を追ってゆく。一時期、飛竜戦艦《リンドヴルム》の修理のために出入りしていたため、馴染《なじ》みがあるのは間違いではない。当然のように同行しているアディにとってもそうで、ディートリヒとしてはまぁいつものことかと肩をすくめるしかなかった。

「貴様……ッ！　ここは現在、パーヴェルツィーク王家による直轄地として扱われる！　他国の人間が誰の許しを得て踏み入るかッ！」

そうして我が物顔で行進する一行の前に、竜騎士長グスタフが厚い壁となって立ちはだかった。背後には呆《あき》れ顔の天空騎士団《ルフトリッターオルデン》左右両近衛長《このえちょう》、イグナーツとユストゥスが続いている。

エルはくいと首を傾《かし》げて言った。

「許可というならば、飛竜戦艦と『黄金の鬣《ゴールデンメイン》』号が共にある限りにおいて殿下にお許しいただけているはずですが」

「フン！　貴様自身はどうあれ後ろにいる者……見ない顔だ。そやつは関係なかろう！」

いつになく強硬な様子のグスタフに、ディートリヒはバレないよう密《ひそ》かにアディへと尋ねた。

「明らかに嫌がらせだが、何をやった？」

「好き勝手したかな」

「把握した」

やってしまったか。

エルネスティという人物は常識や礼儀がないわけではないが、目的のためには手段を選ばないところがある。そうして無理を通せば反発が生まれるのもまた道理というものであった。

「では殿下にお取り次ぎをお願いします。お伝えしたいことがございますので」

「ならん！　殿下は今ご多忙でいらっしゃる……貴様のふっかけた無体によってな！」

「ううむ、仕方がありません。ではグスタフ竜騎士長、代わりにあなたへとお伝えします」

「……フン。聞くだけは聞いてやろう」

「先日の会議にて挙げた作業項目のうち、源素化兵装《エーテリックアームズ》の試作が仕上がりました！　ですので効果検証のために貴国からも人員を出していただけないかと」

「貴ッ様……！　我が国の騎士を使いっぱしりか何かだとでも思っておるのか！　確かに光の柱に対抗するため共同戦線を張ることになった……が、貴様に指揮権まで許した覚えなぞない！」

「ですがよろしいのですか。せっかく新兵器の試験なのですよ？」

「くどい！」

「ふうむ。わかりました」

取り付く島もないとはこのことか。エルは特に気落ちした様子もなく息をつく。そこでディートリヒが声を張り上げた。

「それでは大団長！　効果検証は我が国のみで実施するということでよろしいでしょうか！」

「共同でお願いする予定でしたが。パーヴェルツィークにはご協力いただけないというのならば、仕方がないでしょう」

「承知いたしました。すぐさま準備いたします！」

グスタフの額に浮かんだ血管が増えた。そのような見え見えの挑発に乗るか、と口を引き結ぶ。そこでイグナーツが意を決して一歩を踏みだした。

「……竜騎士長、どうかご再考を。我らに効果検証の任をお与えください」

「なぁにぃ⁉　彼奴《きゃつ》に阿《おもね》るというのか！」

すっと近づき、声を潜めて話す。

「しかしグスタフ様、このままでは源素化兵装《エーテリックアームズ》とやらの情報を失います。加えて、作るのが奴らで使うのも奴らとなれば、我が国の発言力が落ちることになりかねません」

「く……ッ！　おのれ……」

話してわからぬグスタフではないが、その額に立てた青筋が彼の怒りと苦悩を如実に表していた。

「……殿下のお耳には私から伝えておくッ！　イグナーツ、あとはお前が取り仕切れッ」

「はっ。万事お任せを」

グスタフはさっさと踵《きびす》を返して言った。去り際にユストゥスが呟《つぶや》く。

「うまくやったなイグナーツ。後でどんなものか教えろよ」

「お前がやればよかったじゃないか……」

二人が嵐のように去り、イグナーツは思わず溜め息を漏らした。

「お手伝いいただけるなら歓迎です！　詳しい使い方と装備の搬入はディーさん、手はず通りに」

「承知しました。大団長、ここからは私が進めてまいります」

「お願いしますね」

頷《うなず》いてエルとアディは立ち去る。そうして役目を得たイグナーツとディートリヒは、お互いに向かい合った。

「さて。私は天空騎士団《ルフトリッターオルデン》右近衛《みぎこのえ》隊を率いるイグナーツ・アウエンミュラーだ」

「銀鳳《ぎんおう》騎士団旗下、紅隼《こうじゅん》騎士団団長ディートリヒ・クーニッツ。大団長の仰せに従い協働するよ。よろしく頼む」

それぞれの国の形式で礼をかわす。かりにも他国との接触である。誰もがエルネスティのように自由にとはいかない。姿勢をラクにしたイグナーツはいくらか逡巡《しゅんじゅん》した後に口を開いた。

「……いきなり失礼かもしれないが、ひとつだけ確認させてほしい」

「わかる範囲であれば答えよう」

「大団長というのはアレの……つまりはエルネスティのことを指しているということで、いいのか」

「あー……その通りだ。かいつまんでいえば我が紅隼《こうじゅん》騎士団は大団長率いる銀鳳《ぎんおう》騎士団から分かれてできたものでね」

「……本当に……騎士団長だったのか……アレが……」

なぜか愕然《がくぜん》とした様子のイグナーツを見れば、嫌でも悟らざるを得ない。

(こっちもエルネスティ済みと。さてはパーヴェルツィークを相手にドでかくやったな、これは……)

完全に野放しとなっていた大団長がどれほどのことをしでかしたのか、怖くて聞けないディートリヒであった。

しばししてようやくイグナーツが正気を取り戻す。

「ゴホン。それともうひとつ……仮にもアレの配下である貴殿に聞くようなことではないかもしれないが」

「ついでだよ、なんなりと聞いてくれ」

「貴殿らはなぜ、源素化兵装《これ》の試験を我が国に持ちかけてきたのだ。手勢が少ない時ならばまだしも、今ならば大所帯が合流したのだろう」

「……あー、独占しないのかという意味でいいかい？」

イグナーツは頷《うなず》く。確かにその通りである。紅隼騎士団に白鷺《はくろ》騎士団まで揃《そろ》って人手は十二分に足りており、わざわざ外から手を借りる必要などない。そもそもいかに異常事態にあるとはいえ、新兵器なるものの情報を即座に他国に伝えること自体が異様なのだ。

それでもエルネスティが声をかける理由はただひとつ――。

「そっちの方が楽しいからだな」

「…………………は？」

「新兵器を試験するのは楽しいから招かないのは失礼です……まぁそんなところだと思うよ」

「なんだそれは。子供か？」

「否定はできないね。しかしだからこそ大団長は世界の危機とやらに躊躇《ちゅうちょ》なく立ち向かえる。面白いだろう？　では、準備にかかるとしようじゃないか。お互い良い成果を持って帰りたいところだろう」

「どいつもこいつも……。わかっている、やるからには全力を尽くすつもりだ」

しばらく後、右近衛隊《みぎこのえ》と紅隼騎士団《こうじゅん》の飛空船《レビテートシップ》が揃《そろ》って光の柱向けて出撃していった。

◆

「オラシオさん、いらっしゃいますか」

その頃、パーヴェルツィーク王国拠点内の鍛冶《かじ》整備場に、エルとアディの姿があった。飛竜戦艦《リンドヴルム》の修復のために何度も出入りしていたこともあり、同拠点内において一番馴染《なじ》みのある場所だといえよう。

「……チッ、来やがったか。何の用だァ？」

飛竜戦艦修復の指揮を執っていたオラシオが顔をしかめてやって来る。なにせエルが現れてロクなことになった試しがなく、今回も例外ではないからだ。

「源素化兵装《エーテリックアームズ》の試作品ができたので、効果検証をお願いしてきました」

「!? なに、もうできただと！　まさか前々から作っていたんじゃないのか!?」

『源素化兵装』――それそのものがエルネスティが提唱した概念であり、エーテルを使用した兵器などオラシオにとってすら未知の代物《しろもの》である。到底短期間で出来上がるようなものとは思えないが、しかしエルネスティはやってのけた。

「種を明かせばそう複雑なことではありません。今回作った源素化兵装というのはもっとも基本的なものでして」

「どういうことだ。詳しく説明しろ」

「そうですね……」

◆

——飛空船が2隻《せき》、光の柱を目指して進む。

片方はパーヴェルツィーク王国右近衛旗艦《きかん》『輝ける勝利《グランツェンダージーク》』号であり、もう片方は紅隼騎士団の船であった。

「観測班より報告！　光の柱との距離、安全圏限界まであと少し！」

「そろそろ飛空船がいることに感づかれるな。船を停止せよ。これより竜闘騎《ドラッヒェンカバレリ》を出す！　船は高度を落とし嵐に備えよ。私も竜頭騎士にて出る！」

「ハッ！」

イグナーツに率いられた天空騎士団《ルフトリッターオルデン》が出撃する。隊長騎である竜頭騎士『シュベールトリヒツ』を先端として竜闘騎が綺麗《きれい》な鏃《やじり》陣形を描いた。

「さてディートリヒとやら……紅隼騎士団といったな。あの馬鹿者が率いる騎操士《ナイトランナー》の実力、どれほどのものかこの目で確かめさせてもらう！」

さほど間《ま》を空けず、紅隼《こうじゅん》騎士団の飛空船《レビテートシップ》から幻晶騎士《シルエットナイト》が出撃するのが見えた。その様子を遠望鏡によって捉えていたイグナーツが唸《うな》る。

「先日は落ち着いて見ることができなかったが……まんま幻晶騎士ではないか。まさかあの姿で空を飛ぶとはな」

パーヴェルツィーク王国が配備する飛行兵器『竜闘騎《ドラッヒェンカバレリ》』は、高速で飛行し戦闘することを可能とする代わりに人型という姿を捨て去った。

しかし紅隼騎士団の機体は下半身こそ小舟か魚かといった形状をしているものの、上半身は人型を保っている。一見して半人半魚というべき奇妙な姿ではあるものの、竜闘騎に比べれば十分に幻晶騎士の範疇《はんちゅう》にあった。

「あの馬鹿者の幻晶騎士は魔導噴流推進器《マギウスジェットスラスタ》の力で無理やり飛んでいたが、こいつらはより安定して飛行している。しかしあれでは機体が重いのではないか。竜闘騎の動きについてこられるか？」

いかにもな重装備を見てみれば、それは自然な感想だった。銀鳳《ぎんおう》騎士団さえ関わっていなければごく当然のことだったが。

「なにッ!?」

ひとたび船を離れた飛翔騎士《トゥエディアーネ》が目覚ましい加速で接近してくる。竜闘騎と比べても遜《そん》色《しょく》ない速度で重々しい機体が飛んでいた。

「……あの姿で飛ぶとは。舐《な》めてかかると痛い目を見そうだ……なぁっ!?」

それでもまだ半人半魚の機体であれば理解の範疇にあったのだ。ど真ん中を突っ切ってくる『近接戦仕様機《ウォーリアスタイル》そのまま』の機体よりかは。

夜明けのように紅い機体だった。ご丁寧にしっかりと足まで残っており、大仰な背負い物から推進器の爆炎が噴き出ている。

「く、やはりあの馬鹿者の一味だったか！」

蒼《あお》い騎士に好き放題足場扱いされた記憶もそう遠い昔のことではない。

イグナーツが複雑な思いにとらわれている間に、紅の機体は慣れた動きで接近してきて竜頭騎士《シュベールトリヒツ》を掴《つか》んだ。

「……ディートリヒだ！　打ち合わせ通りにゆくよ。狙いは小型の魔獣だが、接近すれば大型が嵐を起こしてくる！　まともに食らうとふっ飛ばされるぞ！」

「……ッ！　わ、わかっている！　なるべく地上に沿って隠れながら進むのだったな！お前こそそんな重い機体でのろのろと飛んでも待たないからな！」

「……心配には及ばない。遅れることなどないからね！」

魔導噴流推進器から眩《まばゆ》い尾を曳《ひ》いてグゥエラリンデ・ファルコンが飛翔する。それは竜頭騎士にも引けを取らない速度だった。後に続く飛翔騎士も一糸乱れぬ陣形を描き出す。

「くっ……いい練度だ、侮《あなど》れない。あの馬鹿者についてゆくにはそんなに実力が必要なのか……!?」

竜騎士たちもまた遅れじと加速してゆく。

高度を抑えて光の柱に接近してゆく。以前であれば既に柱が解《ほど》けて天候が変わり始めるところだったが、今回の反応は薄かった。

「どれほどでかくても足元がお留守ではな!」

大型の動きは鈍かったが、小型の『魔法生物《マギカクレアトゥラ》』が現れて機敏に反応する。

「ようし狙い通りだ。全員『源素化兵装《エーテリックアームズ》』用意! ……とはいったものの、また心細い代《しろ》物《もの》を持たされたものだよ!」

グゥエラリンデが構える武器。試作型の源素化兵装と銘打たれたその武器は、形だけ見れば中途半端な長さの金属製の円柱であった。いかにも急ごしらえといった印象のそれを、押し寄せる青白い『魔法生物』へと向ける。

「効いてくれよ『エーテルスプレー』!」

半ば自棄《やけ》をにじませつつ武器を発動する。

『エーテルスプレー』の構造は単純である。流し込まれた魔力《マナ》を直接エーテルへと還元し、大気操作の魔法と共に放出しているだけ。まさしく霧吹き《スプレー》の名に恥じぬ代物《しろもの》である。

そんな頼りない武器であっても効果は目覚ましかった。

「おっ。本当に怯《ひる》んだぞ」

虹色の輝きを吹きかけられた青白い『魔法生物』が、いきなり殴られたかのように弾《はじ》き飛ばされたのである。どれだけ法撃を受けても平然としていたのが嘘《うそ》のようだった。

「しかし効果はあってても射程がなさすぎだぞエルネスティ！　ようし、ではもうひとつのほうも試しておくか……『エーテライトスピア』！」

今度は手槍《てやり》に近い形状の武器を取り出す。先端につけられた保護用の覆いを外すと、中の源素晶石《エーテライト》の刃《やいば》が露《あら》わとなった。これも見たままの代物であり、源素晶石を刃の形に加工して取り付けてある。ただ大気中に溶け出すことを防ぐために普段は覆いを被《かぶ》せてあった。

「取り付かれると厄介なのだったな。さっさと斬るとするか！」

青白い『魔法生物』は幻晶騎士《シルエットナイト》の内部に侵入する能力を持つため、接近戦は非常に危険であるのだ。

だがディートリヒはそれをものともしない。グゥエラリンデが推進器を小刻みに動かして間合いギリギリを維持したまま斬りかかる。源素晶石の刃は青白い『魔法生物』を深々と斬り裂いた。通常の刃であれば追い払うことはできても斬ることまではできない。

「ほう、やはり塊《かたまり》のほうが効果は高いのだな。さすがに霧吹きは冗談だろう……ん？」

数匹の『魔法生物』を斬ったところで武器を検《あらた》めれば、源素晶石でできた刃がボロボロと毀《こぼ》れていた。

「なんとまぁ脆《もろ》い。そもそも武器に不向きな結晶だとこんなものか。しかし効果のほどは確《しか》と見届けたよ」

グゥエラリンデだけではない、飛翔騎士《トゥエディアーネ》や竜闘騎《ドラッヒェンカバレリ》もそれぞれ源素化兵装《エーテリックアームズ》を持ち、戦いを繰り広げている。

その時、ディートリヒは視界を埋める巨大な『魔法生物《マギカクレアトゥラ》』を見上げた。事態の本命である光の柱は、その太さだけでも青白い『魔法生物』の数百倍はくだらない。

「エルネスティ、こいつを相手にしようと思ったならばちゃちい霧吹き《スプレー》や手槍《てやり》では到底足りないぞ。どうせまた酷《ひど》い代物《しろもの》を作ろうとしているのだろうけどね……」

大団長への信頼は篤い。むしろ自分の想像力を振り切ってからが本番だと考えているくらいである。

そうしているとにわかに光の柱が動き出した。ようやく足元の騒ぎに気付いたらしい。柱が解《ほど》けて大気が激しく動き出す。

「おっと見つかったか。諸君、検証結果は上々だ。後はとっととずらかるよ！」

「おう！」

発光信号を出すと紅隼《こうじゅん》騎士団の面々が一斉に後退を始めた。いっそ清々《すがすが》しい逃げっぷりである。

「おま、嵐が来るぞ！　我々も撤退する！」

右近衛《みぎこのえ》隊は一瞬呆気《あっけ》に取られていたが、すぐさま気を取り直すと下がっていった。

魔法現象が始まり急激に黒雲が発生してゆく。そうして荒れ狂いだした天候を置き去りに、騎士たちは鮮やかに逃げ切ったのだった――。

◆

「……というわけです」

「確かに明かしてしまえばなんてことのない話ではあるがねぇ」

エルネスティから、源素化兵装についての説明を聞いたオラシオは唸《うな》る。源素化兵装などと大仰に名付けられているものの、その仕組みは単純である。少量のエーテルを発生させるだけならばそれほど難しいことではなく、何よりエルには開放型源素浮揚器《エーテルリングジェネレータ》で既に習得済みの技術である。手槍に至ってはまともな魔獣相手には無意味でしかない。

だがしかし単純であることは簡単であることを意味しない。事実、オラシオは『魔法生物』の生態に圧倒されてまったくその発想に至れなかったのである。

（こいつぁ純エーテル理論を書き直す時が来たかねぇ？）

エーテルにはまだ多くの謎が隠されている。今回の事件はそれを解き明かす良い機会になりそうだった。

「ところでだ。まさか飛竜戦艦《リンドヴルム》に積もうとしているなぁそのエーテル霧吹き《スプレー》なのかよ？」

「いいえ。試作品の源素化兵装《エーテリックアームズ》はそれこそ小手調べです。本番には現状で考えうる最大最高、一撃必殺の代物《しろもの》を投入しますよ！」

「さいで」

ほっとしたような、頭が痛くなるようななんとも言えない気持ちが湧きおこる。

「後は検証の結果待ちですね。今のうちに竜炎撃咆《インシニレイトフレイム》の変更案をまとめたいのですが……いくらか問題がありまして。効果をより確実とするためにも、オラシオさんのお知恵を借りたいのです」

「ふぅ……来やがったか」

知らぬ間に噴き出ていた汗を拭《ぬぐ》う。オラシオの戦いは今、始まったばかりであった。

◆

「まずはこちらをご覧ください。簡単な仕様書を作成してきました」

「どれ……うっ」

一見してオラシオは引いた。いつの間に作ったのか、やたらと詳細な飛竜戦艦の内部構造図にびっしりと書き込みがされている。

さっと一読した彼は表情を歪《ゆが》めた。

「……おい、なんだこいつは。竜炎撃咆の紋章術式《エンブレム・グラフ》をほとんど入れ替える勢いじゃねぇか！」

「いちおうこれでも流用できるところは極力流用したのですが」

「〜ッ！　流用つって、大気操作の部分をちょろっと残してるだけじゃねぇか！　せめて半分は残せよ！」

「しかし源素化兵装とするにあたって爆炎の系統魔法は利用できませんから。そっくりエーテルの生成部と入れ替えました」

「確かに竜炎撃咆そのままだと『魔法生物《マギカクレアトゥラ》』にゃあ通じないが、だからといって……」

飛竜戦艦の設計者であるオラシオとしてはなかなか複雑な部分があるのだろう。彼は唸《うな》ったり頭を掻《か》きむしったりしながら仕様書を眺めていたが、ふと動きを止めた。

「おい。このエーテル生成部ってな……お前の、外側にエーテルを集める浮揚器《レビテータ》の応用か？」

「その通りです。よくご覧になっていますね」

「記載されている性能の通りならこいつは……飛竜戦艦の魔力貯蓄量《マナ・プール》をそっくりそのままエーテルにしちまうじゃねぇか!?」

ぎょっとして問いかければ、目の前にはエルの穏やかな笑顔があった。こいつはわかってやっている、オラシオは確信する。

一度思考を整理する。飛竜戦艦《リンドヴルム》の全力をつぎ込んだまさしく必殺の兵器。しかし当然、それは多くの危険と隣り合わせである。

「なるほど、確かに紛うことなき全力だ。しかしこいつにゃ色々と問題があるぞ」

「伺いましょう」

「そもそも飛竜戦艦の魔力貯蓄量《マナ・プール》はずば抜けている。そりゃあ全力をつぎ込みたいんだろうが、んな大量のエーテルを発生させちまったら馬鹿みたいな浮揚力場《レビテートフィールド》が出来上がっちまうぞ」

源素化兵装《エーテリックアームズ》として利用するにはエーテルをある程度集めておく必要があった。そして集めてしまえば、それは疑似的な源素浮揚器《エーテリックレビテータ》として機能してしまう。

「……お気づきになりましたか。さすがはエーテルの権威です、オラシオさん」

「舐《な》めんな」

自らの攻撃の余力で浮き上がってしまう飛竜戦艦。絵面《えづら》を想像すると非常に間抜けであった。

「これはもう飛竜の推力で抑え込むしかないと思うのですが」

「対抗するにはそれしかねーが……そりゃ真上に向かって魔導噴流推進器《マギウスジェットスラスタ》を噴かすってことで、いいのか？」

「……まぁ、そうなりますね」

さすがのエルも歯切れが悪かった。

少し想像してみればいい。光の柱に接近する飛竜戦艦。しかし目前で攻撃の準備をしたところでぶわっと浮き上がり、必死に上に向かって推進器を噴かしながら攻撃しようともがく――。

「だせぇな」

「……むぅ。ダメですか」

（あ。これはエル君、さては格好悪いから却下しようとしてるなー）

エルネスティのこだわりは余人とはかなりズレたところをカッ飛んでいることが多いが、格好良さが大きな位置を占めているのは間違いない。それとして困っているエル君も可愛いなー、などとアディは暢気《のんき》な感想を抱いていた。

「幻晶騎士《シルエットナイト》が手持ちするくらいのエーテルならほとんど影響はないんだろうがよ。飛竜の全力までいくと無視できなくなる。……それともうひとつ、デカい問題があってだな」

手元で何やらいろいろな計算式を書いていたオラシオが視線を上げる。

「魔力貯蓄量をほとんどエーテルにして、しかも無茶な体勢で突っ込むんだ。間違いなく飛竜は還ってこられないぜ」

　オラシオとてかりにも鍛冶師長《かじし》の肩書きを持つだけあり、魔力《マナ》切れの危険性についても知悉《ちしつ》していた。

「お前、人のモノだからって使い捨てにする気か？」

「まさかそのように蔑《ないがし》ろにはしません！　むしろ真剣に『全力を尽くす』ことを考えた結果です。それに犠牲になるという意味では、飛竜戦艦《リンドヴルム》に接続されている我が方の飛空船《レビテートシップ》も同様ですよ」

（……チッ。こりゃあコイツの頭がイカれてやがるな）

　全力を尽くせるならば還ってこられなくともよい——真剣に考えてそれを実行できる人間は、おおむねまともとは言い難い。オラシオは思考を切り替える。

「よくないが、ひとまずいいだろう。俺だって使い手の要望を無視する気はない。百歩譲って捨て身でかかるとしよう……そりゃ一切失敗できないってことだぞ。少なくとも飛竜炎撃咆《インシニレイトフレイム》をもう一度用意することは不可能だし、つまり竜炎撃咆も同様だ」

　竜炎撃咆ほどの巨大な魔導兵装《シルエットアームズ》を運用するには飛竜戦艦級の躯体《くたい》が必須である。たとえどれほど機能を絞り簡略化したところで再建は不可能であった。

「おっしゃることはわかります。しかし相手は『魔法生物《マギカクレアトゥラ》』……いまだその全貌も不明な超存在なのです。躊躇《ためら》いや余力を考えている場合ではありません。それにそもそもが無茶を通すしかありませんので」

「あぁくそ、どのみちあの光の柱に近づくしかねぇんだ。どうあがいたって飛竜が無事なわけねぇってことか！」

飛竜戦艦は極めて強力な兵器である。だがそれでも限度というものがあった。オラシオだって一度たりとも、空飛ぶ大地で『魔法生物』に突っ込むなどという用途を想定したことなどない。まずもって実行した時点で無事には済むまい。

「聞けば聞くほど無茶だって気がしてきたぞ！　お前本当にこれで行けると思ってたのか!?」

「困難であることは百も承知です。少なくとも犠牲なく終わることは最初から考えていません。ですが、だからこそ。絶対に成し遂げるための方法を今こうして論じ合っているのです」

オラシオはじっとエルの目を睨《にら》みつけた。揺らがない。確かに今の言葉は本心からのものであると信じられるだけの気迫があった。

「……この大地が落ちるとうちの雇い主が困るし俺も困る。そういうことだ。癪《しゃく》だがお前の無謀な賭けに手を貸してやるよ」

「ありがとうございます。もちろん嫌と言っても働いてもらうつもりではいましたが」

「鬼か」

観念して仕様書をめくり、計算をおこなう。しばらく何事かを考えていたオラシオは、やがて深い溜め息をついた。

「『魔法生物《マギカクレアトゥラ》』を倒すのに必要な威力がわからないのが痛い。計算できない以上、上限を求めるしかなくなるんでね。今はどんくらいまでいけるんだ」

「他に飛竜の余っている空間に入る限界まで源素晶石《エーテライト》を積み込む予定です。魔力貯蓄量《マナ・プール》と源素晶石と、それで全てですね」

なおも難しい顔で悩んでいる。気が進まない様子でちらりとエルを見やり、ついに意を決して口を開いた。

「この開放型の源素浮揚器《エーテリックレビテータ》ってやつを応用して、さらに大量のエーテルを集める方法なら……ある」

「？　エーテルへの還元であればすでに利用していますが」

エルの疑問に、オラシオは上を向くことで答えた。エルはつられるように顔を上げた。

――上。目を見開いてオラシオへと振り向く。

「まさか！　上空の濃いエーテルを直接集めるつもりですか!?」

「……やれやれ。本当にお前はバケモンだな、そんなすぐに気づくかよ。だったら問題点もわかるだろう。いけねぇんだよそんなとこまで」

この世界の空は上昇するほどに大気中のエーテルの濃度が上がる。それは経験則から判明していることであった。その上で開放型源素浮揚器《エーテルリングジェネレータ》の技術を応用して周囲のエーテルを抽出することができれば、地上よりも圧倒的に大量のエーテルを集めることができる。

「問題点……源素浮揚器の限界、ですね」

そもそもそれができる高度まで上がることが難しいのである。

源素浮揚器の基本原理はエーテルの濃度差によって浮揚力場《レビテートフィールド》を形成することにある。周囲のエーテル濃度が上がるほど力場が弱くなってしまうため、現行の浮揚器には到達可能高度の限界が存在していた。

飛竜戦艦《リンドヴルム》のそれはふさわしく巨大で高性能であるが、それでもまったく足りていない。必要なだけの性能を発揮する浮揚器というのがどれほどの規模になるか、想像するだけで眩暈《めまい》がしそうになる。

「しかも首尾よくエーテルを集められたところで別に問題は解決してないからな。今度は持って降りられなくなるのがオチだ」

頭を抱えて椅子に沈み込むオラシオとは対照的に、エルは上機嫌であった。

「ですが非常に興味深い案です。何らかの形でこれを可能とすれば、威力の問題は解決できそうですね！」

「おいおい。威力の問題しか解決しないし、むしろ問題自体は増えるんだぞ」

「そうですね……こういう時は助っ人を呼びましょうか！」

「なにぃ？」

突然立ち上がったエルへと怪訝《けげん》な視線を向ける。

「何もこの場で全てを解決する必要はありません。これから助っ人に声をかけてきますので、明日改めて集まりましょう！　では！」

「お、おう……」

言うやいなや別れの挨拶もそこそこにエルが立ち去る。もちろんアディも後に続いた。

一気に静けさが戻るとともに、ぽかんとした表情のオラシオだけが残されたのであった。

◆

開けて翌日。

同じくパーヴェルツィーク王国拠点内鍛冶《かじ》整備場に、昨日とは違う面子《メンツ》が揃《そろ》っていた。

「それでいきなり私を呼び出したというわけかい？」

不機嫌を隠しもしない小王《オベロン》が、腕を組んで仁王立《におうだ》ちしている。

「はい！　もう一人の専門家として知恵をお借りしたく」

「キミは。本当に。私のことを。便利屋扱いしてくれるじゃあないかい？　我々は敵だということをすっかり忘れてしまったのかいこの頼りない頭は？　いいだろうすぐさま思い出させてやるから外に出たまえよ？　『魔王』がいつでも熱烈に歓迎してやるよ？」

「それはまたの機会に。まずは空飛ぶ大地を守ってからですね」

「ぐんぬぎぎぎ……あんな約束するんじゃなかった……」

ひとしきり歯を食いしばったところで、所在なさげに立っている西方人《せいほうびと》の存在に気が付いた。この場の主人であるはずのオラシオである。

「あー、あんたぁ『魔王』ってのを操ってるアルヴだっけか？　なんでもハルピュイアの親玉やってるって話だったか」

「その認識で間違ってはいないねぇ。付け加えるならばそこのエルネスティ君とは不倶戴《ふぐたい》天《てん》の仇敵《きゅうてき》の関係にある」

「偶然だな。そりゃ多分俺もだ」

ふわっと何かが通じたような気がした。おそらく気のせいだろう。

「やれやれ、まさか他国の鍛冶場に連れてこられるたぁ思いもしなかったぜ」

通じ合う者たちをよそに、一人のドワーフ族がさっさと座席を確保していた。

「おう。俺は銀鳳《ぎんおう》騎士団所属、鍛冶師隊隊長ダーヴィド・ヘプケンだ。そこの坊主とは長い付き合いでな。まぁ、坊主の無茶を形にするのが俺の仕事って考えてくれりゃあいい」

「今回もよろしくお願いしますね親方！」

「いまさらだ、多少のことじゃあ動じねぇつもりでいたがよ。まさかのまるっきり敵地じゃねぇか」

「王女殿下の許可はいただいているので敵地ではありません。他国の領土ではありますが」

「お前なぁ……」

他国の鍛冶《かじ》場という意味では、かつてクシェペルカ王国で世話になった経験がある。とはいえさすがにあの時は友好国だった。

親方は、このまま味方とも敵ともつかぬ場所で仕事をするくらいならば、イズモ内の設備を使うほうが気が楽だと内心溜め息を漏らしていた。

「まぁまぁ。こうしてお集まりいただいたのは何も一緒に茶を嗜《たしな》もうというわけではありません」

「はーい。エル君の飲み物は用意してあるよ」

「ありがとうアディ。それで！　飛竜戦艦《リンドヴルム》に搭載する大型源素化兵装《エーテリックアームズ》……その完成のために力を貸していただきたいのです！」

エルは壁にバシバシと仕様書を張りだしてゆく。昨日の今日でさらに書きこみが増えている。オラシオは目元を揉《も》んだ。

「例の『魔法生物《マギカクレアトゥラ》』にぶつけるやつかね？」

「そうです。事前にオラシオさんと話し合った結果、少々厄介な問題が浮き上がりまして

「……」

エルが源素化兵装の仕様を説明してゆくと、さすがの小王《オベロン》も興味を引かれたのか黙って聞いていた。なぜかオラシオも知らない内容が増えていて頬をひくつかせる。

「……というわけでして。現状の最大威力を求めたこの源素化兵装ではありますが、同時に無視しえない欠点が浮き上がってしまったのです」

小王と親方はしばし沈黙していたが、やがてそろって口を開いた。

「馬鹿かキミらは？」

「同感だ、この馬鹿坊主」

「頑張ったのにひどい言われようです」

「おい、今俺を巻き込んだか」

オラシオの抗議は当然のように無視された。

「やかぁしゃあ!!　なんだこの『高高度まで飛びあがってエーテル集めて飛び降ります』ってのは！　これを考えた奴が馬鹿じゃなかったらどいつを馬鹿と言やぁいいんだよ!?」

「ちなみに上がるのも大変ですが、集めるほどに浮揚力場《レビテートフィールド》が発生するので降りるのも大変です」

「大変ですじゃねーだるぉ!?」

「おいドワーフ、貴様のところの馬鹿だろう。ちゃんと首に縄でもつけておきたまえよ」

「坊主が縄程度で止まるならこうはなってねーよ!!」

「……そうだな」

思わず納得してしまい、まぜっかえすことも忘れて頷《うなず》いてしまう小王《オベロン》であった。

「そういや、そもそもあれだ。デカい源素晶石《エーテライト》の塊《かたまり》があるとかないとか言ってなかったか」

「目下探索中ですね。発見しだい回収に動いてもらう予定ですが」

「こんなまどろっこしいことをしなくとも、そいつをぶつけりゃあいいんじゃないのか」

「『魔法生物《マギカクレアトゥラ》』が出てきた穴が拡大している以上、源素晶石塊だけでは不足しています。万全を期すならば源素化兵装《エーテリックアームズ》も仕上げておくべきだと考えますね」

「だからってなぁ……」

親方は腕組みして考え込む。作れと言われればなんだって作ってみせるが、考えることは難しい。何しろエーテル技術は専門ではないのである。

ああでもないこうでもないと仕様書を突っつきまわす。ふとオラシオが渋い顔つきで手を挙げた。

「あー、いまちょっと計算してみたんだが……どうやらもう少し良くないことが起こるな」

こちらはエーテルに関する専門家と言っていい。その彼が『もう少し良くないこと』とまで言うのだ。周囲は既にげんなりとした雰囲気を隠しもしないでいた。

「この規模で集中させたエーテルは浮揚力場《レビテートフィールド》を生むが、そいつはエーテル自身にも作用する。何が言いたいかっつうと、撃ち出したエーテル弾も浮き上がるな」

「それは……」

これまた厄介な話である。水平方向に射出すればエーテル弾は上へと大きく軌道が逸《そ》れることになる。これを防ぐにはやはり垂直方向から強力な威力で投射するしかない。

「つまりはエーテル量を確保して威力を高めれば高めるほどに勢いが削《そ》がれるということでしょうか。ううむ、なんともやりづらいですね」

浮揚力場を発生するという性質は浮揚器《レビテータ》の要であるが、それ以外の用途への応用を阻《はば》む原因ともなっている。魔力《マナ》の形で利用できるのならばその方が圧倒的に便利であるが、今回ばかりはそれも難しかった。

全員が考え込み、場が静かになったところで小王がぽつりと呟《つぶや》く。

「そういえばだが。源素晶石は浮かないのだな」

エルとオラシオがそろって音がしそうな勢いで振り返った。発言した側である小王がのけぞるほどである。

「いま……なんとおっしゃいましたか」

「なんだい。先ほどからエーテルを集めると浮揚力場が発生するという話を続けているから。源素晶石《エーテライト》というのはエーテルの塊《かたまり》なのだろう？」

源素晶石とは結晶化したエーテルである。源素供給機《エーテルサプライヤ》などに入れて溶かしてみれば、エーテルのみを発生させて跡形もなく消えることからもそれは明らかだった。

「確かに……同じエーテルであるのに源素晶石が勝手に浮き上がるなんて聞いたことがありません……。これは盲点でした！」

エルの表情が鮮烈に変わってゆく。

「つまりは源素晶石にしてしまえばいいんです！　収集したエーテルを結晶化することさえできれば、浮揚力場《レビテートフィールド》に悩まされることなく全て攻撃力に転化できます！」

「待て、おい待て！」

たまらずオラシオが掴《つか》みかかろうとして、アディに威嚇《いかく》されて引っ込んだ。

「いえ、事はそれに留《とど》まりません！」

きっかけを与えられた思考は加速する。何が起こるか、さらにはできることが何に波及するかへと向かう。

エルが決然と顔を上げ、親方が溜め息と共に覚悟を決めた。おそらくこれから最高にとんでもないことを手伝わされるであろうからだ。

「小王《オベロン》。西方人《せいほうびと》がこの地を目指すのは一体なぜだかご存じですよね」

「馬鹿にしているのかい？　当然知っている。それこそ源素晶石を求めてやって来たのだろう。船だかなんだか知らないが迷惑なことだよ」

「その通りです。ではもしも周囲のエーテルから源素晶石を生成できるようになれば……どうなると思いますか」

「……わざわざこんな場所まで掘りに来ることがなくなる。そう、言いたいのかい？」

「おそらくは」

「ふうむ。たまには興味深いことも言えるじゃないか。詳しく聞かせるがよいよ」

「あーちょっと待てちょっと待ておいおいおいおいおい!! それは！　そんなことができちまったら……!!」

小王がずいと身を乗り出し、対照的にオラシオが食ってかかってきた。今度はアディを警戒して掴みかかるような真似はしない。二人の反応は違えど食いつきは似たようなものである。エルネスティはくいと首を傾《かし》げた。

「オラシオさん。仮に源素晶石が生成できるようになったとして……何か困りますか？飛空船《レビテートシップ》に悪影響があるわけではありません。いえ、むしろ足枷《あしかせ》のひとつを外すことになるでしょう」

「そりゃもちろん……!?　ん？　そうだよ、そうじゃねぇか！　荷物の制限がひとつつまっとなくなるじゃねぇか！　ようしやっていいぞ。ぜひともやってくれ！」

残る親方の方を向く。いつものように特大の溜め息をもらって、にこやかに頷《うなず》いた。

「皆様の同意が得られたようですね！」

「だと思ったぜ……」

仕様書をばしっと叩《たた》く。

「これより全員で協力して、この源素晶石《エーテライト》生成型の源素化兵装《エーテリックアームズ》の完成を目指して頑張りましょう！」

「いいぞ……エーテルをそのまま回収できるようになりゃあ、さらに『真空』へ近づくんじゃねーか。くははは、こいつは思ってもみなかった効果だ！」

盛り上がって手を打ち合わせるエルとオラシオはさておき、親方は何事か考え込んでいる小王《オベロン》に問いかけた。

「やれやれ、どんどんえらいことになってくな。まぁそれでこそ銀色坊主だ。俺たちの大団長、銀鳳《ぎんおう》騎士団の頭ってやつだ。それで小王てえの？　お前はどうすんだ」

「やはりエルネスティ君は気に入らない。前『魔王』の借りは些《いささ》かも減じていないしね……だが今の民《ハルピュイア》のためを成すのが先決だよ。……くく、しかもだねぇ。西方人《せいほうびと》に混乱が起きそうなのがいいじゃないかぁ！」

「こいつわりと性格悪《わり》ぃな」

ひとしきりそれぞれに盛り上がってから誰からともなく集まった。

「とはいえまだ困難は山積みです。源素晶石の生成などといっても、原理も不明ならば端

緒もつかめていない。しかも事態は時間制限付きときています」

　エルは全員を見回して。

「ですがやり遂げます。ここまでは源素晶石《エーテライト》を巡ってくだらない争いが起こり、さらには『魔法生物《マギカクレアトゥラ》』まで招く始末。ですがここからは僕たちが遊戯《ゲーム》の盤面を支配する……いいえ、『決まりそのもの《ルール》』を書き換えます。空飛ぶ大地を救い、ハルピュイアの住処《すみか》を脅《おびや》かす要素も排除する。全部やりますよ」

「ウッヒヒ。エーテルの補給が要らなくなるってこたぁ……新型の浮揚器《レビテータ》を完成させねーとなぁ！」

「うるさい西方人《せいほうびと》がいなくなると思うと胸がせいせいするね。後はエルネスティ君を倒せば万々歳であるよ」

「またしばらく美味い飯はお預けだなこりゃあ……」

　それぞれに思惑は異なれど、目指す方向は一致している。

「早速ですが、源素晶石の生成条件についてご意見を……」

　その時エルネスティが言い終わるより先に、足元から突き上げるような揺れが襲った。

「なにっ⁉」

　轟音《ごうおん》が響き、視界のあらゆるものが揺さぶられて固定の甘かった幻晶騎士《シルエットナイト》が倒れる。激震と表現しても差し支えない事態である。

やがて揺れが収まったところで全員で外に飛び出した。混乱に包まれている騎士たちを呼び止める。

「いったい何があったのですか!?」

「あれ……ひ、光の柱が！」

振り返るまでもなく理解できた。雷鳴と共に、青空が黒雲に塗り替えられていったからだ。前触れのない異常現象は『天候操作級魔法《ハザード・スペル》』の行使をおいて他にあり得ない。

光の柱が解《ほど》けて数多《あまた》の触腕《しょくわん》がゆらゆらと漂う。やがてそれらは吹き荒れる風雨の中に霞《かす》んでいった。

「なんだってんだ！　今日は光の柱へ接近する予定があったのか!?　聞いてねぇぞ！」

「いいえこれは……残り時間が、もうないのかもしれませんね」

険しい表情のエルネスティがぽつりと呟《つぶや》いた。

第百二話　異形たちの蠢動《しゅんどう》

空飛ぶ大地に屹立《きつりつ》する光の柱――『魔法生物《マギカクレアトゥラ》』。その根本には巨大な穴が開き、大地の奥深くまで続いている。

穴の周囲は噴き出したエーテルが高い濃度で漂っており、魔獣すら容易には近づけない場所となり果てていた。かつては緑の豊かだった場所は変貌をきたしており、そこかしこに様々な残骸が転がっている。それらは幻晶騎士《シルエットナイト》のものであり、あるいは魔獣――混成獣《キュマイラ》のものだった。

光の柱から、湧き上がるように青白い『魔法生物』が現れる。群れを成した『魔法生物』はしばらくの間、柱の周囲を回遊していたがやがて地上へと降りていった。そして散らばっていた残骸へと吸い込まれるように消えていく。

――動き出す。

生命を、あるいは魔力を失い活動を止めていたモノたち。二度と目覚めぬ死の眠りについていたモノたちが起き上がる。それらは新たな生命を得たわけではない。ただ万物の根源たるエーテルによって侵蝕され、無理やり動かされているにすぎない。

覚束《おぼつか》ない足取りで歩きだした幻晶騎士。這《は》いずるように蠢《うごめ》く魔獣。しだいにそれらは集まり、新たな形の群れを成した。肉と鋼が絡み合い、生物と物体が融合する。でたらめにこね回し、強引につなぎ合わせ、モザイク模様の歪《いびつ》な服を仕立て上げた。

ソレらは動き出す。本体たる光の柱を守るために。あらゆる邪魔を防ぐために。


異形たちの群れが飛び去った後、光の柱が静かに動き出した。1本の柱の姿から解《ほど》け、無数の触腕《しょくわん》を周囲に広げる。

声なき咆哮《ほうこう》が轟《とどろ》き、『魔法生物』によって喚《よ》ばれた黒雲が空を染め上げていった。雨が大地を濡らして風が木々をざわめかせる。

嵐が来る。

空飛ぶ大地と西方諸国《オクシデンツ》の運命を決める大嵐が、空を覆った――。

◆

その日から青空は失われた。

来る日も来る日も嵐は飽きもせず吹き荒れ、しかもそれは日に日に勢いを増しているようにも思われた。

「僕も『魔法生物《マギカクレアトゥラ》』について詳しいわけではありません。しかしこれはおそらく、いよいよ『魔法生物』の巣立ちが近づいていると考えられます」

集まった面々へとエルが静かに告げる。その懸念は既に全員が共有しており、異を唱える声はどこからも上がらなかった。エルを目の敵《かたき》にしている者たちからでさえも。

「あれから度々地震が起こり、時に妙な浮遊感すらあります。おそらく『魔法生物』が活発化するにつれ、大地が下降する速度は上がっていると思われます。同時に西方諸国《オクシデンツ》も近づいているということです。もはや一刻の猶予もありません」

「……卿《きょう》の作戦は間に合うのか」

「準備は進めてまいりました。手段は明らかとなり、着々と大詰めに向かっていましたが……圧倒的に時間が足りないと申し上げざるを得ません」

息を呑《の》む気配が場に広がる。エムリスが顎を撫《な》でさすり、問いかけた。

「銀の長。お前の得意のゴリ押しで何とかならんのか」

「そのようなものを得意とした覚えはありませんが。しかし事ここに至って少々強引な手段に出る必要があるのも確かです」

そうしてついにエルがソレを張り出した。オラシオ、小王《オベロン》と共に練り上げた作戦立案書である。

「……なんだこれは。冗談しか書いていないのだが？」

「全て真剣です」

フリーデグントは目を擦《こす》り、こめかみを揉《も》んでからもう一度内容を読み返した。

「源素化兵装搭載型《エーテリックアームズ》、改飛竜戦艦《リンドヴルム》による高高度への上昇。それにより嵐を飛び越えながらエーテルを収集、同エーテルを源素晶石《エーテライト》へと変換……然《しか》る後《のち》『魔法生物』への攻撃を敢行《かんこう》す……。これが冗談でなければなんだというのだ!?」

彼女の声が若干うわずってしまったのも仕方のないところだろう。そこにはまともな文言などひとつたりとも書かれていない。

対してエムリスはまだエルネスティに対する慣れがある。想像よりはるかに酷《ひど》い手段であったが、奴ならやるだろうなと納得はできた。しかしそれでも疑問は残る。

「エルネスティよ。お前、いつの間《ま》にエーテルから源素晶石なんて作れるようになったんだ」

「これから作れるかどうか確かめます」

「は？」

さしものエムリスも絶句した。どう考えても計画の中で最重要であろう要素が、まさかの博打《ばくち》であるという。

「やはりお前、ゴリ押しが得意なんじゃないのか」

念押しの言葉を、エルはごく自然に黙殺した。

「現在、鍛冶師《かじし》隊が総力を挙げて飛竜戦艦《リンドヴルム》の改装を進めています。それと並行して、僕が源素晶石《エーテライト》の生成実験を進めておき、目途《めど》が立ち次第合流、出撃します。それでもある程度はぶっつけ本番になると覚悟してください」

　そこでたまらず竜騎士長グスタフが吼《ほ》えた。

「きっ……貴様！　なんだこれは⁉　どう考えても飛竜戦艦で特攻するとしか読めんぞ‼　我らの旗艦《きかん》をなんだと心得ている⁉」

「おい。ということは『黄金の鬣《ゴールデンメイン》』号も壊れるんじゃないのか！」

　さしものエムリスもむすっとしてエルを睨《にら》みつけた。『黄金の鬣』号はここまで苦楽を共にしてきたお気に入りの飛空船《レビテートシップ》である。軽々しく使い捨てられるのは抵抗があった。

「西方諸国《オクシデンツ》存亡の機たるこの状況において、降りかかる巨厄を退けるのに手段を選んでいる余裕はありません。犠牲がないに越したことはない……しかし確実を期すためには、時に代償を覚悟せねばならないのです」

「何をもっともらしくほざいておるか⁉」

　さらに過熱する気配に、冷静な言葉が浴びせかけられる。

「……グスタフ。よいのだ」

「殿下⁉　いまなんと……！」

「全てを手に入れようというのも虫のよい話だ。思えば飛竜の武威に酔いしれて何の覚悟もなくこの地を踏んだことが過ちの始まりだったのだ。もはや事は我ら……我が故国のみにすら止《とど》まらない。これを収めるには今こそ正しく覚悟を決める時であろうよ。……しかし」

フリーデグントの視線に力が籠《こ》もる。何かを言いかけたグスタフが息を呑《の》んで口をつぐんだ。

「このような攻撃方法をとれば乗員はどうなる。たとえ飛竜そのものの犠牲を認めたとて、我が騎士までも捧げようとは思わんぞ」

飛竜戦艦はどれほど強力であろうとも道具にすぎない。たとえ失っても、再建は困難ではあるが可能である。

だが騎士は、失われた人は二度と戻ってはこない。そこには認められない一線が確かにあった。

「あー、殿下。僭越《せんえつ》ながら……私めが乗り込もうかと思っております」

緊迫した空気を破ったのは、なんとも気の抜けた一言と遠慮がちな挙手であった。

視線が一斉に集中する。その先にはオラシオが、いつも通りにやる気のない表情で手を挙げていた。

「コジャーソ卿《きょう》……!?　なぜだ、貴卿は鍛冶師であろう。いったい何を考えている」

「まぁ命がいくつあっても足りないでしょうなぁ。ですがこいつはひょっとすると、私めの鍛冶師人生をまるごと賭けてみる価値があるかもしれないんで……。それにこう見えて、私には誰よりも飛竜戦艦《リンドヴルム》に詳しいという自負がございまして。必要なことはこなせると思っておりますよ」

言葉もない。フリーデグントは思わずエルを見る。

「直接の操縦は僕が担当します。その上でオラシオさんにはさまざまな補佐をお願いしようかと。彼の身の安全についてはできる限りを尽くしましょう」

「さては貴卿《ききょう》ら、勝手に決めたな」

溜め息を漏らす。心配など最初から必要ない。危地にあってすらこの狂人どもは好き勝手を貫いているだけなのである。

「……はぁ。やれるのだな？」

「死力を尽くします」

エルは無闇に自信満々の笑顔で頷《うなず》いた。フリーデグントはよっぽどその頬をつねってやろうかと思ったが、後ろに控えているアディが怖いのでやめた。

「時間がないのであったな。必要なことは全て言うがいい。我が国が総力をもって支援しよう」

「で、殿下……!?」

フリーデグントは立ち上がり、全員を見回す。そして不安など微塵《みじん》もない不敵な笑みを浮かべた。

「世界を救う大役を担うのだ。ここで手を抜いてはつまらないだろう。やるからには徹底してやるぞ」

「ははぁっ……！」

一同が平伏する裏で、馬鹿二人がこっそりと親指を立て合っていたことを言い添えておく。

◆

一方そのころ。飛竜戦艦を収めるパーヴェルツィーク王国軍整備場に、どかどかと乗り込んでくる集団があった。

「おーっし野郎ども仕事の時間だぞ！　まぁた大団長の坊主が無茶をほざきやがった！　数日以内にこの飛竜戦艦《デカブッ》を改修しろとよ!!」

「重労働はんたーい！」

「幼馴染《おさななじ》みがいつも苦労かけるねー」

「おうおう仕様書はあるんですかーい？」

「安心しろ。坊主謹製のやつがバッチリとあんぞ」

「うわぁ。毎回逃げ道ないんすよね……」

パーヴェルツィーク王国の鍛冶師《かじし》たちが呆気《あっけ》に取られて立ち尽くしている。何しろ乗り込んできた集団の尽《ことごと》くが、巨大な全身甲冑《かっちゅう》を着込んでいたからだ。

「な、なんだアレ……小さな幻晶騎士《シルエットナイト》が⁉」

重々しい足音を響かせる幻晶騎士モドキ。専用の幻晶甲冑《シルエットギア》、重機動工房《ドワーヴズフィスト》をまとった親方が歯を剥《む》き出して笑った。

「おうおうどきなどきな！　こっから先はちまちま丁寧にやってる暇なんざねぇ！　粗削りでもガッとやっちまうもんよ！」

「はいはい失礼するよー」

口を挟む暇も与えず整備場を占拠すると、猛烈な勢いで作業に取りかかる。ぽかんとそれを眺めていたパーヴェルツィーク王国の鍛冶師《かじし》たちに、親方が怒鳴った。

「おうお前ら、いつまでボケッとしてやがる。こいつを終わらせるまで休みなんざねーぞ。死ぬ気で気合い入れろ‼」

「は、はいぃ……⁉」

なぜか場を仕切りだした親方の勢いに呑《の》まれて、パーヴェルツィーク王国の鍛冶師たちもまた頭から作業に飛び込んでゆく羽目になる。彼らの不眠不休の働きにより、飛竜戦艦《リンドヴルム》は着実に新たな姿へと生まれ変わってゆくのだった。


そして作戦の遂行に欠くべからざる重要な情報が届いたのは、その直後のことであった。

かねてより調査のために出撃していた藍鷹《あいおう》騎士団が帰還したのである。

「大団長。ノーラ・フリュクバリ、ただいま戻りました」

「待ちかねていましたよ。早速報告をお願いします」

「はい。懸案であった巨大源素晶石塊《エーテライトかい》の場所を特定いたしました」

「この嵐の中を。さすがですね」

平時ならいざ知らず、現在は常に暴風雨が吹き荒れる悪天候が続いているのである。藍鷹騎士団の払った労力は察するにあまりあった。

「場所は『魔法生物《マギカクレアトゥラ》』出現個所のほど近く。山肌をいくらか下ったところにありました。おそらくは出現時に吹き飛んだまま転がったものと思われます」

「なるほど、そこまではいいでしょう。後は回収の手はずですね……」

エルネスティですら腕を組んで椅子の背もたれに体をあずける。

「嵐が始まる前であれば飛空船《レビテートシップ》で片付いたのですが」

今ここには最大の飛空船イズモがある。『魔法生物』の動向にこそ気を付ける必要があるが、回収するだけならばいくらでもやりようがあった。

「『魔法生物』による嵐は片時も収まりません。既に飛空船では近づくことすら困難でしょう。残る手段は幻晶騎士による陸路での輸送になりますが……時間との勝負となるかと」

「いちおうツェンドリンブルがあるにはありますが。さすがに数が足りませんね」

人馬騎士《ツェンドリンブル》は圧倒的な輸送能力を誇る半人半馬の幻晶騎士《シルエットナイト》である。さらに陸路を行くがゆえに嵐の影響を受けにくく、このような状況では頼もしい機体であった。

とはいえ源素晶石塊《エーテライトかい》は巨大である。たかだか1騎や2騎では手に余ることだろう。それでもいよいよとなればやるしかない。そんな雰囲気が漂い出した時のことだった。

「その役目、私たちに任せてもらえないか？」

「……ディーさん。立ち聞きは趣味が悪いですよ」

「うんにゃ。配置について相談に来たらどうにも興味深い話が聞こえてきたのでね」

そういって紅隼《こうじゅん》騎士団団長、ディートリヒ・クーニッツは笑う。

「何か策が？」

「応さ。こんな時のために我が騎士団はわざわざ飛空船《レビテートシップ》1隻《せき》を人馬騎士の専用としてきたのだ！」

自信満々で胸を叩《たた》く。ノーラが感じ入ったように頷《うなず》いた。

「まさかこのような事態を見越していたと？」

「そうだ！　……と言いたいところだが、実を言えば絶対に人馬騎士に乗るといって聞かない団員たちがいてね。面倒だからそのまま持ってきたんだ。いやぁなんでもやってみるもんだな！」

「………………」

なんとも格好のつかない有様であるが、どうあれその頑固さが功を奏した形である。理由など些細《ささい》なことであった。

「では紅隼騎士団人馬騎士隊に出撃を命じます。源素晶石塊を確保、拠点まで運んでください」

「承知した！　では早速準備に向かうとしよう」

「そうだ。途中でキッドにも声をかけておいてください。彼のツェンドリンブルがありますので」

「ほう。では『片側』はキッドに任せるとしようかな」

意気揚々と出てゆくディートリヒを見送る。

「思わぬところで解決しましたね。これで後は自分の役目に集中できます」

そうしてエルが早速とばかりにイカルガのもとへと向かおうとした、その時。

吹き荒れる風雨を弾《はじ》きながら、何かが拠点のど真ん中に突き刺さった。建物が砕け散る轟音《ごうおん》とともに破片が周囲にばらまかれる。突然のことに騒然となる中、近くで警備についていたシュニアリーゼの小隊が駆けつけた。

「なんだ！　まさか『魔法生物《マギカクレアトゥラ》』の攻撃か!?」

疑いはすぐに晴れる。砕かれた建物の破片を踏みしだきながらのっそりと巨大な獣が現れたのである。

「くっ……また魔獣！　混成獣《キュマイラ》という奴か！」

「警戒しろ、例の『魔法生物《マギカクレアトゥラ》』付きかもしれない……いや!?」

魔獣が起き上がる。その全貌がはっきりとしてゆくにつれ、シュニアリーゼの騎操士《ナイトランナー》たちの間に戦慄《せんりつ》が走った。

「なん……だ、この化け物は!?」

それは確かに一見して混成獣のようであった。だがあまりにも異様な点がある。三つ首をかき分けるようにして、身体から『幻晶騎士《シルエットナイト》の胴体』が生えているのである。その身体中を縫い糸のように青白い魔獣が這《は》いまわっており、放つほのかな光が不気味さをより引き立てていた。

少し注意深く観察してみれば、全身にわたって幻晶騎士と混成獣が混じり合っていることが見て取れただろう。だがこの悍《おぞ》ましき怪異を前にしてそれだけの冷静さを保てた者はいなかった。

「く……！　化け物め、吐き気がする！　これ以上我が国の領土を踏ませるわけにはいかない！」

迷う余地などない。シュニアリーゼ隊が攻撃しようとした瞬間、新たな衝撃が降り注ぐ。2体目の魔獣。続いてもう1体。さらに、さらに――。

群れを成して襲い来る異形の魔獣。獅子《しし》の口から吐き出された爆炎の魔法が、戦いの始まりを告げた。

◆

魔法現象による炎が暴風雨の最中にもかかわらず噴き上がる。人々が逃げまどう中を異形の影が躍った。

全ての根源、エーテルによって強引につなげられたもの。幻晶騎士の上半身と混成獣の下半身を持つ異形の存在。その名を『幻魔獣《マンティコーラ》』。

「汚らわしい獣が！　消え失せろ！」

領土を荒らす災いを討つべく、パーヴェルツヴィーク王国の制式騎であるシュニアリーゼが仕掛ける。

メキメキと音を立てて幻魔獣の一部と化した幻晶騎士が動いた。人型を留《とど》めつつも明らかに人ではない意思によって制御される機体が、不気味な挙動を見せる。突然、背に生えた補助腕《サブアーム》が魔導兵装《シルエットアームズ》を構えて撃ち放った。

「なっ……法撃を!?」

魔獣が魔法現象を操ることには慣れていても、異形と成り果てた幻晶騎士《シルエットナイト》が背面武装《バックウェポン》を使うとは、予想だにしていなかった。

防ぐことには成功したが出鼻をくじかれて体勢を崩す。そこに混成獣《キュマイラ》の身体が圧《の》し掛かってきた。重量をかけられた装甲がひしゃげ、鋭い爪によって斬り裂かれる。さらに獅子《しし》の貌《かお》が大口を開いて炎を放った。

窮地に陥った仲間を救い出すべく割って入ったシュニアリーゼが、横合いから放たれた雷撃の魔法を受けて吹き飛ぶ。見れば幻魔獣《マンティコーラ》は次々と飛来し、数を増していた。

「なんて強力な魔獣だ！　しかも数が多い、もっと戦力が必要だ！」

「嵐で飛空船《レビテートシップ》を飛ばせない！　幻晶騎士は自力で向かってくれ！」

「こっちにも加勢を……！　早く！」

パーヴェルツィーク王国の拠点は大混乱に陥ってゆく。幻魔獣の攻撃は無差別である。建造物を破壊し人を襲い幻晶騎士を倒す、まさしく手当たり次第であった。

シュニアリーゼ隊は苦戦していた。魔獣との戦闘経験が少ないこともあるが、幻魔獣が非常に強力なのも原因のひとつであった。加えて、嵐によって飛空船が動けないでいる。状況はどこまでも不利であった。

そんな時だ、新たに現れた幻晶騎士の一団が猛然と反撃を始めたのは。

純白に十字の印を描いた機体が隊伍を組んでいる。それらは補助腕《サブアーム》で保持した特殊な追加装甲を装備しており、幻魔獣の猛攻に正面から拮抗《きっこう》していた。

「なんだ、シュニアリーゼじゃないぞ……!?」

パーヴェルツィーク王国の騎士が訝《いぶか》しむ。見慣れない機体である。しかしその強力さは一目見れば明らかであった。いずれにせよ今は幻魔獣に対抗することが第一である。強力な援軍はありがたいものであった。

◆

魔獣の暴れる音が内部まで響いてくる。状況は混乱しているが、しかし統制を失っていない部隊があった。

「魔獣がまさかこちらの陣地を襲撃してくるとは」

「つくづく『魔法生物《マギカクレアトゥラ》』というのは俺たちの知る魔獣とは違うらしい」

「こういうことをするのは人間っぽくもあるのよね」

地上に降りて格納庫として運用されているイズモの船倉で、エルネスティとエドガー、ヘルヴィが話していた。

フレメヴィーラ王国に住む者たちは、経験によって魔獣の多くが自らの縄張りのようなものを持っていることを知っている。魔獣からの攻撃というのもしばしば発生するが、その理由は基本的には捕食あるいは繁殖による縄張りの変化が関係していた。純粋に攻撃のために襲いかかってくるというのは実は非常に珍しい。

「イカルガを出します。この時期に邪魔をされたくはありませんから」

「いや。大団長にしかできないことがまだまだ残っているだろう。ここは我らに任せてくれ」

乗騎に向かおうとしたエルをエドガーが引き留める。

「エドガーさん。しかし……」

「我らは盾、何かを守るのは得意だ。よく知っているだろう？」

「そうよ。なんのために私たちがいると思ってるの？」

「……ふふ、そうですね。それでは白鷺《はくろ》騎士団に当拠点防衛の任を与えます！」

「承知した。我らが盾の冴《さ》え、とくとご覧に入れよう」

「腕が鳴るわね！」

「頼もしいですね。僕は僕の仕事に専念します、ここを凌《しの》げば反撃は目前ですよ」

「期待している。これ以上、魔獣の狼藉《ろうぜき》は許さない」

エドガーとヘルヴィはそのまま船倉の一角へと向かった。そこには白鷺騎士団の団員たちと準備万端の幻晶騎士《シルエットナイト》部隊が揃《そろ》っている。

「早速だが状況の全体は不明だ。確かであるのは魔獣がこの拠点へと攻撃を仕掛けていること。そして大団長が決戦に備えて準備を進めていることだ！」

「おお！」

団員たちの顔に不敵な笑みが浮かぶ。大団長が動いているのならば、決戦に関しては問題ないだろう。

「ならば我らの役目はこの拠点を守護することにある！　これ以上なにものも傷つけさせるな。盾の誇りを見せろ！　白鷺騎士団出撃!!」

「応!!」

白銀のカルディトーレが駆けだしてゆく。戦いはそこかしこで発生しており、すぐにも接敵していた。

「騎士団前進！」

カルディトーレが可動式追加装甲《フレキシブルコート》を構えて前進する。幻魔獣《マンティコーラ》から放たれる魔法現象は多彩かつ強力であるが、白鷺騎士団は堅固な防御力を以《もっ》て対抗した。

「次、攻撃開始！」

隙をついて騎士団が反撃にでる。法撃の光が瞬《またた》き、爆炎が雨中に咲いた。

「……やはりか」

法撃の効果を確かめたエドガーが口元をゆがめる。

幻魔獣《マンティコーラ》の体の表面で青白い『魔法生物《マギカクレアトゥラ》』がうねっており、それらが法撃のほとんどを無効化していた。魔獣の身体自体も強靭《きょうじん》であり、多少の法撃ではビクともしない。

「相手は『魔法生物』付きだ！　それぞれ小隊に1機は源素化兵装《エーテリックアームズ》持ちを配置しろ！　複合的に攻撃するぞ！」

エドガーの号令下、源素化兵装持ちが武器を構える。『魔法生物』に対してのみ効果的なこの武装であるが、いかんせん有効射程が非常に短いという欠点があった。

「接近する！　『魔法生物』の動きに注意しろ！　こちらの機体を取り込まれるかもしれない！」

白鷺《はくろ》騎士団が距離を詰める。幻魔獣は全ての貌《かお》と全ての魔導兵装《シルエットアームズ》から法撃を放ち、暴れまわっている。

「どうにか動きを止めないと厳しいな、これは」

幻魔獣の暴れっぷりにはさしもの白鷺騎士団も手を焼いていた。なにより『魔法生物』によって法撃を防がれるのが状況を厳しくしている。それでもまだ白鷺騎士団は奮戦している方であった。

一方でシュニアリーゼ隊は苦戦を続けている。ただでさえ厄介な幻魔獣であるが、さらに後続が次々と舞い降りてくる。シュニアリーゼ隊は決死の抵抗を続けているが、いつ何時崩れてもおかしくない状態にあった。

旗色の悪い時には悪い報《しら》せが重なるものである。

「魔獣、さらに後続を確認！　間もなく拠点に到達します！」

「まだ来るか！　いよいよ『魔法生物』も全力を出してきたな」

エドガーが駆るアルディラッドカンバーの眼球水晶が、嵐の中に蠢《うごめ》く影を捉えた。強力な魔法能力を持った幻魔獣たちは吹き荒れる風雨をものともせずに飛翔している。

「これ以上の増援が現れたら、我々はともかくパーヴェルツィークが崩れかねないな」

シュニアリーゼ隊は今ですらギリギリのところで踏みとどまっている。増援に対応する余裕はまったくない。

「飛翔騎士《トゥエディアーネ》を上げろ！　倒せなくともいい、戦力の集中を防ぐのだ！」

エドガーは決断する。飛翔騎士の能力であれば嵐の中で戦うことも不可能ではない。もちろん戦闘能力が落ちるであろうことは承知の上であり、時間を稼ぐことが主目的である。

「足りない分は俺が支えよう。皆、ここは頼んだぞ！」

「お任せを！　オラァ！　押し込んでやれ！」

カルディトーレ隊の守りは鉄壁である。幻魔獣の猛攻にもしばらくは耐えられると踏んでエドガーは戦場を移す。

エスクワイア・イーグレットが浮揚力場《レビテートフィールド》の出力を上げた。吹き荒れる風がアルディラッドカンバーに掴《つか》みかかるが、魔導噴流推進器《マギウスジェットスラスタ》の推力でもって強引に突破する。

「さすがだ、ヘルヴィ。動きが早いな！」

既に飛翔騎士《トゥエディアーネ》が空に上がっている。彼らも当然、暴風に晒《さら》されるが上手くいなしている様子がうかがえた。

「これくらい！　嵐の中での訓練だってちゃんと積んでいるのよ！」

飛翔騎士隊の先頭をヘルヴィ騎が飛ぶ。両側に可動式追加装甲《フレキシブルコート》を備えた、飛翔騎士の中でも重装備の機体である。

「そうは言ってもさすがに平気とはいかないか……。時間稼ぎが主眼よ、格闘はなるべく避けなさい！」

「了解！」

飛来する幻魔獣《マンティコーラ》の群れに向けて飛翔騎士隊が突入する。すれ違いざまに魔導短槍《ショートスピア》を打ち込んですぐさま離脱。お手本のような一撃離脱である。幻魔獣たちはすぐに咆哮《ほうこう》を上げて飛翔騎士に狙いを定め、後を追い始めた。

「素直ないい子たちじゃない！　そのままついていらっしゃい！」

このまま引き離せれば上々である——そんな考えが通じるほど敵も甘くはなかった。幻魔獣は風を纏《まと》って嵐を防ぐと、一気に加速して飛翔騎士に食らいつく。獰猛《どうもう》な獅子《しし》の貌《かお》が唸《うな》り、乱杭歯《らんぐいば》を覗《のぞ》かせた。

「あら、やるじゃない？　っと！」

幻魔獣の放つ法弾を、食らいつく牙を、切り裂く爪をかいくぐる。なおも追いすがる幻魔獣だったが、突然横合いから飛んできた法撃を受けて煩《わずら》わしげに牙を剥《む》き出しにした。法撃自体は青白い『魔法生物《マギカクレアトゥラ》』が防いでいる。

「ヘルヴィ、同時突撃《ジョイントチャージ》で片付けるぞ！」

「あらエドガー、来たのね。いいわ、乗せてあげる！」

法撃を放ったアルディラッドカンバー・イーグレットが飛び込んでくる。ヘルヴィ騎がそれに進路を合わせた。

「ちゃんと掴《つか》んでよ！」

ヘルヴィ騎の背に増設された把手《とって》が持ち上がる。背中側から接近したアルディラッドカンバーがそれを掴み、強化魔法を徹した。これで2騎は強固に連結された状態で行動できる。

「よし、連結を完了した！　四連全面装甲《フルカバードコート》を展開する！」

アルディラッドカンバー、ヘルヴィ騎がそれぞれに可動式追加装甲を展開する。前方へと向けて集められた追加装甲が貝のように口を閉じた。形状を計算された追加装甲はぴたりとかみ合い、2騎の姿をすっかりと覆い隠す。

「四連全面装甲、突撃位置への移行終わったわ。強化魔法の上書き《オーバーライト》も大丈夫！」

前から見ればちょうど四角錐《しかくすい》の形に装甲が合わさることで、2騎はひとつの槍《やり》の穂先と化していた。

「ゆくぞ、同時突撃《ジョイントチャージ》!!」

アルディラッドカンバーとヘルヴィ騎の推力が合わさり、爆発的な速度を叩《たた》きだす。吹き荒れる嵐など何するものぞ、天を翔《かけ》る1本の槍《やり》と化した2騎が幻魔獣《マンティコーラ》めがけて突っ込んでゆく。

幻魔獣の身体から青白い『魔法生物《マギカクレアトゥラ》』が出現して2騎を迎え撃った。受け止めて侵入するつもりだ。だが『魔法生物』の思惑は外れることになる。同時突撃の勢いは圧倒的であり、幻魔獣の身体をもってしても受け止めることなどできなかったのである。

突撃の威力のあまり、幻魔獣の肉体を抉《えぐ》りながら2騎が翔てゆく。進路上にある魔獣を端から弾《はじ》き飛ばし、槍は群れの後方まで突き抜けた。

「魔獣の動きが乱れている。もう一度仕掛けるぞ!」

「了解! 全部ぶっ倒すまで付き合ってあげる!」

旋回した2騎が再び同時突撃を敢行《かんこう》する。縦横に翔る槍の穂先が幻魔獣の群れを食い散らかしていった。

エドガーたちの奮戦により、敵の増援の圧力が一気に弱まる。

しかし地上における戦いの推移は芳《かんば》しくなく、ついにその一角において破局を迎えようとしていた。

「ぐあっ……!?」

幾度も攻撃を浴び、限界を迎えたシュニアリーゼが倒れ始める。倒されて穴の空いた防衛陣へと、ここぞとばかりに幻魔獣が押し込んできた。

「行かせるな！　これ以上は下がれんぞ……！」

背後には拠点がある。シュニアリーゼは盾を構えて必死に抵抗を続けた。しかしそれとていつまでも保つものではない。

「もう駄目だ、盾が、腕が折れるぞ！」

シュニアリーゼ隊の騎士が全滅すら覚悟した、その時。

にわかに風が吹き荒れた。『魔法生物』によって起こされたものではない、鋭い風が幻魔獣を打ち据える。

翼をはためかせる巨体。三つの首が甲高い嘶《いなな》きを発する。現れた三頭鷲獣《セブルグリフォン》が風雨をものともせずに駆けた。幻魔獣と同じように、その高い魔法能力によって風を起こし自らの身体を守っているのである。

「クァァ!!」

三頭鷲獣が一気に距離を詰め、至近距離から魔法現象を浴びせた。『魔法生物』がそれを防御したところで跳躍して、その鋭利な爪をもって幻魔獣の身体を抉《えぐ》り取る。それまで我が物顔で暴れていた幻魔獣が初めて怯《ひる》みを見せた。

「お前たち……！」

戦いに加わったのは三頭鷲獣《セプルグリフォン》だけではない。鷲頭獣《グリフォン》が、さらには『魔王軍』の混成獣《キュマイラ》までもが現れる。群れを成し、幻魔獣《マンティコーラ》に対して猛攻を加え始めた。

「なんと……すさまじい」

しばし圧倒されていたシュニアリーゼ隊であったが、やがて気を取り直して自分たちも加勢し始めた。

少し離れた場所、建物の上にハルピュイアが集まっている。彼らは雨に濡れるがまま幻魔獣との戦いを見つめていた。

風切《カザキリ》のスオージロは周囲に集まったハルピュイアたちを見回す。

『魔王軍』よ。そもそもここは我らの大地。我らの翼で覆わず『地の趾《ちし》』だけに任すなど、嘴《くちばし》が折れるというものではないか!?」

「その通りだ！」

雨音にも負けない確かな羽ばたきの音が同意を返した。

幻魔獣と戦う鷲頭獣の中にひときわ若い個体が混じっている。エージロを乗せたワトーが幻魔獣に向かって突き進んでゆく。迎え撃つかのように、幻魔獣の三つの首が口を開き

――。

「任せよ！　その瞳に刻むがよい！」

「でっかい人！」

巨人が疾駆《しっく》する。

幻魔獣がワトーに気を取られているうちに、死角から接近した小魔導師《パールヴァ・マーガ》が魔法《マギア》を放った。即座に青白い『魔法生物《マギカクレアトゥラ》』が現れ防御する。そこに重なるように今度はワトーが突撃し、爪のひと薙《な》ぎで深々と斬り裂いた。

「このまま奴を抑え込む。行けるな、小さき翼よ！」

「まっかせてー！」

その奮戦を見たスオージロの口元に小さく笑みが浮かぶ。

「今こそ爪を見せよ、風よ唸《うな》れ！　この空は我らハルピュイアのものである！」

ハルピュイアたちが気勢を上げて攻勢を強めた。

上空を旋回しながら、エドガーは地上の状況を確認する。

「『味方』が奮戦しているな。もう一息で押し返せそうではあるが……」

その一息が難しい。

ハルピュイアたちの参戦により一時は盛り返したかに思えたが、再び幻魔獣の暴威が首をもたげている。その地力の高さに加えて『魔法生物』の能力がとにかく厄介である。これを押し返すにはより圧倒的な攻撃力が必要だった。

「ヘルヴィ、空中はこのまま押さえておいてくれ」

「地上を手伝いに行くのね？」

「ああ、使えるものは使っておかないとな。残念ながら『アレ』は空中で使えるような代物《しろもの》ではない」

「なるほどね。じゃ、いってらっしゃい！」

「ああ！」

アルディラッドカンバーが強化魔法を停止して把手《とって》を放し、そのまま白鷺《はくろ》騎士団が戦っているど真ん中へと降下した。

「団長が戻られたぞ！」

「皆、よく耐えてくれた！　空中は飛翔騎士《トゥエディアーネ》が押さえている。ここを押し返せば我らの有利となるぞ！」

「おお！」

白鷺騎士団が俄然《がぜん》士気を上げる。アルディラッドカンバーが首を巡らせ、周囲で暴れる幻魔獣《マンティコーラ》をひたと睨《にら》んだ。

「ではもうひと働きとゆこうか」

さっそく襲いかかってきた幻魔獣と相対する。

「これまでさまざまな魔獣を見てきたが、悍《おぞ》ましさでいえば一番だな！」

幻魔獣が吼《ほ》えた。辛うじて原形を残した幻晶騎士《シルエットナイト》の上半身が奇怪な動きを見せ、異様な角度で突き出した魔導兵装《シルエットアームズ》を放つ。アルディラッドカンバーの可動式追加装甲《フレキシブルコート》が苦もなく法弾を弾《はじ》いた。

「ここにはヘルヴィがいないが、俺一人だけだからと侮《あなど》らないでもらおうか！」

お返しとばかりに魔導噴流推進器《マギウスジェットスラスタ》を使用して高速で突撃する。

可動式追加装甲を閉じての体当たり。十分な加速を与えての一撃は幻魔獣の巨体すらも揺るがした。何しろエスクワイアを装備したアルディラッドカンバーは近接戦仕様機《ウォーリアスタイル》の中でも抜きんでて重い。それを魔導噴流推進器の推力にまかせて強引に動かしているのである、衝撃のほどはいかばかりであるか。

しかし幻魔獣とて尋常の魔獣ではない。肉体に衝撃が加わろうとも内部の『魔法生物《マギカクレアトゥラ》』は無事であり、うぞうぞと這《は》い出した青白い『魔法生物』がアルディラッドに襲いかかった。

「それくらい想定済みだ！」

可動式追加装甲の裏に保持していた源素化兵装《エーテリックアームズ》を掴《つか》む。エーテルの噴射を受けた『魔法生物』が明らかに怯《ひる》み、すぐさま魔獣の肉体へと引っ込んでいった。源素化兵装は『魔法生物』にはよく効くが、魔獣の肉体に対しては無力である。

「魔獣のわりによく知恵が回る。だが甘い。その程度でこのアルディラッドが揺らぐことはない！」

再び動き出す幻魔獣《マンティコーラ》。アルディラッドカンバーがエスクワイアに装着された巨大な剣に手をかけた。

「魔導剣《エンチャンテッドソード》、脱鞘《アンシース》！」

それはグゥエラリンデと対を成す、ただ二振りの魔剣。鞘《さや》が左右に割れて歪《いびつ》な刀身が露《あら》わとなる。

起動を命じられた刀身に微細な溝《スリット》が開いていった。魔力《マナ》が流れ込むとともに吸気音が響き渡る。

「この一撃、受けられるものなら受けてみるがいい！」

アルディラッドカンバーが渾身《こんしん》の力で魔導剣を振るう。同時に全ての溝から爆炎が噴き出した。

――魔導剣の刀身とは、そのものが小型魔導噴流推進器《マギウスジェットスラスタ》の集合体として構成されている。

瞬《またた》く間《ま》に爆発的に加速。もはや技もへったくれもない。これでは吹き飛ぶ先を幻魔獣へと向けただけだ。

轟音《ごうおん》と共に爆炎の塊《かたまり》となった魔導剣が幻魔獣へと叩《たた》きつけられる。金属の装甲であるか、魔獣の肉体であるか、あるいは『魔法生物《マギカクレアトゥラ》』であるかも関係ない。狂った加速力が生む馬鹿げた威力により幻魔獣の肉体に半ばまで食い込んだ。

だが半ばで止まる。それは幻魔獣の頑強さがなしえたことであった。

瀕死《ひんし》の幻魔獣が咆哮《ほうこう》する。どれほど肉体が損傷しようとも『魔法生物』の力ある限り動くことができる。自身に深手を負わせた敵を危険と認め、せめて相討ちに持ち込もうとして。

「……終わりだ。起爆！」

魔導剣にはもうひとつの機能が隠されていた。それはつまり執月之手《ラーフフィスト》に似て、刀身から強烈な爆炎の魔法を放射するというものだ。

轟音と共に炎が荒れ狂い、幻魔獣の肉体が消し飛んだ。

「すっげぇ……なんだあれ」

「魔獣が粉々になったんだけど」

「え？　こいつらそんな柔らかくないんだけど？」

あまりのことに、味方のはずの白鷺《はくろ》騎士団の団員たちすらちょっと引いていた。

「やれやれ。威力はすさまじいが使い勝手が悪すぎると思うぞ。エルネスティ……」

アルディラッドカンバーが魔導剣を一振りしてから鞘へと納める。

その時、飛び散った幻魔獣《マンティコーラ》の肉体から青白い『魔法生物《マギカクレアトゥラ》』が抜け出てきた。依《よ》り代《しろ》たる肉を失って『魔法生物』はエーテルの希薄な大気中で長く存在できない。それでも攻撃に出る。本体のためになんとしてもアルディラッドカンバーを排除すべしと襲いかかった。

「さらばだ」

だがアルディラッドカンバーは源素化兵装《エーテリックアームズ》を持っていた。頼りないエーテルの噴射が『魔法生物』を弾《はじ》き飛ばす。

幻魔獣を1体完全に葬り去ってみせたエドガーが、檄《げき》を飛ばす。

「魔獣は強靭《きょうじん》であるが無敵ではない！　各自火力を絶やさず叩《たた》き続けろ！　脅威を排除するまで徹底的に叩け！」

「お、応……！」

白鷺《はくろ》騎士団の士気が若干上がった。

「では1体ずつでも確実に倒してゆくか」

アルディラッドカンバーの魔力貯蓄量《マナ・プール》を回復させながら、エドガーは新たな敵へと向かうのだった。

◆

幻魔獣との激しい戦闘が繰り広げられる中、紅隼《こうじゅん》騎士団もまた動き出していた。

「団長閣下！　ここは我らも加勢に参りましょうぞ！」

「待て。我らには我らの役目がある」

逸《はや》る団員たちをなだめながら、ディートリヒは集まった者たちを見回す。

「拠点の防衛にはエドガーたちがついた。おっつけ我らも加わるが、その前に大団長から我らに特別な任務が下された！」

「!!」

すっと団員たちの表情が引き締まる。よく練られた兵《つわもの》たちである。

「我々はこれより、巨大な源素晶石塊《エーテライトかい》を回収しに向かう。これは来るべき決戦において、『魔法生物』に対する切り札となるだろう。つまりは我らの働きこそがこの戦いの趨勢《すうせい》を決するのだ！」

「応！　応!!」

「しかしこの嵐により飛空船《レビテートシップ》は使えない。よって編成は人馬騎士《ツェンドリンブル》を中心とした陸上輸送部隊となる！　残った者は先行してエドガーたちの援護に回れ！」

「チッ……！」

「おおおお!!」

居残り組が荒《すさ》み、人馬騎士乗り《ツェンドリンブル》たちが雄たけびを上げた。

「ようやく出番が参りましたな！　いやぁ人馬騎士が興奮して嘶《いなな》きやみませんぞ！」

「まったく、お前たちの執念が実ったというところだよ。しかし向かう先は光の柱のほぼ直下だ。容易《たやす》い任務ではない、心してかかれ！」

「望むところであります！……してこちらの方はいったい？」

人馬騎士隊の視線が端っこにとりあえず並んだ見慣れぬ人物へと集まる。キッドは居心地悪そうに頭を掻《か》いた。

「いや、なんかいきなりディーさんに捕まったんだけど。とりあえずツェンドリンブルで荷運びすればいいんだよな？」

ざわめきが起こる。

確かに荷運びは荷運びであるが、『魔法生物《マギカクレアトゥラ》』の足元から巨大な源素晶石塊《エーテライトかい》を運ぶという最重要にして困難極まる任務である。とても軽々しく扱ってよいものではない。さらには団長であるディートリヒを気安く呼んでおり、それがまた若手の団員たちの気に障った。

人馬騎士隊の若手の中からゴンゾースが一歩前に出る。

「どなたかは存じませぬが……そのような気軽に考えるのはいかがですかな。我ら誇り高き人馬騎士乗り！　ただの荷役《にやく》と思われては困りまする！」

「そ、そんなもんか？」

やたらとゴツい禿頭《とくとう》の巨漢に凄《すご》まれて、思わず引いてしまうキッドなのであった。

もちろん全てを知っている古株の第一中隊の面々は、にやにやしながら事の推移を眺めていた。こいつらが助け船など出すはずがない。どいつもこいつも、とディートリヒが頭を抱える。

「ええい、待ちたまえゴンゾース。確かにキッドにとってはこれくらい『ただの荷運び』にすぎないぞ」

「そんな。なぜですか団長閣下！　我ら人馬騎士乗りは……！」

「なぜも何も。彼は銀鳳《ぎんおう》騎士団団長補佐の片割れにして、歴戦たる最古の人馬騎士乗りだからね。くぐり抜けてきた激戦の数々に比べればこの程度は困難のうちに入らないさ」

「いやそこまでは言わないけど。しかし改めて聞くとなんか大層だな……」

若手の団員たちが目を見開く。ことにゴンゾースは口まで開いて魂消《たまげ》た表情を晒《さら》していた。

「おっすキッド。久しぶり～」

「クシェペルカ帰りの色男！　また男っぷりがあがったかぁ～？」

「勘弁してくれよ皆……」

その間に当のキッドは第一中隊に囃《はや》し立てられ、露骨に嫌そうな表情を浮かべている。

「……キッド殿！」

いきなりぬっとゴンゾースの禿頭《はげあたま》が生えてきて、キッドは思わずのけぞった。ゴンゾースはしばらく額に血管を浮かべて小さく震えていたが、急に懐から本を取り出すとガバッと跪《ひざまず》く。

「あなたさまが！　かのクシェペルカでの戦役を雄々しく駆け抜けた、最初の人馬騎士乗《ツェンドリンブル》りでいらっしゃるのですな！　私めとしたことがなんたる迂闊《うかつ》！　これまでの非礼をお詫《わ》びいたします!!　……さらに非礼を重ねて申し訳ありませぬが！　ぜひ！　こちらの冊子に署名《サイン》をいただけないかと……!!」

「ディーさん！　ディーさん助けてくれ！　なに、なんだよこいつ!?」

「あー。銀鳳《ぎんおう》騎士団が好きすぎてうちの騎士団に入ってきたらしい。署名くらいしてあげたまえよ。私もしたぞ」

「わけわかんねー!?」

ちなみにゴンゾースは署名をもらうまで梃子《てこ》でも動かなかったので、最終的にキッドが折れたという。

そんな一幕がありつつキッドが合流し、紅隼《こうじゅん》騎士団はそれぞれに出撃の準備を始めた。

「君たちには特別な役目がある。気合いを入れてくれよ」

「お任せください！　身命《しんめい》を賭《と》して務めます!!」

「いったい何をやらかすつもりなんだよ？」

「そいつは見てのお楽しみだね」

ディートリヒに先導されるまま、紅隼騎士団専属の飛空船《レビテートシップ》『紅の剣』号へと乗り込んだ。キッドは訝《いぶか》しむ。嵐のため厳重に係留された船に何があるのかと。

「さぁご覧あれ。これが我らの秘策さ」

「ええー……ディーさん、こんなモノ持ち出してきたのかよ!?」

「何を言っているんだい。片側は君だと言っただろうキッド」

「あ、そういうこと」

「参りましょう団長閣下！　今宵《こよい》の人馬騎士はいちだんと昂《たかぶ》っておりますぞ！」

「そう急《せ》くな。各自騎乗せよ。準備が整い次第、船底を完全開放する！」

そうして『紅の剣』号が腹を開いた。

幻晶騎士《シルエットナイト》を搭載する機能を持つ飛空船は通常、船底を開いて機体を投下できるようになっている。その中でも『紅の剣』号は珍しく船底のほぼすべてが大きく左右に開く形式となっていた。なぜならそれは荷物があまりにも巨大であるからであり――。

「浮揚重腕機《レビテートクレーン》、エーテルの大気希釈開始。降下速度に注意せよ！」

多数の鎖に吊り下げられて荷物が下りてくる。重量のあまり、通常の設備では足りず、小型の源素浮揚器《エーテリッククレビテータ》が取り付けられた特別製となっていた。

「着地！　浮揚力場《レビテートフィールド》完全消失。切り離し完了！　団長、ご武運を！」

「ああ、感謝するよ！」

人馬騎士《ツェンドリンブル》が大地を踏みしめる。そこにあるのは人馬騎士だけではない。その後方には1台の馬車がつながれている。

「ようし、戦闘展開を開始する！」

馬車に収まったグゥエラリンデ・ファルコンからディートリヒが操作をおこなう。周囲の装甲がざわめき、補助腕《サブアーム》によって連結された可動式装甲が動き出した。

装甲はグゥエラリンデを守るような配置につき、内部に納められていた2基の魔導兵装《シルエットアームズ》が起き上がる。『轟炎の槍《ファルコネット》』と名付けられたそれが切っ先を威嚇《いかく》的に突き出していた。さらに車体の左右には鈍く輝く重厚な刃《やいば》が現れた。

それは人馬騎士2頭立てにて牽《ひ》く、巨大な戦闘馬車である。紅く塗られた装甲に囲まれたグゥエラリンデから檄《げき》が飛んだ。

「それでは征《ゆ》くぞ……『三式装備改・戦馬車紅《チャリオット・クリムゾン》』!!　これより我らが先導する！　全軍後に続け！」

「応！」

戦馬車《チャリオット》を追って人馬騎士隊が走り出す。空飛ぶ大地の命運を背負い、紅隼《こうじゅん》騎士団の最終兵器が出撃していった。

◆

雲を突き抜け、どこまでも昇る。聞こえるのは推進器の放つ轟音《ごうおん》のみ。

やがて視界は開け、機体が日の光を浴びた。

「うーん。抗エーテル装備はなんとかもってるけど、やっぱり長時間高いところにいるのは厳しいよー」

「ええ。ですが必要な時間を稼ぐには十分です。そして……」

マガツイカルガニシキが掌《てのひら》を伸ばす。そこには小さな結晶が握られていた。光の中で虹色に煌《きら》めく石――。

「掴《つか》みましたよ。これが勝利への道標です！」

第百三話　決戦騎、これが伝説に――

『三式装備改・戦馬車紅《チャリオット・クリムゾン》』が空飛ぶ大地の森を駆けてゆく。時に障害物を粉砕し、時に悪路を強引に突破しながら走る様は力強い。

馬車を牽《ひ》く人馬騎士《ツェンドリンブル》を駆りながら、キッドはぼやいていた。

「しっかし戦馬車《チャリオット》なんて久しぶりに見たぜ。前の戦争以来だろ？　どこにあったんだよ」

「ははは！　大団長がイカルガに乗ってしまってから使っていなかったからね。倉庫の奥底にしまい込んでいたのを拝借……もとい譲り受けたのだ！　安心してくれ、ちゃんと埃《ほこり》は払ってあるとも！」

「まー使いたいってのならエルは喜ぶと思うけど。こいつ、普通の荷馬車《キャリッジ》より重くて扱いにくいんだよなぁ……」

言いつつ、キッドの人馬騎士は些《いささ》かもブレることなく駆けている。地表とはいえ少なからず暴風が吹き荒れている。だというのに晴天と同じ調子で走り続けていた。

人馬騎士は機体の装甲の一部が可動式になっており、それによって重心位置を制御している。それを利用しているのだとわかってはいても、動きの滑らかさには感嘆せざるを得ない。

ゴンゾースは隣を走りながら、滴《したた》る汗を拭《ぬぐ》う暇もなく操縦桿《そうじゅうかん》にかじりついていた。彼は憧れの人馬騎士を己《おのれ》の乗騎として以来、血の滲《にじ》むような訓練を積んできた。いかなる環境でも人馬騎士を自在に操れると自負していたが蓋を開けてみればこの通り。キッドの走りについてゆくのがようやくである。

最古の人馬騎士乗り。その実力に疑うところまるでなし。

（これこそ……！　これこそ銀鳳《ぎんおう》騎士団！　並走するは名誉であるぞゴンゾース！　全身全霊を傾けて走るのだ……！）

己を叱咤《しった》しながら彼は実力以上の力を発揮し続けていた。なにしろ隣を最高の手本が走っているのだ。ここで学ばずしてどうするのか。彼は歯を食いしばりながら、口元にはいつのまにか笑みを浮かべていた。

部隊は不気味なほど順調に進んでいた。大地の状態は良くないし、相変わらず暴風雨は続いているが妨害らしきものもない。

「さては『魔法生物《マギカクレアトゥラ》』の戦力はほぼ拠点に向かっているのか」

「足元がお留守ってことだな」

「油断はできないところだがね。順調であるに越したことはない」

森を駆け抜け山肌を登り、最初は距離があった光の柱もずいぶんと近くに感じるようになってきた。

「いようし最終確認だ。抗エーテル装備の起動を忘れるなよ。だが柱の周りのエーテル濃度はただごとではないぞ。長時間の行動はできないと心得ておいてくれたまえ」

抗エーテル装備とは『嵐の衣《ストームコート》』を簡易的に応用したものである。幻晶騎士《シルエットナイト》用の『風防《ウィンドスクリーン》』であり、簡単に言えば機体の周囲に大気の層を作ることで過剰なエーテルから内部を守るものだった。そうして騎操士《ナイトランナー》の呼吸、魔力転換炉《エーテルリアクタ》の吸気を助けている。

だが後付けの簡易装備だけあって効果は限定的だった。光の柱の周囲では今も高純度のエーテルが噴出し続けている。本来はそのようなところに突っ込むことを想定していない。紅隼《こうじゅん》騎士団の機体は間に合わせで機能を強化してあるが、時間制限は確かに存在していた。

「戦馬車《チャリオット》の力があればなんとかなるって」

「左様！　左様！　団長閣下も源素晶石塊《エーテライトかい》も見事運んでおみせしましょう！」

軽口をたたいている間に目的の源素晶石塊が木々の合間に見えてきた。よほど豪快に吹っ飛んだのだろう。つららのように尖《とが》った先端部が地面に突き刺さっている。

「ようし、まずは周辺の安全を確保するんだ！　その後に牽引索《トーイングアンカー》を設置して……」

ディートリヒが指示を言い終わる前に戦馬車が急発進した。直後、入れ替わるかのように飛来した炎弾が地面を抉《えぐ》り、派手な爆炎を噴き上げる。

「あっぶねぇ！」

「まったく言っているそばから！　早速おいでなすったね！」

戦馬車紅《チャリオット・クリムソン》が駆け、後続の人馬騎士《ツェンドリンブル》隊もそれぞれ戦闘陣形につく。奇怪な咆哮《ほうこう》をあげながら飛来したのはやはり幻魔獣《マンティコーラ》であった。魔導兵装《シルエットアームズ》からは魔法現象に特有の光が漏れ、複数ある貌《かお》は今にも法撃を放たんと力を溜めている。

「拠点に現れたのと似ている……しかしさらに巨大な！」

出現した幻魔獣の多くが拠点への襲撃に出ているが、残ったものがいないわけではない。まるで源素晶石塊を守護するかのように立ちはだかった幻魔獣。それは特に奇怪な個体であり、複数の幻晶騎士と複数の混成獣《キュマイラ》が混ぜ合わさった恐るべき巨体を有していた。

機械部品はデタラメに融合し、肉体はブクブクと膨れ上がっている。子供が放埓《ほうらつ》に混ぜ合わせた粘土細工のような、悍《おぞ》ましく醜い姿であった。

「まったく気分の悪い奴ばかりで気が滅入る。しかし目的の品を手に入れるにはこいつをどうにかせねばならんようだな！」

巨大幻魔獣はなぜか執拗《しつよう》に源素晶石塊の周囲から離れようとしない。一見して守護しているようにも思えるが、まさか『魔法生物《マギカクレアトゥラ》』がこちらの作戦内容を知っているはずもなかった。

「ええい。わからないことを考えている暇はない！」

『戦馬車紅《チャリオット・クリムソン》』が旋回して巨大幻魔獣《マンティコーラ》へと切っ先を向けたその時。

「ぐぎききキキキ……させ……させナイぞ……！」

予想だにしない『音』が聞こえてきて、ディートリヒが表情をゆがめた。

「私の聞き間違いやもしれませんが……今、人の言葉のような音が聞こえませんでしたかな？」

周囲は今も暴風雨が続いている。もしかしたら風の音が変な聞こえ方をした可能性もある。

「これハ……これハァ!! 俺のヲ！ 利益なのダぁ！ 渡しはシナぁぁぁい!!」

巨大幻魔獣から突き出した幻晶騎士《シルエットナイト》の躯体《くたい》がぐるりと首を巡らす。その視線はぴたりと戦馬車《チャリオット》を追っていた。

「まさかあの幻晶騎士みてーなとこに人が乗っているのかよ!? ……っていうか人なのか？」

キッドの疑問は不思議なものではない。ここは光の柱の足元、空飛ぶ大地の中でも高い位置にあるうえ、噴き出すエーテルによって酷《ひど》いことになっている。どれほどの防御装備を用意したところで人が長く生きられる環境ではなかった。

「ギキキキ……もっと、もっとォ源素晶石《エーテライト》ヲぉ、持ってこおおい！ ゲハハハハ、大《おお》儲《もう》けダァ……!!」

人の声が聞こえてくること自体は既に疑いようがない。しかし――ディートリヒはしばし考えてからぽつりと呟《つぶや》いた。

「……さてもあれを生きていると表現すべきかね」

巨大幻魔獣として肉とひとつになった幻晶騎士。仮に内部に人間が残っていたとして、まともな状態だとはとても思えない。聞こえてくる言葉も支離滅裂なものだった。

「団長閣下！　彼奴《きゃつ》らが何ものかは存じませぬが、斯《か》くなる上は速やかな慈悲を与えるのが騎士の道かと！」

「同感だぜ」

「いずれにせよ立ちはだかる者は全て排除する。そのための戦馬車だ！」

土を蹴立てて人馬騎士《ツェンドリンブル》が走り出す。グゥエラリンデ・ファルコンが魔導兵装《シルエットアームズ》『轟炎の槍《ファルコネット》』を掴《つか》み、照準を巨大幻魔獣へと合わせた。

「手加減無用！　法撃開始！」

眩《まばゆ》い光と共に燃え盛る槍《やり》が放たれる。

『轟炎の槍』、それはイカルガの銃装剣《ソーデッドカノン》の元になった強力な爆炎系魔導兵装である。その威力故に大量の魔力を必要とするのが難点であるが、エスクワイアを連結した今のグゥエラリンデにならば使用可能だった。

およそ破壊できぬものなどない強力な一撃。しかしその光景を見たディートリヒは頬を引きつらせていた。

「なるほど。面倒だね……」

『魔法生物《マギカクレアトゥラ》』である。エーテルによってできた彼らはいかなる法撃も防いでしまう。

「しまったな。せっかくの戦馬車《チャリオット》だが源素化兵装《エーテリックアームズ》を振り回すには少々不便だ」

念のため持ってきた源素化兵装はある。しかし装甲に囲まれたグゥエラリンデにとって扱いやすいものではなかった。

「俺ノ利益からァ！　離れろォ!!」

法撃を防いだ巨大幻魔獣《マンティコーラ》が敵意も剥《む》き出しに突撃してくる。青白い『魔法生物』が全身を這《は》いまわり、あるいは外へとたなびかせながら走ってきた。

「格闘戦なのかよ！」

「やるしかない……獣斬剣《ビーストスレイヤー》、用意!!」

戦馬車紅《チャリオット・クリムゾン》の両側に突き出た肉厚の剣、獣斬剣。強力な格闘用武装であることは疑いようがないが、さりとて幻魔獣に対してどれほど効果的かといえば疑問が残る。

「突撃！　ひと当てしてから次を考えるよ！」

「出たぜ、ディーさんの悪い癖。なんかそれエルも同じなんだよなぁ！」

『戦馬車紅』が走りながら法撃。法弾はやはり防がれるものの、それを目眩《めくら》ましに接近する。

「加速斬撃！」

グゥエラリンデが魔導噴流推進器《マギウスジェットスラスタ》を起動。人馬騎士の踏み込みと共に爆発的に加速すると、幻魔獣とすれ違うようにして獣斬剣《ツェンドリンブル》を叩《たた》き込んだ。

「なんという硬さだ!?」

最高に速度の乗った攻撃だったはずである。これに耐えられる魔獣など数えるほどしかいない——今そこに幻魔獣の名前が加わった。

ぶくぶくと膨れ上がった身体が獣斬剣を食い込ませながらも受け止めていた。さらに青白い『魔法生物』が刀身に絡みついてゆく。

「逃がさないつもりか!?」

「放せよ！」

キッドの人馬騎士が騎槍《ランス》を振るう。だが『魔法生物』と魔獣の身体、双方を振り払うには至らない。

「ギキカカ……すべ、すべ、全てのリエキはァ……俺だけのモノォ!!」

幻魔獣の幻晶騎士《シルエットナイト》部分が動き出す。刃こぼれした剣を握り、歪《いびつ》な背面武装《バックウェポン》を構える。狙うは戦馬車に乗ったグゥエラリンデだ。

「ええいこの！」

グゥエラリンデが推進器を起動して抵抗する。だが幻魔獣の肉体は圧倒的な強靭《きょうじん》さを持ち、『魔法生物《マギカクレアトゥラ》』が法撃すらも許さない――。

その時、剣風《かぜ》が吹いた。

突風のように何かが吹き荒れたと思った瞬間、うねっていた青白い『魔法生物』が端から細切《こまぎ》れになって散った。

「ギキ？」

獣斬剣《ビーストスレイヤー》にかかる圧力が一気に失われる。それを見逃さずディートリヒが猛然と動き出した。

「好機だ！　『魔法生物』さえいなくなれば！」

『轟炎の槍《ファルコネット》』を幻魔獣《マンティコーラ》へと向け、触れるほどの距離から発射。放たれた燃え盛る法弾が幻魔獣の肉体に大穴を穿《うが》った。

「ギィイイザマァアア!!」

衝撃が幻魔獣を吹き飛ばして距離が空く。

「何者かは知らないが、せめてもの慈悲だ！　遠慮なく受け取ってくれたまえ！」

グゥエラリンデ・ファルコンが魔力転換炉《エーテルリアクタ》を最大稼働する。生み出された魔力を潤沢に吸い上げながら『轟炎の槍』が次々に法撃を放った。

「アガァアァアァ！　お、オデの、リエギ……」

混成獣《キュマイラ》の貌《かお》が、肉体が、幻晶騎士《シルエットナイト》の部品が、魔導兵装《シルエットアームズ》が。全てが轟炎《ごうえん》によって塵《ちり》と化してゆく。

そうしてついに幻晶騎士の胴体が直撃を受けて砕け散った。おそらくは乗り込んでいた何者かも同様の末路を辿《たど》ったはずである。

巨大幻魔獣が爆散すると同時、飛び散った肉片から『魔法生物』が出現した。膜を伸ばして空を泳ぐように戦馬車《チャリオット》へと迫ってくる。

「まだ残っていたか！」

「く、走るぞゴンゾース！」

「承知！」

戦馬車が急発進しようとした瞬間、宙を泳いでいた『魔法生物』全てが細切れになった。ばらばらと『魔法生物』だったものが飛び散り、後には暴風雨だけが吹き抜けてゆく。

「なにが……起こったんだ!?」

「わかりませぬ！　ただ、我らの攻撃ではありません！　我らにこのような……！」

馬車に乗り込んだグゥエラリンデはもとより、人馬騎士《ツェンドリンブル》であってもこのような真似をすることは不可能である。ならばいるのだ。彼ら以外に、コレを為した存在が――。

パキパキッ。

刃《やいば》の形に加工された源素晶石《エーテライト》が刃こぼれのあまり砕け散る。残った持ち手を投げ捨てながら、それは現れた。

「かーっ！　こんなちゃっちぃ代物《しろもの》を剣と呼ぶんじゃあねぇよ！　剣てなぁもっと強く、鋭く、ギラッギラじゃねぇとなぁ!!」

それは黒い幻晶騎士《シルエットナイト》であった。嵐の夜に溶け込むような闇を血のような赤が縁取る。

「そうは思わねーか。双剣のォ？」

幻晶騎士『ブロークンソード』――その乗り手たる『グスターボ・マルドネス』は言うなり新たな刃をつかみ取った。

「まさか……なん……貴様。連剣のォ!!」

「あっははははァ！　まぁた会えるなんてぇ俺っち感動で剣を抜いちまったぜェ!!　しっかしおもしれぇ玩具に乗っかってんなァお前ェ！」

『戦馬車紅《チャリオット・クリムゾン》』を前にしてもまったく警戒する様子もなく、剣の魔人はべらべらと喋《しゃべ》っている。

「団長閣下、こいつは……？」

「以前に戦った相手だよ。確か名前はグスターボ……『黒の狂剣』のほうが通りがいいかもな」

ゴンゾースは理解しなかったが、この場にパーヴェルツィーク王国の人間がいれば驚愕《きょうがく》

に表情を歪《ゆが》めたことであろう。それほどまでに『黒の狂剣』の名は恐れられ、敵視されている。

「この地にいるとは聞いていたが……なぜだい？」

「助太刀の理由かい？　まぁそんな面倒な話じゃねぇよ」

ブロークンソードが手の中でくるくると刃《やいば》を玩《もてあそ》ぶ。

「先に当ててやろうかぁ。お前ら、あのでっけぇ源素晶石《エーテライト》を光の柱にぶつけちまおうって考えてる。どうだぁ？」

「……だとしたらどうする」

「うーっし。道案内してやるから運ぶのはおめーがやれ。その馬ッツラならできるから来たんだろ？」

ディートリヒが怪訝《けげん》そうに眉をひそめた。

「君が私に協力を言い出すとは。そりゃ確かに嵐にもなろうものだね」

「うっせぇな。俺っちぁ知ってんだよ。このままだとこの大地が自国《おれんち》の庭先に落ちてくんだろ！　ふっざけんなよォ？　許せっかよんなことォ！」

「……うんまぁ、そりゃあその通りだね」

空飛ぶ大地の落下先はまだ明確ではないが、西方諸国《オクシデンツ》のどこかであるのは確実である。先の戦いで疲弊《ひへい》しているジャロウデク王国にとっては、なおさら切実に回避したい事態であろう。

だからこそ、ここまでの流れにディートリヒは疑問を抱いた。

（しかし随分と詳しい。これは身中に虫がいるな）

フレメヴィーラ王国に間諜《スパイ》が入り込んでいる可能性は低い。藍鷹《あいおう》騎士団の結界を越えられるとは思えないからだ。残るはパーヴェルツィーク王国か、シュメフリーク王国か、もしかしたらハルピュイアかもしれない。いずれにせよ特定は困難であるし今はそんな場合ではなかった。

「では一時的に手を組むということでいいのかい」

「はぁーつまんねぇ！　がー！　仕方ねぇ。こればっかりは俺っちがやるより早ぇからなぁ」

ブロークンソードが歩き出す。全身に装備した剣と鞘《さや》をじゃらつかせ、さらに増設した鞘から源素晶石の刃を取り付けた短剣をもう1本、引き抜いた。

「へっ。んだからよう、キリキリ走れや馬っツラ！　気合い入れてかねーと置いてくぜ！」

「ぬかすじゃないか。キッド、ゴンゾース。奴に身の程を教えてやれ」

「もとより承知！　人馬の騎士が疾走の冴《さ》え、とくとご覧あれ!!」

「まさかあいつが手伝ってくれるなんてなぁ」

『黒い狂剣』が走り、その背後を戦馬車《チャリオット》と人馬騎士部隊《ツェンドリンブル》が追いかける。間《ま》を置かず幻魔獣《マンティコーラ》が現れた。理由は不明だがどれもが強烈に源素晶石塊《エーテライトかい》に執着しており、一行に対して激しい敵意を向けてくる。

だが無意味であった。

「あーだっり！　だっり！　だっりぃ！　せっかく双剣のがいるのに、んなつまんねー奴しか斬れねーとか！　俺っちを退屈で殺そうって魂胆かよォ!?　やれるもんならやってみろやァ!!」

剣風《かぜ》は片時も止まない。

愚痴りながらですらグスターボの剣捌《けんさば》きは恐るべき冴《さ》えを見せていた。

青白い『魔法生物《マギカクレアトゥラ》』は首を出した瞬間に刈り取られる。抵抗も逃走も許されない。

縦横無尽に駆ける刃の魔人に護《まも》られ、『戦馬車紅《チャリオット・クリムゾン》』が爆走する。

『魔法生物』さえいなくなればその火力を遺憾《いかん》なく発揮できる。『轟炎の槍《ファルコネット》』が幻魔獣の肉体を片端から吹き飛ばしていった。

「あいつ、わけわかんねぇくらいつっえぇんだけど。ディーさん、本当に一度は倒したのかよ？」

「勝利を疑うとは酷《ひど》い後輩だよ。まぁ、正直なところほぼ相討ちだったがね」

「だ、団長閣下と……!?!?」

おそらくグスターボはあの時よりもさらに腕を上げている。もう一度戦えば果たして――。

「同じ結果にするつもりもないがね」

魔剣が切り開き、戦車が撃ち抜く。そうして襲い来る幻魔獣を粉砕し、一行はついに巨大源素晶石塊の元まで辿《たど》り着いた。

「っかーっ！　あー苛立《いらだ》ちたまるぅ～何でもいいから幻晶騎士《シルエットナイト》斬らせろ～今なら雑草でも喜んで刈ってやるぜ～」

「これまた酷い台詞《せりふ》もあったものだね」

騒がしいグスターボは放っておいて源素晶石塊を見上げた。

「しかし巨大だな。運べないことはないがなかなか骨が折れる……」

するとブロークンソードが剣を収め、さっさと踵《きびす》を返していた。

「そいじゃ！　後はしっかり働けよ双剣の！」

「む。いちおう帰り道もあるのだが？」

背中にかけられた言葉に、黒い騎体が歩みを止めてわずかに振り返った。

「これ以上ここにいると、我慢できなくなっちまいそうだからよ」

それ以上何も言わず、黒の狂剣は嵐の中に消えていった。

「……恐ろしい奴もいたものですな」

ゴンゾースが汗を拭《ぬぐ》う傍ら、キッドは腕を組む。

「とりあえずアイツ、さんざんっぱら威張るだけ威張り散らして帰っていきやがった」

「助けられたことは事実だ。互いに利するものだとしてもね。ともかく残る作業を進めるよ。雑談に興じていられるほど余裕はないからね」

「それもそうだな」

人馬騎士隊《ツェンドリンブル》が源素晶石塊《エーテライトかい》に牽引索《トーイングアンカー》をひっかけてゆく。全員で地面から引き抜くと、源素晶石塊は地響きと共に大地に横たわった。

最も強力な『戦馬車紅《チャリオット・クリムゾン》』を中心に陣形を組む。

「よし！　このまま拠点まで駆け抜ける！　魔獣による妨害があった場合、振り切ることを優先するぞ！　人馬騎士の脚、今こそ見せてみろ!!」

「応！　応!!」

斯《か》くして紅隼《こうじゅん》騎士団は拠点へ向けて走り出す。

◆

ディートリヒたちと別れたグスターボは、それから山肌を少し下ったところまでやってきていた。そこでは防護服に身を包んだグスターボの部下たちが忙しく出航の準備を進めていた。

「隊長《おかしら》！　お帰りで！」

「おう。世話の焼ける奴らだったぜ」

グスターボはブロークンソードを降りて飛空船《レビテートシップ》へと向かう。

「しかし隊長、あの源素晶石塊。見送っちまってよかったんですかい？　いったいいくらの値がつくかわかりませんぜ？」

「まー惜しいっちゃ惜しいがよ、この大地が庭先に落ちてくんなぁ俺っちでも御免だからな」

部下が渋々といった様子で引き下がった。グスターボが顎で示す。

「それにいいんじゃねっか？　なんせ……」

そこにあるのは飛空船の船倉を占拠する、巨大な源素晶石塊の欠片《かけら》である。

「根元切っただけで船１隻《せき》満杯になっちまったしよう。アレ全部なんざ運んでらんねーんだよなぁ」

既に回収に挑戦はしていたのである。さすがに全部は無理であり、ならば恩を売りがてら渡してしまえばいいと判断したのだった。

「まぁこんだけありゃあ国元も一息つけんだろ。あいつらはまた何かやらかしてるみてーだが、それだって広まるには時間がかかるだろうさ」

部下たちは出航準備へと戻る。その場に残った副長がふと呟《つぶや》いた。

「隊長《おかしら》、そのわりにご不満がおありのようですが」

「あン？　……ああ、あいつらを見逃したからな。くく、ありゃあ前より強くなってやがるぜぇ、この大地で最高に美味そうな獲物だった」

グスターボが歯を剥《む》き出して笑う。実際危ないところであったのだ。あれ以上つまらない剣を振っていたら、理性も損得勘定も投げ捨てていたかもしれない。

「別に、一人くらい殺《や》ってしまってもよかったのでは」

「いいんだよ。あれだけ騒がしい奴らだ、生きてりゃーまたどっかで面《つら》合わせることもあんだろ。焦ることはねーさ」

話は終わりだとばかりに歩き出す。

「よっしお前ら、嵐がやんだらすぐに国元に向かえ。俺っちは残りの野暮用を済ませてくるからよ」

「はぁ、野暮用とは……」

振り向いたグスターボがニヤリと笑った。

「ちょっと挨拶がのこってっかんな。俺っち隊長だからよォ、礼儀ってやつを忘れるわけにゃいかねーんだなァ」

◆

『戦馬車紅《チャリオット・クリムゾン》』を先頭に人馬騎士《ツェンドリンブル》隊が走る。幸いにも大した妨害にも遭わず、無事に荷物を拠点の近くまで運んでいた。

「！　団長閣下、前方に影が見えまする……！」

暴風雨の向こうにうっすらと浮かび上がる巨大で流麗な影、しかし片側だけが歪《いびつ》に膨れている。間違いない、飛竜戦艦《リンドヴルム》である。

「あれは飛竜戦艦……いや、『決戦騎』か！　エルネスティめ、迎えに来るとは相当急いでいるようだな」

「間に合ったようで何よりですな！　さっそく大団長閣下に我らの成果を捧げなければ！」

飛竜戦艦は嵐に負けず、低空を力強く進んでいる。人馬騎士が打ち上げた発光法弾を目印にゆっくりと接近してきた。

「ようし各自切り離し後、荷物から離れるよ！」

牽引索《トーイングアンカー》を放し、人馬騎士《ツェンドリンブル》が荷物から距離を取る。巨大な源素晶石塊《エーテライトかい》めがけて飛竜戦艦《リンドヴルム》が降下してきた。

修復された格闘用竜脚《ドラゴニッククロー》が伸ばされ、源素晶石塊をがっしりと掴《つか》む。嵐の最中にあるというのにまったく危なげのない動きである。それだけであの飛竜を操っているのが誰か一目瞭然であった。

「エル！　ハルピュイアたちの大地を頼んだぜ！」

推進器の放つ轟音《ごうおん》が跳ね上がり、飛竜戦艦が力強く加速を始める。これから向かうのだ。決戦の空へと。

「ようし。では我らは拠点の防衛に加わる！　残してきた奴らと合流するよ」

「承知！」

『決戦騎』が舞い上がるのを見送り、人馬騎士部隊は防衛に加勢すべく走り出していった。

◆

「……これでなんとか最低限の準備が完了しました。まだ終わっていない部分はぶっつけでやります！」

「く……結局最後まで巻き込まれるのかい！　ハルピュイアのためでなくば、このような屈辱……ッ！」

「あー嫌だ嫌だ。試験もしていない機能で出たとこ勝負なんて正気の沙汰じゃねぇよ。鍛《か》冶師《じし》に対する冒涜《ぼうとく》だ、冒涜」

エルネスティの通達を聞いた同乗者たちが口々に喚《わめ》き倒す。どれほど嘆いたところですでに決戦騎は動き出しており、今更止められない。

にっこにこのエルネスティが操鍵盤《キーボード》を叩《たた》き、増設した機能を起動した。

「では小王《オベロン》！　『魔王』の力をお借りします！」

「んおのれぇい……ぬあぁ！　ここまできて否《いな》やは言うまい！　さっさとやるがよいよ！」

銀線神経《シルバーナーヴ》によって魔法的に接続することで、『魔王』へとイカルガから指示を送る。そうして間接的に『魔王』の能力たる『囁きの詩《ウィスパードソング》』を使用可能としたのである。

『囁きの詩』による不可視の波動が広がり――。

「凌駕連結《オーヴァーリンケージ》を立ち上げます！　各補助騎、制御下に移行！」

地上で待機していた竜闘騎《ドラッヒェンカバレリ》と飛翔騎士《トゥエディアーネ》が次々に目覚めを迎えた。まるで魚群のごとく集まりながら飛竜戦艦のもとへと馳《は》せ参じる。

『囁きの詩』は魔法演算回路《マギウスサーキット》や魔導演算機《マギウスエンジン》へと干渉して情報を伝達することができる。ならば、つながった先の機体を制御することもできるのではないか？

そんなエルネスティの冗談が現実のものとなった。無人のまま用意された機体たちが『魔王』という生きた中継器を介してイカルガの――エルの隷下《れいか》へと入った。

「これは、なかなか……制御の負荷が重いですね。アディ、飛竜戦艦《リンドヴルム》の側は任せていいですか」

「まっかせてエル君！　さぁキリキリ動きなさい！」

「ひぃ……ほどほどに頼むぜ」

戦々恐々としているオラシオのことなど知ったことかとアディが飛竜戦艦をぶん回す。

「それでは作戦開始位置まで向かいましょう」

群れを率いた飛竜戦艦はそのまま光の柱とは逆方向へと進み続けた。空飛ぶ大地から離れ、ついに嵐の範囲からも脱出する。そこでようやく旋回し、空にわだかまる黒雲の塊《かたまり》を睨《にら》んだ。

後を追ってきた竜闘騎《ドラッヒェンカバレリ》と飛翔騎士《トゥエディアーネ》が飛竜戦艦の後部へと集まった。竜脚や手足を使用して、飛竜戦艦に取り付いてゆく。さらに強化魔法を上書き《オーバーライト》することで接続を強固として――。

「全騎位置に着きました！　これより『流星槍作戦《オペレーション・バスターランス》』を開始します！」

晴れ渡る空の下、ついに『決戦騎』の全貌が明らかとなる。

主体は『黄金の鬣《ゴールデンメイン》』号を接続した飛竜戦艦。下方には格闘用竜脚《ドラゴニッククロー》で巨大源素晶石塊《エーテライトかい》をがっちり保持している。その背には主操縦騎としてマガツイカルガニシキが乗っており、さらに後方には『魔王』の姿までもがあった。それらの全てを魔法的に接続することでひとつと成した、人類がもちうる究極の兵器――。

エルネスティの言葉が『囁きの詩《ウィスパードソング》』によって全軍に伝えられる。

「飛竜戦艦あらため！　決戦騎『魔竜鬼神《ウルトラキシングレート》』!!　全速前進！　出撃します!!」

ちなみに命名したのは当然、エルであった。

◆

雨が降る。空は黒雲に覆い尽くされ、荒々しい風が飽きることなく雨粒を叩《たた》きつけてくる。

西方諸国《オクシデンツ》南部。普段は穏やかな気候に恵まれたこの地域にて、突如として謎の嵐が発生。勢力を増してゆく中で、人々はその奇妙な存在に気付いた。

「あれは……いったいなんだ？」

空に浮かぶ巨大な大地。しかも奇妙で恐ろしい塊《かたまり》の中心からは、天へと向けて謎の光の柱が伸びている。

日の光が遮られ、黒々とした影となった巨大な大地がゆっくりと空を横切ってゆく。さらには嵐そのものがまるで謎の大地に付き従うかのように移動しているではないか。

未《いま》だかつて目にしたことのない異様な光景。人々になす術《すべ》はなく、ただ門戸を閉ざして異常が過ぎ去ることを祈るのみ。

――やがて彼らは知ることになる。それが伝説の始まりであったことを。

◆

火が灯《とも》る。

魔竜鬼神《ウルトラキシングレート》の主推進器たる魔導噴流推進器《マギウスジェットスラスタ》が起動し、その巨躯《きょく》を震わせた。空飛ぶ大地から離れる動きは終わり、まっすぐ黒雲の中心部へと進路を取る。

「全源素浮揚器《エーテリックレビテータ》、エーテル濃度を最大に！」

「そーれ！」

各騎体に積まれた源素浮揚器へと純粋なエーテルが供給され、強力な浮揚力場《レビテートフィールド》を形成する。源素晶石塊《エーテライトかい》を抱えた魔竜鬼神に竜闘騎《ドラッヒェンカバレリ》、空戦仕様機《ウィンジーネスタイル》の集合体という超重量の物体を空へと持ち上げ始めた。

「上昇姿勢確保！」

魔竜鬼神が機首を上へと持ち上げる。目指す先は遥《はる》かな高み。イカルガの操縦席に収まったエルは口元の笑みを深くする。

じっと計器を睨《にら》んでいたオラシオから上擦《うわず》った声が届いた。

「そろそろだ……第一目標高度突破。浮揚器の上昇限界が来る！　浮揚力場が減衰をはじめんぞ！」

「いきますよ！　全員、加速に備えてください。舌を噛《か》んでも知りませんからね！」

「わ、わぁってるよ！」

「やれやれ騒がしいことだ……」

オラシオが慌てて、自身を船長席へと縛り付けている固定を確認する。小王《オベロン》はもとより『魔王』の内部で強固に固定されているため問題ない。エルとアディは何があってもだいたい問題にならない。

そもそも搭乗者は機体の強化魔法によって保護されているものだが、これからおこなうとしていることはその範疇《はんちゅう》を逸脱しかねないものだった。

「全騎推力最大！　突撃《チャージ》します!!」

『魔王』の能力である『囁きの詩《ウィスパードソング》』を応用した同時多数の無人騎操作。前代未聞の無茶を事のついでに成し遂げながら、エルは全騎に命を下す。

全ての魔導噴流推進器《マギウスジェットスラスタ》が一斉に眩《まばゆ》い光を吐き出した。

源素浮揚器《エーテリックレビデータ》はエーテルを利用する関係上、上昇できる高度に限界がある。それ以上の高さを望むとなれば後は推力に全てを託すしかない。

彗星《すいせい》のごとく炎の尾を曳《ひ》きながら竜が天へと昇ってゆく。後先を考えない強引な加速。オラシオが歯を食いしばり、小王《オベロン》ですら表情をゆがめた。アディもまた操縦席にしっかりとしがみついている。ただ一人、エルだけが獰猛《どうもう》な笑みを絶やすことなく猛《たけ》り狂っていた。

「エ……ルネス……ティ！　いま、だ……源素過給機《エーテルチャージャー》を……最大に!!」

「わかりました！　いきます！」

『源素過給機』――それは竜闘騎《ドラッヒェンカバレリ》に搭載された特殊機能である。

かつてオラシオが開発した魔力転換炉《エーテルリアクタ》へのエーテル供給機能である『源素供給機《エーテルサプライヤ》』の改良品であり、その機能は炉へ取り込まれる大気中のエーテルを微増させるというものだった。これは源素供給機が炉の急激な劣化を招いたことへの対策であり、負荷を抑えながら魔力流量を増やすことを可能としていた――しかし。

ごく当然のように、エルはその制限《リミッター》を完全に取り払っている。

高純度のエーテルを流し込まれ、竜闘騎が生み出す魔力量が激増する。代償として炉は急激に劣化してゆくが何ひとつとして問題はない。なぜなら――。

「竜闘騎群、超過駆動《エクシードドライブ》！」

命じられた魔導噴流推進器が、その許容限界を超えて駆動し始める。流れ込む魔力はまるで濁流。生み出される爆炎はすでに安全のはるか外にあり、推進器が耐えかねて赤熱し始めていた。

竜闘騎自体が赤い輝きを放ち、薄い煙を背後に引く。

「第二目標高度突破！　もうやべぇぞ！」

全ては冷徹な計算の下《もと》にある。オラシオの焦りを含んだ声とは対照的に、エルはほんの一瞬だけ静かに目を伏せた。

「ここまでありがとう……竜闘騎切り離します！」

強化魔法による固定を停止、同時に竜闘騎が竜脚を放す。

魔竜鬼神《ウルトラキシングレート》を中心として散るように竜闘騎が離れてゆく。最期まで命令に従った竜闘騎だったが、魔導噴流推進器が耐久限界を超えて暴走。自ら生み出した爆炎に呑《の》み込まれて、砕け散っていった。

小飛竜たちの献身は魔竜鬼神をさらなる高みへと導いていた。幾層もの雲を突き抜け、さらに、さらに果てへと。

「第二段階！　空戦仕様機《ウィンジーネスタイル》、超過駆動に入ります！」

続く第二幕の主役は飛翔騎士《トゥエディアーネ》たちである。推力を限界以上まで高め、全騎で魔竜鬼神《ウルトラキシングレート》を支えるようにして昇り続ける。

やがて空の色が変わりはじめた。どこまでも蒼《あお》かった空が暗闇をのぞかせてゆく。

「第三……目標高度突破！」

そうして飛翔騎士たちの限界が来た。機体を赤熱させ、耐えきれず剥離《はくり》する装甲を飛び散らせながらも魔竜鬼神を支え続けた騎体《モノ》たち。

「……切り離します！」

エルは祈り、最後の命令を下した。飛翔騎士たちが一斉に離れてゆく。それらはやはり限界の一歩手前にあり、離れた直後に爆散して消えた。

「飛翔騎士がぁ……！」

「想ってもいい。ですが振り返っては駄目です、アディ。機械《かれら》はその限界まで力を振り絞って完璧に要求に応《こた》えてくれた。ならば次は僕たちの番です!!」

「……うん！」

全ての無人機が離れ、エルの演算能力が解放される。すぐさま魔竜鬼神の隅々までを暴力的な演算能力によって制圧し、課せられた制約《リミッター》の全てを開放していった。

「最終加速……！　魔竜鬼神！　征《ゆ》きます!!」

多数の尊い犠牲によって、魔竜鬼神の魔導噴流推進器《マギウスジェットスラスタ》は最後の最後まで温存され続けた。それを今、限界を超えて駆動する。

「ひぎぐぅ……おごぉ!?」

「何とい……う！　力だ！」

今までとは一味違う加速が搭乗者たちへと襲いかかる。強化魔法を適用してさえ抗《あらが》いきれない圧力。身体の芯が嫌な音を立てた気がした。

忍耐の時間はそう長くは続かない。なぜなら、このような酷使を続ければすぐに魔導噴流推進器が限界を迎えるからだ。

「きた……来た！　キタ！　きたぞぉぉぉ！　エルネスティ！　最終目標高度到達！　周囲のエーテル濃度が反転してる！　ここはもうエーテルの空だ！」

伝声管からオラシオの歓声が響いた。

辿《たど》り着いた。最終目標高度。濃密なエーテルによって満たされた場所。源素浮揚器《エーテリックレビテータ》はとうになんの役にも立たず、魔竜鬼神は推力だけでここまで昇りつめた。

「推進器を通常状態へと移行します！　徐々に機首が下がりますよ！」

浮揚力場《レビテートフィールド》の助けを得られないこの高度では、推力を戻してしまえばいずれ落ちるのみである。魔竜鬼神は空力的に飛行できる形状をしていないし、腹には巨大な荷物を抱えていた。

事前に計算したところによると、速度が落ちて落下に移るまでにはまだ幾ばくかの猶予がある。その間に次の段階へと進まねばならない――。

その時、オラシオは見てしまった。頭上に広がるその景色を。

「あれが……『果て』。……『真空』の姿なのか……!?」

そこにあったのはどこまでも深く闇に包まれた空。底なしの黒の中に流れるようにして淡い光の帯が幾本もたなびいていた。

それは極光《オーロラ》と呼ばれる自然現象に近いものである。だが、ただの極光ではありえない。なぜなら本来の極光とは天体の極域付近でのみ見られる現象だからである。おそらくはこれもエーテルの作用によるものなのだろう。

虹色の光の帯に誘われ、オラシオの意識が天まで昇り詰める。

「はは、ははは……美しいぞ……いい、俺たちを歓迎しているんだな……!」

しかし目くるめく景色は唐突に過ぎ去っていった。後には昏《くら》く深い闇だけが広がる。オラシオは慌てて身を乗り出そうと固定を外しにかかる。

「行くな！　もう少し、もう少しだけ見せてくれ！」

「オラシオさん！　落ち着いてください、作戦の途中です！」

「だから何だ！　ようやくここまで来たんだよ……！」

「おい鍛冶師《かじし》！　気をそらすな、ハルピュイアの命運がかかっているのだぞ！　エルネスティ君に続き、貴様まで往《ゆ》くんじゃあないよ！」

「……小王《オベロン》？」

周囲からの注意もオラシオの耳には入らない。既に錯乱の域に片足を突っ込んでいた彼の胸倉を、冷ややかな声音が掴《つか》んだ。

「オラシオさん、お忘れなのですか。ここに来るまでにどれほどの犠牲を費《つい》やしたかを。機械《メカ》たちが稼いだ貴重な時をこれ以上浪費するなど、この僕が許しませんよ」

「……ッ」

舞い上がり切っていたオラシオが思わず正気に返るほど、それは鋭利な声だった。

そうだ、少なくともオラシオ一人の力で辿《たど》り着いたわけではない。人類史上最強の力を結集し、人類史上最高の乗り手が集い、なお数々の犠牲を積み上げてようやく指の先に触れることのできた場所である。

「……ふぅ。帰ってくる……俺は必ずここに帰ってくるからな！　そうしてさらなる果てへと辿り着く！」

そう、また来ればいい。今度は己《おのれ》の力で成し遂げて、だ。オラシオは決意し、すぐさま制御盤へと飛びついた。

「おいエルネスティ！　いますぐ飛竜戦艦《フネ》の制御をこっちに戻せ！　こっからは俺がやる！」

「……承知しました。その意気ですよ！」

もはや魔竜鬼神《ウルトラキシングレート》は落下へのわずかな時間を浮かんでいるにすぎない。複雑な操縦の必要はほとんどなかった。

「ではいきますよ。『嵐の衣《ストームコート》』一部停止!」

「よし来たァ! 魔力転換炉《エーテルリアクタ》全開! お前たち、やれ! やれ! やれぇ!!」

オラシオは騎操士《ナイトランナー》ではない。機体を手足のごとく『操縦』して戦うことはできないが、『操作』するだけであればその技術は人後に落ちない。なぜなら彼ほど飛竜戦艦《リンドヴルム》を知悉《ちしつ》している人物は他にいないからである。

神速の操作によって飛竜戦艦の最後の機能が目を覚ます。

これまで機体の周囲を保護していた『嵐の衣』が緩んだことにより、飛竜戦艦の吸気口が濃密なエーテルの空へと向けて晒《さら》されていた。

そうして飛竜戦艦に搭載された命のうち12基——法撃戦仕様機《ウィザードスタイル》が濃いエーテルの大気を吸い込み始める。当然そんなことをすれば魔力転換炉の寿命を著《いちじる》しく削ってしまう。大きな代償を払いながら莫大《ばくだい》な魔力を取り出し、それを再変換することで大量のエーテルを集めていった。

「魔力転換炉の劣化率が馬鹿みてぇに上がってゆくな! だがエーテルの抽出は順調、むしろ想定をはるかに超える!! こりゃ俺たちはエーテルに浸《つ》かっているようなもんだぜ！」

「外気に触れたら即死ものですね。エーテルは十分……では開放型源素浮揚器《エーテルリングジェネレータ》を起動します！」

飛竜戦艦が命を削って抽出したエーテルを、開放型源素浮揚器によって保持する。

魔竜鬼神の周囲に虹色の円環が生み出された。莫大なエーテルを流し込まれた円環は機体の大きさを超えてなお広がってゆく。

「第一円環に続き、さらに多重展開!!」

生み出された円環はひとつではない。幾重《いくえ》にも幾重にも。虹色の円環が重なりながら広がってゆく。その全てに大量のエーテルが籠《こ》められた円環は、ついに空飛ぶ大地の範囲すら超えて広がり始めた——。

◆

人々は揃《そろ》って天を見上げていた。

嵐を従えて空を横切る謎の大地。それは徐々に速度を増しながら西方の地をなめるように荒らしてゆく。

雨が大地を打ち、風が吹き飛ばす。突然の天変地異に皆が震える中、その奇跡は顕現した。

西方諸国《オクシデンツ》を覆い尽くさんとしていた黒雲を透かし、虹色の光が降り注ぐ。天に幾重《いくえ》にも描かれた輪が世界を照らし、空を塗り替えようとしていた。

未《いま》だ黒雲は渦を巻き、風雨は地上を荒らし続けている。されど人々は感じていた。最終の時が近づいていると。

彼らが固唾《かたず》を呑《の》んで見守る中、やがて円環は収縮を始め——。

◆

計器にしがみつきながらオラシオは目を白黒させていた。

「す……すげぇ浮揚力場《レビテートフィールド》だ……。こんなエーテルだらけの場所で力場が安定し始めたぞ！　冗談かよ！　この調子だと先に最果てまでぶっ飛んでっちまいそうだな！　逝《い》くか！」

「ええい貴様、まだ言うか！」

「それはそれで興味深いところですが、そこまで機体がもたないかと」

「そんな変なところ行きたくなーい」

「なんだと⁉」

飛竜戦艦《リンドヴルム》が汲《く》み上げ、開放型源素浮揚器《エーテルリングジェネレータ》が作り出した虹色の円環。それはもはや台風そのものよりも広がるほどに成長していた。

「エーテルの吸入量が落ちてやがる。炉がもう限界だな……」

当然、それだけのエーテルを吸い込んだ炉は死に瀕《ひん》している。飛竜戦艦が備える13の命のうち12までが燃え尽きてゆく。

間もなく魔力転換炉《エーテルリアクタ》は劣化しきり、その命の詩を止めていった。

「魔力出力停止!!　全ての炉が死に絶えた！　はは、ははははちくしょう！　これで飛竜はおしまいだ！」

「まだ終わりではありません！　後はマガツイカルガニシキが受け継ぎます！　かの魔獣の皇たちの力、魅せてさしあげなさい!!」

エルの操縦を受けて、マガツイカルガニシキの動力炉である『皇之心臓《ベヘモス・ハート》』と『女皇之冠《クイーンズコロネット》』が咆哮《ほうこう》した。史上最悪の大食らいであるこの機体《イカルガ》を支えきる出力をもってして、崩れかけた飛竜戦艦の躯体《くたい》を強引に維持する。

「はぁー。本当、とんでもないことをしやがるぜ」

「単騎でこれほどの魔力をねぇ。それは『魔王』も苦戦するというものだよ」

「さすがに長くはもちませんけれどね」

どちらかというと単体の幻晶騎士《シルエットナイト》の出力で飛竜戦艦を支えきっている時点で色々とおか

しいのである。とはいえ強引さは否《いな》めず、長時間の維持は困難であった。

「強化魔法の範囲を書き換えます。駆動部と魔導兵装《シルエットアームズ》を中心に保護して、魔力を使い果たした装甲はこの際二の次ですね！」

　魔力の無駄を節約するため、強化する個所を容赦なく絞り込んでゆく。そうして強化魔法の加護を失い、魔力貯蓄量《マナ・プール》すら尽きた蓄魔力式装甲《キャパシティブレーム》が次々と剥《は》がれていった。

「ふぃぃ。中枢が無事とはいえ船体はボロボロだな。こんどはこっちが屍竜《しりゅう》になっちまったか」

「えっ見たい……ではなく。そろそろ源素晶石《エーテライト》の生成にかかります。でもちょっとだけ見たい……」

「エル君。イカルガ切り離しちゃダメだよ？　飛竜崩れちゃうから」

「わか……って……いますよ？」

「本当だろうね……？　ここにきて失敗などして、君を殺す理由を増やさないでくれたまえよ。既にうんざりするほどあるのだから」

　一抹の不安を乗せながら魔竜鬼神《ウルトラキシングレート》は漂い、やがて眼下に『それ』を見つけ出した。

　一面に広がる渦巻く雲。果てしない大きさへと成長した台風――その中心にぽっかりと開いた穴、つまりは『台風の目』である。

「ほう。あそこに光の柱があるんだな」

「なるほど。自分自身を巻き込まないために風に渦を巻かせ、中心だけ無風としているわけだ。なかなかよく練られた魔法術式《スクリプト》であるね」

「『魔法生物《マギカクレアトウラ》』が何を考えているかはわかりません。ですが結果的にこれが唯一の突破口になりましたね」

「突破口というか、突入口だよねー」

浮揚力場《レビテートフィールド》に支えられた魔竜鬼神が、とうとう『台風の目』の真上へとたどり着く。

「最終目標地点まできたぞぉ!!」

「仕上げに入ります。アディ、小王《オベロン》、準備はいいですね?」

「バッチリだよエル君!」

「いつなりと。さっさと終わらせようではないか」

「では……全エーテルを収束させます!!　皆で頑張って演算開始!!」

エルネスティが、アデルトルートが、小王が同時にひとつの魔法術式を演算する。

大地ひとつを覆い尽くすほどに成長したエーテルの円盤を一点へと集める——。それ自体がちょっとした天変地異になりそうな超規模魔法現象を、強引に演算能力でもって乗り越える。

なぜなら、如何《いかん》せんここは実装が間に合わなかった。そのために人力で突破すべく、最強最大の魔法能力の持ち主を集めざるを得なかったのである。

飛竜の命と引き換えに汲《く》み上げたエーテルを、改造された竜炎撃咆《インシニレイトフレイム》の内部へと収束させてゆく。

「……ッ……ぬぅッ！」

「ふぅ～ん……むぅッ！」

「ちょっと効率が甘いですね。少しだけ改良して、後はループで動かして……」

異常なまでの圧力で収束させられたエーテルが変質をきたし始める。その瞬間を捉え、オラシオがとある機能を発動した。

「ほらよォ！　源素収束式竜撃咆《エーテリックバスターランス》！　刀身展張《エクステンド》だァ!!」

──改・竜炎撃咆級魔導兵装《シルエットアームズ》『源素収束式竜撃咆』。

過剰に収束され、今にも爆発しそうなエーテルへと最後の一押しを加える。飛竜戦艦《リンドヴルム》が顎門《あぎと》を開き、ここまで後生大事に抱えてきた源素晶石塊《エーテライトかい》へと向けて放ち──。

瞬間、エーテルは結晶となって弾《はじ》けた。

気体状のエーテルから個体である源素晶石へと変じ、源素晶石塊を芯として、源素晶石が爆発的な勢いで四方八方へと無差別に成長してゆく。

成長を制御することなど到底不可能である。結晶の先端部が無数の棘《とげ》となって飛竜戦艦の船体を貫いてゆき、結晶は腹から背まで抜けて、さらに脆《もろ》くなった船体を思うさま食い荒らしながら生成と膨張を続ける。元から巨大だった源素晶石塊が数倍にも膨れ上がってゆく。

ほんのわずかな時間の後には、飛竜戦艦そのものを呑《の》み込んだ超々巨大源素晶石塊が現出したのである。

「ヒヒヒ！　ッヒィ！　あ、あぶねぇぇぇ！　もう少しでこっちも巻き込まれるところだったぜ！」

間一髪で船橋から竜騎士像《ドラゴン・ヘッド》へと退避したオラシオが汗を拭《ぬぐ》う。

源素晶石の生成に伴い飛竜戦艦の船体が呑み込まれることまでは予想できていた。そのために船体を盾としたのだが、それでも船橋まで破壊に呑み込まれてめちゃくちゃになったのである。

「おっと、落ち始めたな！」

よろめくような一瞬の後、魔竜鬼神《ウルトラキシングレート》が落下を始めた。エーテルを全て源素晶石化したことで浮揚力場《レビテートフィールド》が消失し、支えを失ったためである。

「小王《オベロン》！　最後の仕上げに入ります!!　姿勢制御を始めてください!!」

魔竜鬼神を構成する3騎のうち、飛竜戦艦はもはや全身くまなく死に絶えている。自身では落下姿勢を制御することすらままならない。これを適切な姿勢へと動かすのは残る2騎——マガツイカルガニシキと『魔王』の役目であった。

「推進器全開！　機首を真下へ向けます！」

「まっかせて！　目いっぱいでいっちゃえー！」

「大事な仕上げでしくじるんじゃあないよ！　ケツがふらついているじゃないか！」

飛竜を磔《はりつけ》にした超々巨大源素晶石塊《エーテライトかい》が落下してゆく。その背に取り付いたマガツイカルガニシキが最大出力で推進器を駆動。鋭く尖《とが》った先端部を下へと向けた。同時に後方では『魔王』が暴れる根元を押さえつけている。

そうしてついに源素晶石でできた巨大な刃《やいば》が、切っ先を『魔法生物《マギカクレアトゥラ》』へと向けた。

進む先では光の柱が触腕《しょくわん》を広げている。その中心に湧き上がる『眼』と視線が合った気がして、エルは叫んだ。

「『魔法生物』……あなたに恨みはありませんが、これも世のため人のため！　そして僕のイカルガのため!!　僕たちが世界を救うのです。だから今再びの眠りへと還りなさい!!」

◆

瞬間、人々は跪《ひざまず》き祈った。

何に対してかはそれぞれだが、何を願ったかは共通していた。ただ迫りくるこの恐ろしい災厄が終わりますようにと。

――そうして彼らは目撃する。

天より降り来《きた》る一筋の流星。虹色の円環が集いて生まれた巨大な力。

黒雲を斬り裂き嵐を食い散らかし、刃《やいば》は無慈悲に落下を続け。光の柱を引き裂きながら突き刺さった――。

◆

嵐を断ち割り超々巨大源素晶石塊が姿を現す。

雲を越え真空に手の届きそうな高さから落下へと移り、魔竜鬼神《ウルトラキシングレート》は一筋の流星と化していた。

「いざ！　吶喊《とっかん》ですっ!!」

かろうじて生き残った魔導噴流推進器《マギウスジェットスラスタ》を起動。落下にさらなる加速を与える。

「ンッヒイァァァ！　ヤバヤバヤバイ落ちるぅぅ⁉」

「それはもう、このまま突っ込みますからね！」

伝声管からオラシオの悲鳴が響く。何しろ彼がいる場所は飛竜戦艦《リンドヴルム》の竜騎士像《ドラゴン・ヘッド》の中である。つまり飛竜の機首に設置されているわけで、最前列で落ちてゆく光景を見せられているのだった。落ち着いていられるはずがない。

景色が目まぐるしく過ぎ去ってゆく。腹の底から湧き上がる不快な浮遊感と共に、触腕《しょくわん》を広げた光の柱が一気に近づいてきた。昇るためにはあれほど苦労したというのに、落ちるとなれば瞬く間《またたくま》である。

「うっせ‼　俺にはまだ目指す『果て』があるんだよ！　こんなところで死んでられねぇんでな、お先に失礼するぜ‼」

既に落ちるだけとなった以上、もはや飛竜戦艦を操る要素は残っていない。そしてまさか最期まで共にするはずもなく。

オラシオは竜騎士像からとある操作を実行する。瞬間、竜騎士像の周囲の装甲がはじけ飛び、内部から小型の翼が現れた。

「竜騎士像、緊急脱出《イジェークト》‼」

緊急脱出機能――源素浮揚器《エーテリックレビテータ》を内蔵した小型の船体が飛竜の機首から分離する。このために飛竜戦艦の最後の命は温存されてきたのである。

人型の上半身を持ち下半身が小舟のようであるその姿は、一見すれば飛翔騎士《トゥエディアーネ》に近しい。しかしこの技術はオラシオ自身が竜頭騎士《シュベールトリヒツ》の延長線上として開発したものであった。

「うおー!?　俺操縦はできねーんだぞ!?!?」

竜騎士像がわたわたと不格好に落ちてゆくのを見送っていると、次は小王《オベロン》の声が届く。

「さあて賽《さい》は投げられたぞ。私もこの辺でお暇《いとま》しようかね。後はこれが刺さるさまをゆっくり見物させてもらうよ」

『魔王』を留めていた固定が外れ、飛竜戦艦から離脱してゆく。虹色の光を放つ翅《はね》を広げ、源素晶石塊《エーテライトかい》に巻き込まれないように距離を取った。

魔竜鬼神《ウルトラキシングレート》を構成していた機体のうち、残るはマガツイカルガニシキだけである。

「……ギリギリまで加速を続けます！　アディ？」

「どこまでもついてくから！」

「よい返事です！」

マガツイカルガニシキが吼《ほ》える。飛竜戦艦の魔導噴流推進器《マギウスジェットスラスタ》は船体から離れて設置されているために、源素晶石の発生には巻き込まれずに済んでいた。そして最後になるであろう噴射を続ける。

雲を貫き大気を斬り裂く。一筋の流星と化した超々巨大源素晶石塊《エーテライトかい》が台風の目の中を一直線に落ちてゆく。

迫りくる槍《やり》の穂先の存在に『魔法生物《マギカクレアトウラ》』——光の柱が声なき声を上げた。

「ここまでです！　離脱しますよ！」

「りょうかーい！」

最後の最後まで残っていたマガツイカルガニシキが飛竜戦艦《リンドヴルム》から離れる。すぐに自身の開放型源素浮揚器《エーテルリングジェネレータ》を起動、浮揚力場《レビテートフィールド》を制動《ブレーキ》にして急減速していった。

魔力供給を失い噴射を終えた超々巨大源素晶石塊が隣を落ちてゆく。飛竜の骸《むくろ》を抱えたまま、触腕《しょくわん》を広げる光の柱へと迫り——。

「これで！　チェックメイトです！」

——突き刺さった。

鋭利に突き出た先端部が出現した『眼』を貫き、その体内へと深々と侵入してゆく。血液が噴き出る様子はない。エーテルだけで構成された身体に液体は存在しないからである。

既に柱そのものよりも巨大化していた超々巨大源素晶石塊が、与えられた力学的エネルギーを存分に解放した。光の柱は引き裂かれてちぎれてゆき、衝撃が周囲の雨雲を吹き飛ばし――。

◆

魔竜鬼神《ウルトラキシングレート》の最後の光景は、パーヴェルツィーク王国の拠点からも見えていた。

周囲に数多《あまた》の幻魔獣《マンティコーラ》の残骸が散らばる中、西方人《せいほうびと》もハルピュイアも揃《そろ》って固唾《かたず》を呑《の》んで結果を見守っている。

そしてついに流星の槍が光の柱を穿《うが》つ。

「……やった！」

衝撃で雨雲が散り、ぽっかりと開いた空間に日光が降り注いだ。陽の光を背に流星の槍が柱に食い込み、四方に引き裂きながら落下を続ける。

「いや、様子がおかしいぞ……！」

ふと誰かが呟《つぶや》いた。彼だけではない。その光景を見守っていた者たち皆が、同じ疑問を抱いていた。

天より来《きた》る流星の槍。未曽有《みぞう》の怪異『魔法生物』を討つに相応《ふさわ》しい力はしかし、見る間に勢いを弱めていったのである。誰もが信じられない思いを抱き、言葉を失って立ち尽くす。しかし絶望はまだ始まったばかりであった。

流星の槍《やり》によって引き裂かれたはずの光の柱が突如として蠢《うごめ》き始めたのである。それは攻撃を受けて破壊されたわけではなかった。柱は自ら裂けることで無数の触腕《しょくわん》を作り出していた。そうして触腕はいっせいに超々巨大源素晶石塊《エーテライトかい》へと巻き付いてゆく。

「うっそだろぉ！　まだ抵抗するってのか⁉」

「源素晶石なら効くんじゃなかったのかよ！」

「止められる……俺たちの全力が……」

光の柱によって超々巨大源素晶石塊が受け止められる。

人々の希望を込めた一撃は『魔法生物《マギカクレアトゥラ》』の力の前に屈しようとしていた。

◆

流星の槍が止まってゆく様子は上空からも見えていた。

「そんな！　エル君、このままじゃ……」

シルフィアーネ三世《サード》から焦りを含んだアディの声が聞こえてくる。しかしエルは動かない。彼は幻像投影機《ホロモニター》の景色に食い入るように見入っている。

「……ではないで……」

「え？」

微《かす》かに何かを呟《つぶや》いたのが聞こえた。アディはじっと耳を澄ます。吹き荒れる風の音の中、聞き逃すまいと集中して。

「駄目ではないですか。失敗なぞ許さないですよ。数多《あまた》の機械《メカ》たちの想いと魂を込めたこの一撃！　それで通らぬというのならば……この僕が通してみせます!!」

「あー、エル君全然やる気だー」

エルの指が操鍵盤《キーボード》の上で躍る。マガツイカルガニシキが一気に出力を上げ、超々巨大源素晶石塊の後を追って飛び込んでいった。

「マズいマズいマズいマズい……！　こいつでダメならもうどうしようもないんだぞ！」

竜騎士像《ドラゴン・ヘッド》の中で、幻像投影機にへばりついたオラシオが叫びをあげる。乾坤一擲《けんこんいってき》のこの作戦に二の矢はない。そうして万が一失敗してしまえば後には破滅だけが待っている。

「くそう！　俺はすぐにでも『果て』を目指したいんだ！　つまんねぇ戦争をやっている時間はない……ん？」

そうして彼は気付く。一筋の光が超々巨大源素晶石塊めがけて飛んでゆくことに。

「アレは……エルネスティか！」

『魔王』の中では小王《オベロン》が頭を抱えていた。

「ええい、エルネスティ君め！　まったく無茶の好きな奴だよ！　……死ぬんじゃないぞ。死なれては君を殺すことができなくなる！　私にこれほどの屈辱を与えてくれたのだ！　勝手に死んだりしたら決して許さないよ‼」

その理不尽な注文は、幸いというべきかイカルガに伝わることはなかった。

周囲の思惑など関係なく、マガツイカルガニシキはまっすぐに突き進む。

「エル君！　細いのが来るよ！」

『魔法生物《マギカクレアトゥラ》』としても、彼らの接近を黙って見過ごすつもりはなかった。光の柱からわっとばかりに大量の青白い『魔法生物』が出現する。これ以上本体が脅《おびや》かされることのないよう、近づくものをすべて迎え撃つつもりだ。

「邪魔はさせません！　全騎投射《フルディスパーション》！　エーテル円環《リング》生成！」

「とぉりゃー！」

マガツイカルガニシキの全身から執月之手《ラーフフィスト》と機動法撃端末《カササギ》が射出される。本体より先行して飛翔した端末群はそれぞれに小規模なエーテルの円環を生成した。浮揚器《レビテータ》としてではなく攻撃が目的である。

「どいてくださいッ‼」

群がってくる青白い『魔法生物』を蹴散らし、執月之手と機動法撃端末が暴れまわる。

いかなる異能を持とうとも、近寄らせさえしなければ脅威足りえない。

端末群がこじ開けた空間を押し通り、マガツイカルガニシキは飛竜戦艦《リンドヴルム》の残骸へと体当たりするように降り立った。

「執月之手で接続します！　アディは小型の迎撃を！」

「うん！　ここは私たちが守るから！」

アディのやる気が銀線神経《シルバーナーヴ》を通じて満ちてゆく。機動法撃端末が急発進し、先ほどに増した勢いで青白い『魔法生物』をふっ飛ばしていった。

アディが『魔法生物』たちを近づけまいと奮闘する間、エルは執月之手を飛竜戦艦の死骸へと潜り込ませていた。

「駄目ですか……衝撃で内部の銀線神経がズタズタになっていますね。ならば直接つなげるしかありません！」

執月之手を引き抜き、飛竜戦艦の魔導噴流推進器《マギウスジェットスラスタ》、そして『黄金の鬣《ゴールデンメイン》』号の船体へと打ち込んだ。

「ふふっ。生きています！　推進器が本体から離れている構造で助かりました。イカルガの力があればまだ動かせますよ!!」

『皇之心臓《ベヘモス・ハート》』と『女皇之冠《クイーンズコロネット》』が咆哮《ほうこう》する。流れ込む魔力が最期の時を待っていた魔導噴流推進器に再びの火を入れた。

ゴォッ、と推進器が吼《ほ》える。巻き付いた触腕《しょくわん》も構わず炎の尾が天へと伸びた。

息を吹き返した推力が超々巨大源素晶石塊《エーテライトかい》を大地へと押し付ける。触腕を巻き付けたまの光の柱が重圧に抵抗した。

先に動いたのは光の柱の側だった。超々巨大源素晶石塊へと巻き付けていた触腕を放すと、飛竜戦艦《リンドヴルム》に取り付いたマガツイカルガニシキめがけて振り下ろす。

「腕がこっち狙ってきた！　あれはカササギちゃんたちじゃ無理かも……！」

「任せてください！　まだ出し物は残っています！」

エルの指が操鍵盤《キーボード》に新たな命令を叩《たた》き込む。次の瞬間『黄金の鬣《ゴールデンメイン》』号に搭載された片側16連装がふたつ、計32基の投射装置が同時に蓋を開いた。

内蔵式多連装投槍器《ベスピアリ》から飛び出した32本の魔導飛槍《ミッシレジャベリン》が一斉に触腕へと襲いかかる。この最終決戦のために先端部に源素晶石を取り付けた、対魔法生物《マギカクレアトゥラ》仕様の特別製である。

めった刺しにされた触腕が明らかに怯《ひる》み、のたうつように逃れていった。その間にも超々巨大源素晶石塊は光の柱を押し込み続けている。

「ここが正念場です！　後のことは！　考えません!!」

エルの操作により魔導噴流推進器《マギウスジェットスラスタ》の制限が解除された。イカルガの生み出す莫大《ばくだい》な魔力を貪《むさぼ》り食らい、全てを推力へと転換する。

流星の尾が天へと伸びる。噴射の轟音《ごうおん》が空飛ぶ大地のみならず、西方諸国《オクシデンツ》にまで響き渡った。

推進器が見る間に赤熱してゆく。自らの生み出す推力と熱に耐えきれないのだ。

「もって……ください……！」

エルは祈るような気持ちで幻像投影機《ホロモニター》を睨《にら》み続けた。光の柱はずっと押し込まれつつも何かが変わった様子もない。このままでは先に推進器の限界が来る──。

エルの頬を汗がしたたり落ちた、その時だった。

それは事態の外側、拠点にいた者たちが先に気付くことになる。

「風が……やんだ？」

唐突に嵐がやんだ。叩きつけるようだった雨はあがり、風は見る間に勢いを緩めてゆく。

この嵐は純粋な気象現象ではなく魔法現象なのである。つまりは行使者たる『魔法生物』が『天候操作級魔法《ハザード・スペル》』を停止したということであり。

「今度こそやったのか……⁉」

それは魔法が行使できないほど『魔法生物』が弱ってきているということを意味する。天候すら操ってみせた脅威は過ぎ、後は大地の中まで押し込むだけとなった。

「行け！　もう少しだ！」

「西方諸国《オクシデンツ》万歳‼」

拠点に歓声が湧きおこる。言葉に後押しされるように、超々巨大源素晶石塊《エーテライトかい》は最後の一押しとばかりにひときわ強く炎を放つ。

直後、推進器が完全に沈黙した。限界に達したのである。

魔竜鬼神《ウルトラキシングレート》が誇った2基の大型推進器はどちらも焼けこげ、元の機能が不明なほどボロボロになっていた。

——動き出す。超々巨大源素晶石塊からの圧力が失われたと見るや、光の柱が源素晶石塊に巻き付けていた触腕《しょくわん》を放し、そのまま大きく広げる。長大な触腕が巨大な影を落とし、地上から動揺の声が上がった。

「一歩、及びませんでしたか……」

エルが肺の空気を絞り出すように呟《つぶや》く。

その時、触腕の付け根の部分がぼこぼこと沸き立つように膨れ上がった。多数の球体が鈴生《すずな》りになったような形状の部位が出現してゆく。『魔法生物《マギカクレアトゥラ》』の眼である。エルは『眼』

が現れた瞬間から、イカルガを貫く視線を感じていた。

「こっちを見ている……僕たちを認識している？」

なぜだろうか、鈴生りの『眼』が楽し気に揺れたような気がした。

次の瞬間、不意に太陽の光が翳《かげ》った。魔法現象の停止と共に天を覆っていた黒雲は薄れ、陽の光を遮るものなど既にないというのに。

ただ光だけが失われ、世界に夜が訪れる。

「あれを見ろ！　光が……降ってくるぞ！」

それは揺らめくような光の帯であった。七色の光を織って作られた極光《オーロラ》である。

暗黒の空を揺蕩《たゆた》っていた光の帯が大気を貫いて地上まで伸びて。それは触腕を広げた光の柱へと降り注いだ。

「なんだ、何が起ころうとしている⁉」

もはや正確に事態を理解している者はいない。皆、幻想的な光景を前にただ震えることしかできなかった。

「ええー！　エル君、あれ確か真空にあった奴だよね？　キレーだけどどうして？」

「……おそらくエーテルを補充するつもりなのでしょう」

そう、この極光はエーテルの作用によって生み出されたもの。自体が大量のエーテルによって構成されている。

真空よりエーテルを汲《く》み出した光の柱が触腕《しょくわん》をざわめかせた。広げていた触腕を再び閉じてゆき。途中、触腕に大量の巨大な棘《とげ》が生えた。それは虹色を帯びた結晶質の物体――源素晶石《エーテライト》でできている。

最強の騎体と最高の騎操士《ナイトランナー》が集って、全力を振り絞ってようやく為《な》しえた奇跡を、『魔法生物《マギカクレアトゥラ》』はいともたやすく為してみせた。

「そんなのあり――!?」

「さすが、エーテルに関してはあちらのほうが一枚上手《うわて》ということですね」

「感心してる場合じゃないし――!」

棘はさらに成長を続け、やがて棘同士が絡み合い癒着《ゆちゃく》し、まるで編み籠《かご》のように超々巨大源素晶石塊を囲い込んだ。飛竜戦艦《リンドヴルム》の上に立つマガツイカルガニシキへも、周囲から源素晶石の棘が迫りくる。

「カササギちゃん！　全部やっちゃいなさい！」

機動法撃端末《カササギ》が舞った。源素晶石であれば法撃が通じる。炎弾が乱れ飛んで、迫りくる尽《ことごと》くを粉砕してゆく。

「エル君！　これじゃあ周りしか掃除できないよ！」

「いえ、待ってください。どうも様子がおかしいです……」

触腕から伸びた源素晶石の棘が次々と超々巨大源素晶石塊に突き刺さってゆく。刺さる端から癒着を始め、それらはひとつの源素晶石と化していった。

「まるで……源素晶石塊を取り込もうとしているような」

触腕と源素晶石を用いて、塊《かたまり》を固定したかのような形となる。そうして再び風が渦を巻き始めた。光の柱の周囲に激しい大気の流れが発生する。

「また嵐を使う気よ！」

「どうも風向きが違います。これは……むしろ吸い込んでいる……？」

嵐の起きる前兆であれば上昇気流を起こすはずである。しかし今回は真逆。大気はひたすらに光の柱へと向けて流れ込んでゆく。

その間も、天から降り注ぐ極光《オーロラ》は未《いま》だ途切れることなく続いていた。やがて風はエーテル交じりの激流と化して光の柱へと吸い込まれてゆく。

「まずいですね。『嵐の衣《ストームコート》』が不安定になっています！」

エルたちの命のみならず魔力転換炉《エーテルリアクタ》をも護《まも》る生命線である、『嵐の衣』が揺らいでいた。

荒れ狂うエーテルの激流が恐るべき負荷となって風の護りを脅《おびや》かしているのだ。

「さすがに逃げた方がいいかも！」

「賛成ですね」

アディの言葉にエルも頷《うなず》く。しかしマガツイカルガニシキが動き出す前に『魔法生物』

が行動を起こした。

――光の柱が沈み始める。

空飛ぶ大地にかつてない激震を呼びながら、光の柱が沈んでゆく。解《ほど》けて揺らめいていた触腕《しょくわん》が次々にひとつの柱としてまとまってゆく。当然、棘《とげ》によって触腕と癒着《ゆちゃく》した超々巨大源素晶石塊《エーテライトかい》もまた沈んでいった。飛竜戦艦《リンドヴルム》の亡骸《なきがら》の上でマガツイカルガニシキがもがく。

「先手を取られるとは……！　あの視線の意味はこれだったのですか！」

周囲を流れるエーテルの量は時とともに増加すらしている。これを突破することはマガツイカルガニシキですら既に困難であった。

「上が無理ならば、真横を破壊すればよいこと！」

触腕さえ避けてしまえば源素晶石は破壊できる。イカルガが銃装剣《ソーデッドカノン》を構えるや、法撃を撃ち放った。

何ものをも貫くはずの轟炎《ごうえん》の槍《やり》はしかし、エーテルの流れに呑《の》み込まれて瞬《また》く間に溶けて消える。

「うそぉ!?」

「銃装剣でもたないとは……」

銃装剣は幻晶騎士《シルエットナイト》が携行する魔導兵装《シルエットアームズ》としては最上位の威力を誇る。それすらエーテルの干渉の前に無意味と化していた。

「まだです！　接近できれば体当たりでも！」

飛竜の背を蹴り、マガツイカルガニシキが飛び出す。瞬間、エーテルの流れがイカルガを捕らえた。

「なんて圧力！　進めない……!?」

「干渉が酷《ひど》くて推進器の出力が上がらないよ！」

流されるまま呑み込まれてゆく。

エーテルの激流の中でもがいていると、進む先にあった『魔法生物《マギカクレアトゥラ》』の『眼』と視線がかち合った。ぽこぽこと湧き続ける球形の部位がじっとイカルガを注視している。

「……なるほど」

その時、エルは閃《ひらめ》きを得た。それが果たして突破口と呼べるのか、エル自身にすら確信はない。しかし他に道がないのも確かであった。

「アディ。上がることはできず横への突破も難しい。こういう時はどうすればいいと思いますか？」

「うーん。前に進むかな」

「その通り！」

前――『魔法生物《マギカクレアトゥラ》』が待ち構える下へと向けて加速する。エーテルの流れに逆らわず乗ってしまえば、むしろ干渉は抑えることができる。一瞬で『魔法生物』の『眼』が迫る。

「『魔法生物』よ！　どうせならば大地に還る前に、直接ご挨拶に参りました！」

イカルガが銃装剣の刀身を開く。露出した魔導兵装《シルエットアームズ》を転用し、とある魔法術式《スクリプト》を実行した。

「源素化被膜《エーテリックコーティング》!!」

そう、マガツイカルガニシキは単体で源素晶石《エーテライト》の生成に成功している！　しかも周囲には溢《あふ》れるほどのエーテルが存在する。これを利用しない手はない。

だが生成できたのはほんの僅かな量だった。頼りない結晶が刀身の先端だけを覆う。

「エル君！　カササギちゃんも一緒に！」

「全騎投射《フルディスパーション》でいきますよ！」

執月之手《ラーフフィスト》と機動法撃端末《カササギ》が分離し、エーテルの円環を発生させるとイカルガと並走した。そうしてマガツイカルガニシキが『眼』まで到達する。

「僕は銀鳳《ぎんおう》騎士団団長、エルネスティ・エチェバルリアと申します!!　どうかこの一刀、深く刻んでお帰りください!!」

イカルガが『眼』の中に飛び込むようにして銃装剣を突き刺した。遅れじと執月之手と

機動法撃端末《カササギ》が周りの『眼』めがけて突っ込んでゆく。

衝撃が『眼』の表面をぶるりと波打たせ。直後、『魔法生物《マギカクレアトゥラ》』が全身を震わせた。『眼』が急激に膨らんでゆく。イカルガを半ば埋もれさせたまま倍ほどにも膨れ上がった『眼』が、唐突に弾《はじ》けた。

「……ッ⁉」

想像を上回る衝撃が襲いかかる。それは周囲を流れるエーテルの激流が一瞬、完全に逆流するほどの威力だった。マガツイカルガニシキは衝撃に呑《の》み込まれて錐《きり》もみ状態で吹き飛ばされてゆく。

「うわぁぁぁあああぁッ⁉」

もみくちゃになりながらどこともわからず飛ばされていく途中、遠くから長い咆哮《ほうこう》が聞こえたような気がした――。

◆

――光の柱が大地へと還ってゆく。

猛烈なエーテルの激流は未《いま》だ流れ込み続けている。これまで流出した以上のエーテルを補充し、ついに触腕《しょくわん》の先までが引っ込んでゆく。

瞬間、天から流れ込んでいた極光《オーロラ》の帯がふっと消失した。そうして漂う残留エーテルが爆発的な衝撃波によって吹き飛ばされる。

大地の激震が収まってようやく、人々は恐る恐る立ち上がった。そうして全てが過ぎ去った後を見上げてみれば。

そこには屹立《きつりつ》する1本の巨大な源素晶石塊《エーテライトかい》があった。飛竜の残骸を内部に取り込んだ、とてつもなく巨大な源素晶石塊。かつてよりもさらに太さを増した塊《かたまり》が空飛ぶ大地の中心に出現したのである。

斯《か》くして『魔法生物』は再びの眠りについた。

一部始終を目撃した全ての西方人《せいほうびと》、ハルピュイアは思い知った。『魔法生物』とは、到底人の身で御せる存在ではない。ただそれが眠り続けるという気まぐれの上で過ごしてゆくしかないのだと。

◆

「ううーん。何とか助かりましたね！」

「さすがに最後のは、賭けって言うより自棄《やけ》だったよねー」

「終わりよければすべてよしです」

イカルガの操縦席で、エルはひっくり返った状態から身体を起こしていた。伝声管からはアディの元気なツッコミが聞こえる。二人とも無事のようである。

「しかしひどい目に遭いました。とりあえずは起き上がりましょう！」

『魔法生物《マギカクレアトゥラ》』の眼を攻撃して突然のエーテルの炸裂《さくれつ》を受けた後、どこをどう通ったのかはさっぱり記憶にない。もみくちゃになりながらふっ飛ばされ、気付けばこの場所に機体が突っ込んでいたのだった。

軋《きし》みながらマガツイカルガニシキが立ち上がった。装甲はあちこち歪《ゆが》んでいるし、可動式追加装甲《フレキシブルコート》などの外付け装備は軒並み吹っ飛んでしまっている。しかし基本的な機能に問題はなく、合体状態も続いている。無事に生き残ったと言っても差し支えないだろう。

「皆の元に戻りましょうか。拠点がどうなったのか色々と気になりますし」

イカルガが首を上げ、晴れ上がった空を見上げる。遠くには突き出た超々巨大源素晶石《エーテライト》塊《かい》が霞《かす》んでいた。

「それに、これからの後片付けが一番大変そうですしね」

第百四話　エピローグ――建国宣言

「はぁ。なんとかなったぜ……。だから俺は鍛冶師《かじし》であって騎操士《ナイトランナー》じゃねぇっての……」

大地に刻まれた一筋の傷。豪快に地面を滑走した竜騎士像《ドラゴン・ヘッド》から、ほうほうの体《てい》で脱出したオラシオが大きく伸びをする。

ここしばらくの嵐が嘘《うそ》のように空が晴れ渡っていた。吹き荒れていた濃密なエーテルもすっかり薄れ、呼吸にもまるで問題がなくなっている。

「しっかしあんなもんが出来上がるとはね」

空飛ぶ大地の中心、かつて『禁じの地』と呼ばれた場所には今、新たな源素晶石塊が突き出していた。源素晶石らしくうっすらと虹色の光を放っているのはこれまで通り。以前よりも一回り以上巨大になっている上に、内部に取り込まれた飛竜戦艦《リンドヴルム》の骸《むくろ》がうっすらと透けて見えるのが大きな違いだった。

「やり切ったかぁ。作戦とも言えないようなデタラメの突貫工事だったがやり切っちまった。おお怖い怖い。やっぱり世の中平和が一番ってぇことですわな」

飛空船《レビテートシップ》の生みの親にして飛竜戦艦、竜闘騎《ドラッヒェンカバレリ》の設計者である彼は、現在最も力のある技術者の一人である。戦《いくさ》が起これば間違いなく兵器の設計を要求されることになり、出資者の要求とあれば嫌々ながらも応じなければならない。それは彼の望むところではなかった。ちなみにこれは彼が平和をこよなく愛しているということでは全くなく、単にそんな面倒なことをしたくないだけである。

彼本来の望みである『果ての探求』に乗り出すためには兵器開発なぞ邪魔で仕方がない。『流星槍作戦《オペレーション・バスターランス》』の途中に垣間見《かいまみ》た『果て』の景色は未《いま》だ瞼《まぶた》の裏に焼き付いている。それが消える前に再びあの場所まで辿《たど》り着き、越えねばならなかった。

「まぁずは源素浮揚器《エーテリックレビテータ》の改良だな……あんな高さまで上がるには相当いじくらないといけねぇぞ」

彼の頭の中でさまざまな試作案が浮かんでは消えてゆく。『流星槍作戦』はまさしく力技もいいところで、ありていに言えば微塵《みじん》も再現性がない。再び辿り着くためには相当な技術的革新が必要となるだろう。だが不可能ではない。それだけで彼は身震いを抑えきれないでいた。

「問題はどう金を出させるかだが……。よし、『魔法生物《マギカクレアトゥラ》』の脅威がなんたらと吹き込んでみるか！」

その時、背後から重々しい足音が聞こえてきてオラシオは振り返った。

「ん？　ようやっと迎えが来たか……」

そこにあったのは1騎の幻晶騎士《シルエットナイト》。——全身くまなく剣を装着した、異様極まる装備形式の黒い騎体。

オラシオは知っている。それは西方諸国《オクシデンツ》随一の知名度と危険度を誇る、剣の魔人——。

「……んぎげぇっ⁉　お前、マルドネスの倅《せがれ》かぁっ⁉」

「ご名答っさ！　久しぶりじゃねぇかぁ、鍛冶師《かじし》よぉ‼」

ブロークンソードの胸の装甲が開き、操縦席からグスターボが躍り出てくる。幻晶騎士の胸の高さからなんなく降り立ち、まるで友人に話しかける気さくさで歩み寄ってきた。

「いよう裏切り者、待たせちまったかぁ？　これでもこの大地にいるって聞いてから、ずいぶん探したんだぜェ」

オラシオは脂汗を流しながら後退《あとずさ》る。

『グスターボ・マルドネス』——先の大西域戦争《ウェスタン・グランドストーム》から現在に至るまで逸話には事欠かない人物である。曰《いわ》く、弱り果てたジャロウデク王国がもてる唯一の刃《やいば》にして最強の剣。西方諸国全体で見ても最上と言える腕前を誇りながら、その技量に反するように性格は凶悪そのもの。剣に魅入られ、剣を振るうためだけに生きる魔人。

オラシオはかつてジャロウデク王国に雇われていたことがある。先の戦にて飛空船《レビテートシップ》を実用化したのがまさにジャロウデク王国であり、かの国の力あればこそ日の目を見たと言ってもよい。にもかかわらず彼は、負け戦《いくさ》とみるやさっさと見限って逃げ出してきた。取り繕いようもないほどの裏切り行為をやらかしているのである。

それゆえにオラシオは別の大国に身を寄せ、その庇護《ひご》を必要としていたのだが。黒塗りの刃《やいば》はいつの間にか背後まで忍び寄っていた。

逃げ出すか、一瞬だけ思案してすぐに諦める。抵抗は無意味である。グスターボであれば3歩歩く間にオラシオを切り刻むことだってわけはない。

「……俺を殺しに来たのか。贅沢《ぜいたく》な話だなぁ、黒の狂剣さんよ。あんたほどの使い手を暗殺者にするなんて」

「別にぃ、国から言われたわけじゃねっさ。俺っちぁここに石拾いに来てんだからよ」

「なに？　じゃあなぜ俺のところに来たんだ」

「正直ついでみてーなもんだが……挨拶は大事だと思ってよ」

「挨拶だぁ？」

「おう。んじゃしっかり受け取れ。こいつが……義親父《おやじ》からの、一言だっぜ!!」

グスターボがいつ動き出したのか、オラシオはついに気付くことはなかった。なぜなら次の瞬間には渾身《こんしん》の拳が頬に炸裂《さくれつ》し、彼は錐《きり》もみしながらぶっ飛んでいたからである。

べちゃりと地面に叩《たた》きつけられてビクビクと痙攣《けいれん》するオラシオを眺めて、グスターボは満足げに額を拭《ぬぐ》った。

「ふぅ〜。いっやぁ〜すっっっきりしたぜ〜!! 安心しろい、殺しゃあしねぇ。今の雇い主がいるんだろ? まだ喧嘩《けんか》売るにははえーからよ。いざとなったら真っ先に斬ってやっから楽しみにしてろい」

完璧に気絶しているオラシオには聞こえていやしないだろうが。グスターボは爽《さわ》やかに深呼吸をする。空気がおいしい。

「さって。なんだか空も晴れたしよう、適当なとこに放り込んだら帰っか! ずいぶん働いたっしよ、こりゃあ国元に戻ったら新しい戦場を用意してもらわねーとなぁ! 活きのいいヤツが斬りてぇっぜ!」

グスターボは適当にオラシオの足首を掴《つか》むと、乱暴にずるずると引きずっていったのだった。

しばらく後。

オラシオの行方を捜索していたパーヴェルツィーク王国の騎士たちは、拠点近くの森の中で蔦《つた》に絡まって逆さ吊りになっている彼の姿を見つけ出した。何やら頬を強くぶつけたらしくやたらと腫れあがっていたが、意識を取り戻した後も、彼は脱出時の事故とだけ言って詳しくは語らなかったという——。

◆

エムリス・イェイエル・フレメヴィーラはぼやいていた。頬杖《ほおづえ》がめり込む。彼の体格に見合っていない机は大量の書類によって埋め尽くされていて腕を伸ばすことすらできない。
彼には政治がわからぬ。いや国元でも留学先でも叩《たた》き込まれてきたが、自分には向いていないと考えている。机仕事なんぞよりも前線で剣を振るっているほうがよほど性分に合っていた。

「……納得がいかん」

それはそれとして、この仕事には納得がいかない。なぜならば。

「そもそもといえば、やらかしたのはほとんどがエルネスティだろう！　なぜ俺たちが書類の山と格闘せねばならんのか⁉」

「そりゃまー。事の起こりは俺たちが飛び出したことにあるからじゃないですかね」

「キッドよ、お前は誰の味方なのだ？」

「後片付けやれば色々と不問にしてくれるってことですから、ここはおとなしく頑張っておきましょうよ……」

フレメヴィーラ王国、クシェペルカ王国双方の同意の下《もと》、エムリスとキッドには事後処理という名の頭脳労働が課せられていた。やらかしたことを罰するよりも後始末の経験を積ませようという考えがあったのだろう。

しかし起こったことは大きすぎ、片付けるには絶望的に人手が足りなかった。おかげで二人はここ数日の間ずっと缶詰状態である。

「こういうのは銀の長にも手伝わせるべきだ。よしそれがいい！」

エムリスはペンを放り投げて壁にぶっ刺すと、椅子を蹴立てて立ち上がった。キッドが眉をひそめて睨《にら》んでくる。

「逃げないでくださいよ。サボったら俺も怒られるんですから」

「なんとかなる！　それにエレオノーラ《ヘレナ》ならば怒ってでも加減してくれるんじゃないのか？」

「ヘレナが怒ると悲しそうな顔のまま黙られるんで、下手に怒鳴られるよりきついんですよ……」

「……そ、そうなのか。とりあえず銀の長を捕まえたらすぐに戻ってくる。アイツがいればこの程度の書類仕事、すぐに片付くだろうからな！」

「はぁ。あんまり長く出てると大旦那に報告しますからね」

「お前もだんだんえぐい手を使うようになってきたな……」

なんとかキッドを丸め込むと、エムリスは肩を回しながらエルネスティの元へと向かうのだった。

飛翼母船《ウィングキャリアー》イズモ、中央船倉。今この船は地上に降りて銀鳳《ぎんおう》騎士団の臨時拠点として機能している。

そこにはエルにアディ、親方とディートリヒ、エドガーとヘルヴィといった首脳陣が勢ぞろいしていた。加えて中隊長や伝令役まで控えさせていると船橋では手狭になるため、最近は専《もっぱ》ら船倉の一部を占拠して仕事場にしている。

「やれやれ。飛空船《レビテートシップ》は損失なしの消耗山盛り。飛翔騎士《トゥエディアーネ》は損失を含め結構手痛い損害だとよ」

「とはいえ人員の損害はありません。西方世界《せかい》を救った代償としては慎ましやかなものですよ」

「そうかなぁ……?」

「さすが飛竜を突っ込ませた大団長は言うことがちげぇ」

親方が報告書を丸めて投げ捨てた。何かこう、色々とまじめにやるのが馬鹿らしくなってくる。

「経験を積むという意味ではこの上ない機会であったけどね」

「そいつぁ斜め方向に前向きなこって」

他国との協働、未知なる『魔法生物《マギカクレアトゥラ》』との戦い。さらには未曽有《みぞう》の『天候操作級魔法《ハザード・スペル》』

との遭遇など、短期間に危険すぎる修羅場が目白押しだった。

紅隼《こうじゅん》、白鷺《はくろ》騎士団の新人たちも否応なく成長したことであろう。そもそもこれほどの事件を経験する騎士というのが世界にどれほどいることか。彼らは既に立派な一人前の騎士である。きっとこれからも大事件のたびに最前線に放り込まれるのだからして。

「問題はこの空飛ぶ大地が西方諸国《オクシデンツ》に広く知れ渡ったことでしょう。『魔法生物』が眠る危険な地においそれと手出ししてもらっては困るところですが――」

「……その辺は若旦那に頑張ってもらおうぜ。少なくとも鍛冶師《かじし》の仕事じゃあねぇよ」

「同感だね～」

親方は鎚《つち》も握らずふんぞり返っているし、バトソンはおやつを抱えて貪《むさぼ》り食っていた。

帰ってきたマガツイカルガニシキの補修を含む作業は、経験を積むことになるとかなんとか言ってデシレアに投げつけてきた。彼らは『流星槍作戦《オペレーション・バスターランス》』の準備で飛竜戦艦《リンドヴルム》を突貫工事で改修するという重労働をこなしてきたばかりである。よって今は自由を謳歌《おうか》してもよいのだ、とは本人たちの談であった。

あれこれと話していると、アディがするりとエルを抱きしめてきた。

「エル君、私もがんばったからご褒美が欲しいなって」

「そうですね。アディにはいつも助けられていますから。僕ができることなら……」

「うんうんできる。だから今日は一日たっぷりとエル君を堪能します」

「……えーと」

「うひふふふ……思う存分すりすりしてうにうにしてえるえるするんだ……」

「親しき仲にも礼儀とか、そういうものは」

「夫婦だから大丈夫大丈夫大丈夫」

何が大丈夫なのか皆目わからなかったが、アディは異様にがっちりとエルをつかんで離れようとしない。恐ろしいのが、強化魔法の類《たぐい》を使っていないのにこれだけの膂力《りょりょく》を発揮していることだった。これはもうダメかもしれない。

抱きかかえられたまますすすと部屋に移動し始めて、エルが慌てて止めた。

「落ち着いてくださいアディ。まだお仕事が残っているかもしれません……」

助けを求めて周囲を見回す。

「こっちは坊主がいなくとも大丈夫だ。つうか、いねーほうが仕事が減っていい」

「大船に乗ったつもりで我々に任せてくれたまえよ」

「『魔法生物《マギカクレアトゥラ》』との戦いでは助太刀できなかったからな。こちらで頑張らせてもらおう」

「いってらっしゃいアディちゃん」

「……うん、心強いですね……」

「ふふー。皆ありがとう～それじゃ！」

微妙に納得いかない表情のまま、エルが運ばれてゆく。

そうしてご機嫌なアディが部屋に向かっていると、並んだ荷物の向こうからやってきた大柄な人物と鉢合わせした。エムリスである。

「おう銀の長、ちょうどいいところに！　ちょっと書類整理が大変だから手伝えいやなんでもない！　失礼したな!!」

「…………」

アディと目が合った瞬間、エムリスは猛速で回れ右をキメた。

後に彼は述懐する。あの時わずかでも撤退が遅れていれば、俺は世にも惨《むご》たらしい死に様を晒《さら》していただろう――と。

結局、エムリスとキッドは必死こいて仕事をこなした。

◆

「どうしたのだ、フレメヴィーラの王子。何やらやつれているように見受けるが」

「……気にするな。ここのところ少々根《こん》を詰めすぎただけだ」

フリーデグントは頷《うなず》いた。彼女自身、後始末のために山のような仕事を片付ける羽目になっており、とても他人事《ひとごと》とは思えない。

「端から片付けているというのに、まるで終わる気がしない」


「同感だ」

「こんな時にエチェバルリア卿《きょう》は何をしているのだ。あやつがいればもっと手早く終わりそうな気がするが」

「……………命が惜しくば今のアイツに関わらないことだ」

やけに必死なエムリスの様子をわずかに訝《いぶか》しむが、それ以上深くは尋ねなかった。いずれにしろエルネスティは他国の人間である、何かしら事情があるのだろう。

「とはいえ苦労の甲斐《かい》あって、こうして草案は出来上がったわけだが」

そう言ってエムリスはやたら分厚い紙束を無造作に机に投げた。作成には彼自身もたっぷりと関わっており、内容はほぼ頭に入っている。ついでに嫌な記憶が湧き起こってくるのでなるべく読み返したくはなかった。

「空飛ぶ大地の未来を決める標《しるべ》か。しかしよかったのか。これを我々に考えさせても」

フリーデグントではない、もう一人の人物へと話しかけた。小王《オベロン》は一人優雅に硝子杯《グラス》を傾けていたが、問われてゆっくりと頷《うなず》いた。

「良いも悪いもないものだねぇ。こいつは西方人《せいほうびと》向けの代物《しろもの》だ。ハルピュイアにせよ私にせよ、疎《うと》い人間にやらせる気かね？　それは薄情というものじゃあないか」

けらけらと笑って答えるが、眼だけは全く笑っていない。何しろ面白くないのである。

「どうにもこの大地の存在を知る人間がずいぶん増えたらしいからねぇ？」

それは避けえぬ状況であった。

『魔法生物《マギカクレアトゥラ》』——光の柱が大地へと戻った後のこと。沈下を続けていた空飛ぶ大地は突如として浮上に転じ、ややあって元の高度まで復帰した。それに伴っていくらか移動し、ある程度元の場所に近づいたものの、結局は今も西方諸国《オクシデンツ》の南方に引っかかっている。

既に、海の向こうの謎の大地などではなくなってしまったのである。

「聞くところによれば、どうやら『流星槍作戦《オペレーション・バスターランス》』の一部始終が目撃されていたらしいな」

「それはさぞかし愉快な演し物《だしもの》だったことだろうねぇ」

ついに堪《こら》えきれないとばかりに小王が破顔した。

謎の空飛ぶ大地に嵐を呼ぶ光の柱、ついには天から巨大な結晶が流星となって落ちてきたのだから、それはもう最高の演目だったことだろう。もはや笑うしかないというものである。

「笑い事ではないぞ。おかげで慌てて対策をまとめる羽目になったのだ」

フリーデグントがうんざりとした様子で呟《つぶや》いた。

そんなこんなで、この大地の存在が広く周知されてしまったのである。派手であればあるほど強く好奇の目を引くことになる。だからこそ大地の周囲が飛空船《レビテートシップ》で埋まってしまう前に彼女たちは動く必要があった。

「くく……これから来る客が賢明であるはずなどないからねぇ。うっかり『魔法生物《マギカクレアトゥラ》』の眠りを妨げてもらっては困る」

あれほど苦労し、数多《あまた》の犠牲を払ってようやく大地に還したのである。同じ轍《てつ》を踏むことだけは避けねばならなかった。

「結局、頼みの源素晶石《エーテライト》の自由生成はかなわぬ夢だったしな……」

ひとつ彼らにとって当ての外れたことがあった。切り札となるはずだった源素晶石の生成技術が不首尾に終わったのである。

「はははは。さすがは我が不倶戴天《ふぐたいてん》の仇敵《きゅうてき》、エルネスティ君だ。まさかアルヴである私にすら扱えない術式を仕上げてくるとはね。彼の頭は大丈夫なのかい？」

「……奴はいつもあんな感じだよ」

没となった原因は至極単純で、使える人間がいなかったからである。魔法能力の高さを誇るアルヴが扱いきれない時点で、たいていの人間種族にとって使えない代物《しろもの》と成り果てていた。

「それも許しがたいことであるから研究は続けるともぉ。いずれは『魔王』にでも載せてみるつもりだが……君たちの寿命のうちには完成しないかもしれないね」

「さすがはアルヴ、気の長いことだ。しかし残念なことに俺たちは喫緊《きっきん》の問題について話し合っている」

ちなみにこの術式を組み上げた本人であるエルネスティとイカルガが揃《そろ》えば、実行は可能である。

しかしたかが源素晶石のために彼を専属で従事させるのはあまりにも収支が合わない。結局のところ今は実用的ではないということで、全員の認識は一致していた。

「この大地に埋蔵された源素晶石についても早晩知れ渡ることだろう。これを押さえつけるのはむしろ暴発を招きかねない。緩やかでも取り扱うしかないな」

「交易か」

「結局のところシュメフリークの言った通りになったというわけだ」

西方諸国《オクシデンツ》との付き合いにおいて源素晶石の問題を避けて通ることはできない。そして自由な採掘を許すことも絶対にできない。

ゆえにハルピュイアとの交易を通じてのみ源素晶石を流通させる。シュメフリーク王国がやっていたことを広く適用しようということである。

「……そのために全ての国において空飛ぶ大地に領土を持つことを禁じる、か。しかしよくぞパーヴェルツィークが撤退する気になったものだな。こう言っては何だが貴国の投資を考えれば、本国が納得したとはとても思えないが」

「地面のすぐ下にあんな化け物が埋まっている場所を掘れと？　酒樽《さかだる》に火をつけて飲むようなものだ。飛竜戦艦《リンドヴルム》を失ってなお学ばない者など我が国にはいない。……そういうことだよ」

おそらくは色々なやり取りがあったのだろう。フリーデグントの表情は晴れやかとは言えないものだったが、確かな満足を感じさせるものだった。

エムリスはふと小王《オベロン》の後ろに控えるハルピュイアに目をやる。

「それでスオージロよ。お前の群れも『魔王』の下につくことにしたのか」

「爪を交えたわけではない、たまさか風向きが合わなかっただけのことだからな。風は気まぐれだ。同じ向きに吹けば並んで飛ぶこともある」

スオージロの仏頂面《ぶっちょうづら》の隣で小王がにぃと笑ってみせる。

「最後まで自らの翼で羽ばたいてみせた、気骨《きこつ》の徹《とお》った翼をもっていた群れだ。それに元々西方人《せいほうびと》との付き合いがあるようだしね、先頭を飛ぶものとして心強いことさ」

西方諸国《オクシデンツ》が動き出した今、ハルピュイアもそのままではいられない。良くも悪くも接触は避けられず、であれば西方人との付き合いができる者が必須となってくる。そこで一連の出来事の間、エムリスたちと行動を共にしてきたスオージロたちに白羽の矢が立ったというわけである。

「なぁ、小王。やはり気になるのだが……アルヴであるお前がそこまでするのはなぜだ？

『魔王』の力とお前の知恵があれば、西方諸国に潜り込むことだって容易《たやす》いだろうに」

しばらく話を聞いていたエムリスがふと問いかける。小王――秘匿された民であるアルヴの出でありながら『魔王』を駆り、ハルピュイアのためならば命を賭して『魔法生物《マギカクレアトゥラ》』に挑む。どう考えてもそこまでする理由が見えなかった。

「だから言っているだろう、私は同胞のために動いているとね」

「しかし……」

「そも、ハルピュイアとは我々アルヴの血に連なる者たちなのだよ。遠き昔に分かれ、それぞれの地に合わせた姿を得た。だから彼らの魔法能力は空を飛ぶことに長《た》けている。……あの敗北の後、あてどもなく彷徨《さまよ》っている時にこの地を見つけた。西方人と関わるなんて絶対に願い下げだが、遠縁の者たちのためとあらば否やはないさ」

「そうか……なるほどよくわかった！　遠かろうと近かろうと縁は縁、大事なことだな！」

小王の言葉に深く頷《うなず》く。何しろかつてエムリスは縁者を救うために隣国の戦《いくさ》に首を突っ込んだことがある。その意味で行動に似通ったところを見つけておおいに納得していた。

「しかし貿易を掲げるとはいえ……不届き者は絶えないだろうねぇ。これからを考えればハルピュイアたちもより戦えるようにしないと。何せ『魔王』も私も永遠には程遠い。しかもこの大地にはあの厄介な『魔法生物』が眠り続けるわけだからねぇ、くくく……」

彼らには自らの身を護《まも》るとともに『魔法生物《マギカクレアトゥラ》』の眠りを監視せねばならないという使命が課せられている。それは西方諸国《オクシデンツ》とは関係なく、彼ら自身の住処《すみか》を守るために必要なことだった。重大な使命として子々孫々まで伝えられてゆくことだろう。

「はぁ。まったくやるべきことは山積みであるねぇ……」

その山積みの仕事を急いで片付けているのには理由がある。そのひとつが——。

「そう言えばなんだが。『魔王陛下』よ、戴冠式《たいかんしき》はいつにするのだ?」

◆

——それは西方諸国中が謎の空飛ぶ大地の噂《うわさ》でもちきりになっている頃。

突如として各国へ向けて、とある書簡が送り付けられてきた。中身を検《あらた》めた国々は衝撃を受けることになる。何せ発信元国家が『魔王国』、発信者の名は『初代魔王』。しかもその内容といえば——。

ひとつ、『初代魔王』は空飛ぶ大地を領土として、『魔王国』の建国をここに宣言する。

ひとつ、『魔王国』の住人はハルピュイア族のみである。

ひとつ、『魔王国』は西方の大地を侵すことなく、またいかなる国家による支配も受け付けない。

ひとつ、『魔王国』は交易をもってのみ西方の国々と関わることとする。

ド派手な大事件と共に各国の注目を浴びていた空飛ぶ大地だったが、いきなり聞いたこともない『魔王』なる人物によって国が興《おこ》されたという。各国が少なからず混乱したのは言うまでもない。

少し詳しく調べてみれば、かの大地が潤沢な源素晶石《エーテライト》を抱えているということはすぐにわかる。折からの飛空船《レビテートシップ》建造競争の最中である。にわかに色めき立つ国も少なくはなかった。

そんな者たちの出鼻をくじくような建国宣言であったのだ。しかも一方的な通告を受けて怒りを覚えた国々は、賛同に名を連ねた国の数々を見て目を剥《む》いた。

『パーヴェルツヴィーク王国』

『クシェペルカ王国』

『フレメヴィーラ王国』

『シュメフリーク王国』

これらの国が『魔王国』の建国を認め、交易の尊重と相互の不干渉をもってその守護にあたる──宣言にはそう添えられていたのである。

万が一にも敵に回した瞬間、まず間違いなく死ねる面子《メンツ》であった。あらゆる国が振りかぶった剣を速攻で隠しにかかったのは言うまでもない。

ジャロウデク王国が元気な頃であればさぞや賑《にぎ》やかだったろうと思えたが、意外にも鷹《おう》揚《よう》な承認を発表していた。ちなみにあの国は最近、にわかな好景気に沸いている。削り取られた領土を、再建した飛空船団《レビテートシップ》をもって飛び越えようとしているとの噂《うわさ》が絶えない。

意外といえばもう一国、業突《ごうつ》く張《ば》りで知られた『孤独なる十一国《イレブンフラッグス》』が賛同に回ったことであろう。どんな条約にも最後までごねると評判のかの国は、なぜか今回ばかりは異様におとなしかった。

少し事情に詳しい者であれば耳にすることは容易《たやす》い。ごく最近に十一ある旗――連合を構成する都市国家群のことだ――のうちいくらかに大きな政変があったということを。自国の混乱を収めるのに必死で、外側まで気が回らないというのが本音だろう。

斯《か》くして稀《まれ》に見る強引さでもって、『魔王国』は西方諸国《オクシデンツ》にその存在を示したのであった。

◆

突貫工事で『魔王国』を立ち上げ、世界中に怪文書をばらまき、さまざまな問題を力ずくで片付けて。

事件の収拾に関わった者たちは頑張ったと言えよう。細かな調整はいくらでも残っているが、ひとまず緊急を要するところだけ強引にケリをつけてみせたのである。


飛空船が次々と浮上してゆく。そのほとんどがパーヴェルツィーク王国の船であった。

彼らは約束通り、この大地から完全に撤退してゆく。

『魔王国』はハルピュイアの国。西方人《せいほうびと》はそこに踏み入ること能《あた》わず——当然、そこにはフレメヴィーラ王国の者たちもまた含まれていた。

イズモが出立準備を進めている。騎士団の飛空船はおおむね無事であるが幻晶騎士《シルエットナイト》の被害がそこそこに目立ち（一体誰のせいなのやら）、彼らの撤収作業は少々難航していた。


騎士団員たちが慌ただしく行き交う中、別れを惜しむ声も聞こえてくる。

「……お前も……巣に戻るのか」

「ああ。皆が国元に戻るからな」

片隅で、ハルピュイアの風切《カザキリ》の次列であるホーガラとキッドが話していた。キッドはこしばらくの書類仕事漬けから解放されてとても爽《さわ》やかな様子である。対照的にホーガラの顔色は暗い。

「しっかし若旦那に付き合っての冒険だったけど。とんだ大事件になっちまったもんだ」

事の始まりは彼らが勝手に『冒険の旅』に出たことにある。未知なる大地を探検するだけのはずが気付けば世界を救う戦いに首を突っ込んでいたり、ずいぶん酷《ひど》いことになったものである。

「そうやって勝手に現れて、勝手にいなくなるのか。お前の翼は風ですら捕まえられないのだな」

「まぁ、ちょっとお節介だったかもだけどさ。でもよかったよ。俺たちの勝手がホーガラたちを助けられたんだから。そう思えば冒険だって悪くないもんだな」

――もしもエムリスが冒険に飛び出していなければ。

――もしもそれをエルネスティが追ってこなければ。

西方世界は知らぬ間に破滅的な結末を迎えていたかもしれない。その前に、ハルピュイアたちが流す血はより多くなっていたことだろう。

「……フン。やはり西方人《せいほうびと》というのは嫌いだ」

「おいおい。そりゃあ嫌な奴もいただろうけど、翼を並べるに足る奴だっていただろう？」

自分のように。自信満々のキッドの様子を見てホーガラは口を尖《とが》らせた。

「勝手に助けられた方の気も知らないで……」

「ええ……んなこと言われたって。困ってたら普通、助けるだろ」

ホーガラの眦《まなじり》が急傾斜を描いてゆく。短い付き合いでもキッドはようく知っている、これはご機嫌を損ねた時の仕草であると。

「……い……だ」

「えっ」

「嫌だ。お前は我が群れのものだ！　勝手に帰るなんて許さない！」

「ええ～っ!?　それまだ続いてたのかよぉ！　つうかスオージロに話してもうナシってことになってるから！」

無視してもよかったのだが一応断りを入れておく辺り、キッドも妙なところで律儀《りちぎ》であった。

風切《カザキリ》が了承したと言われてはホーガラも強くは出られない。しばし俯《うつむ》いていた彼女は、いきなりガバっと顔を上げてとんでもないことを言い出した。

「だったら！　私がついてゆく！」

「へっ……」

「お前たちの船についてゆく！　私がお前の群れに加わるのは自由だろう！」

「ま、待て落ち着いてくださいホーガラさん!?　いやほら『魔王国』って確か西方諸国《オクシデンツ》と不干渉ってことになってるからさ……」

「関係ない！　私の翼が向かう先は私が決める！　風切《カザキリ》に掛け合ってくればいいのだろう！」

「うおおホーガラ待ってくれ！　うわはっや！　飛ぶのは卑怯《ひきょう》だろ⁉」

翼を広げて舞い上がったホーガラの後をキッドが慌てて追いかける。さすが風切の次列だけありその速度はついてゆくのがようやくだった。そうして村の中心までやって来た時。

「いやーだぁー‼」

劈《つんざ》くような声が響いてきて、ホーガラは思わず羽ばたきを止めたのだった。

「でっかい人！　帰っちゃやだやだもっと一緒に遊ぼうよ遊ぶ遊ぶ遊ぶ～‼」

エージロはばしばしと翼をはためかせ、小魔導師《バールヴァ・マーガ》の腕に引っ付いたままわんわんと泣き喚《わめ》いていた。困り顔のワトーがやんわりと嘴《くちばし》でつついてなだめるも、一向に収まる気配がない。

一番困っているのはくっつかれている小魔導師であろう。ちらりとナブに助けを求めたが、当然のように首を激しく横に振っていた。覚悟を決めて泣き叫ぶ小鳥と向き合う。

「小さき翼よ、我も別れは惜しい。だが新たな出会いがあればいずれ必ず別れもあるもの。その全ての道筋を百眼神《アルゴス》がご覧になっているのだ。その御眼《おんめ》に適《かな》うよう、精いっぱいをもって……」

「そんなの知らないー!!　いっちゃやーだー!!　やだやだやだやーだー!」

「……うむ」

まさか囀《さえず》る小鳥を無理やり引《ひ》き剥《は》がすわけにもいかない。巨人族《アストラガリ》らしく、小魔導師も力加減は苦手な方である。

ワトーと一緒に2体と1匹して困り果てていると、救いの手は伸ばされた。

「エージロ、いつまで鳴いているの。小魔導師だって巣に戻らなければならないのだから」

ホーガラである。何やら彼女自身少し取り乱した跡があるが、誰も気付かなかった。

「だって、だって……。でっかい人の巣はずっと、ずっと遠くにあるって。あたしの翼じゃ飛んでいけないって……」

「……そうね。それに私たちにはこれから巣を、この大地を守る役目がある。ふらふらと風に乗ってはいけないの」

言いながら、ホーガラは『魔王国』の取り決めについて思い起こしていた。西方諸国《オクシデンツ》との相互不干渉は大地に眠る『魔法生物《マギカクレアトゥラ》』を起こさないためのものである。一度空飛ぶ大地の外へと帰ってしまえば、小魔導師ともう一度会うのは非常に難しくなるだろう。

だがしかしそんなことは幼いエージロには関係がなかった。

「……小さき翼よ。いずれその翼がより大きくなった時、我らの村に来るといい。その時は我が氏族の皆をその目に入れよう」

何とか先送りを試みるも、エージロはぐずぐずと鼻をすすりながらワトーを指差した。

「……じゃあワトーに乗ってついてく」

クェッ⁉ 聞こえてきた悲痛な鳴き声は全員に無視された。

「ワトーもまだ若い。共に成長し、さらに翼を大きくしてから来るのだ。その時には我もより大きくなっていることだろう」

エージロは泣きやみ、目を丸くした。

「でっかい人、まだ大きくなるの？」

「当然だ。我は未熟であるからな」

小魔導師《パールヴァ・マーガ》も巨人族《アストラガリ》の中では若く、まだ大人の手前と言える。成長の余地は十分に残されていた。

「あたしの翼がもっと大きくなったら……。どこまでも飛んでゆけるかなぁ」

「より広い空へと飛び立てるであろう。さぁ、問いに答えは出たぞ。百眼神《アルゴス》も祝福してくださろう……」

「でもあたしは今一緒に行きたいぃぃぃ！」

「……うむ」

結局話がすっきり終わることはなく、それからもあの手この手で説き伏せてようやく解放された。エージロの説得は小魔導師の人生史上最も困難だったこととして記憶され。

「もう一度小さき翼を説き伏せるくらいならば、素手で獣の群れに突っ込んだ方がまだ楽だ……」

とまで言わしめたのであった。

散々にぐずり倒したエージロをようやく宥《なだ》めた後。立ち尽くすホーガラの背に、キッドはおずおずと話しかけた。

「あー、ホーガラさん。大地を守る役目があると、言ってたけど」

「……わかってる。そんなことはわかっているんだ。やっぱりお前も嫌いだ。どこへなりと勝手に帰ってしまえ」

「ひでぇなぁ。なぁホーガラ、大丈夫だって。今すぐは無理だけど、いずれまた必ずここに来るからさ。今度までにあの飛翔騎士《トゥエディアーネ》ってのを使えるようになっておくから。そしたら一緒に飛ぼうぜ！」

「……ふん、馬鹿者め。何度飛んでも私の勝ちだ」

ホーガラの頬を流れる涙に、キッドは最後まで気付けなかった。

◆

「……来たな、エルネスティ君」

撤収作業の喧騒《けんそう》から離れ、エルネスティは呼び出しを受けてやってきた。そこに待っていたのは誰あろう、小王《オベロン》である。

余人を交えず二人きり。暗がりにあって小王の表情は判然としない。だが妙に浮かれていることだけがはっきりと伝わってきた。

「決着を付けようじゃないか。君と私の因縁は蔑《ないがし》ろにしてよいものではないだろう？」

単刀直入に切り出してきた小王に、エルは溜め息をもって応《こた》える。

「必要なことでしょうか。僕たちは一緒に魔竜鬼神《ウルトラキシングレート》に乗った仲ではないですか」

「それはそれというものだ。大事の前にあって少々棚上げしてきたがねぇ。すべてが終わった今、やめる理由は何もどこにもないってものだろう？」

小王は常のごとく飄々《ひょうひょう》と笑う。しかし笑い声の奥に滾《たぎ》る怒りがはっきりと感じ取れた。

「……そこまでおっしゃるならば致し方ありません。魔竜鬼神は本日で解散ですね」

「そもそもあれは最初から、ごく一時的なものだというに」

決着をつけるのならば全力を尽くすのみ。エルはイカルガの元へと向かおうとした。

「しかしその前に！　ハルピュイアを統《す》べる『魔王』として……キミに言っておかねばならないことがある」

その背中へと小王の声がかかった。

「空飛ぶ大地の落下を阻止した、此度《こたび》の働き大儀であった！　ハルピュイアの巣を護《まも》るため尽力したこと、『魔王』として感謝する！」

驚いて振り返ったエルへと、なんとも嫌そうな表情のまま小王が告げる。

「そして！　『初代魔王』として貴様に命ずる！　エルネスティ・エチェバルリア、キミを永久にこの『魔王国』領土より追放する！　速《すみ》やかに退去せよ、以後二度とこの大地を踏むことを許さない!!」

一気に言い切った小王が息をついた。エルネスティはしばらく言葉の意味を考えていた。

「もう二度と現れてくれるなよ、エルネスティ君。私とてハルピュイアを救ってくれた大恩を蔑ろにする気はない。……ないが、キミを許す気もさらさらないのでね！」

言うだけ言った小王がさっさと踵《きびす》を返す。もう戦う気はないようだと判断して、今度はエルがその背中に声をかけた。

「それがあなたの決断ならば従いましょう。ですから追放となる前に伝えておきます……『魔王』より回収したあなたのご両親は、無事に森都《アルフヘイム》へと届けました。今は大老《エルダー》・キトリーが迎え入れてくれています」

「……そうかい。大老が、ね。ちゃんと流れに合流できたならばよかったよ。あの人たちは『魔王』の核などではなく、アルヴとして正しく眠るべきだった。ひとつ感謝が増えたようだ。……それでキミを許すことなどありえないがね」

「残念です、小王《オベロン》……いえ、『魔王陛下』。僕はあなたが嫌いではありませんのに」

「私は！　キミが！　死ぬほど！　大嫌いなんだよ!!」

◆

長かった撤収作業をようやく終えたイズモが浮上する。彼らがこの地に残る西方人《せいほうびと》の最後尾となった。

「随分と長い新婚旅行になってしまいましたね、アディ」

「エル君といるとなんでも大事《おおごと》になっていく気がするー」

「決して僕のせいではありません。行く先に大事件が待っているだけなのです」

とてもではないが魔竜鬼神《ウルトラキシングレート》を生み出した人間の台詞《せりふ》とは思えなかった。

するするとアディがエルを抱きしめる。

「家に帰ったらしばらくゆっくりしたーい。ゆっくりエル君を堪能する……」

「またそんなことを……。ともあれ色々と研究が必要なこともありましたしね。久しぶりにオルヴェシウス砦《とりで》で作業するのもいいでしょう」

『魔法生物《マギカクレアトゥラ》』に『果ての世界』、さらには『魔竜鬼神』と、終わってみれば実りの多い旅ではあった。

オラシオに対抗して言った手前、果てまで行く方法も考える必要がある。まだまだこれからも退屈とは無縁の日々が待っているようである。

「それでは、僕たちの家に帰りましょうか」

「はーい」

斯《か》くして銀鳳《ぎんおう》騎士団は空飛ぶ大地を後にする。

後に、ことの顛末《てんまつ》に色々と尾ひれが付いて広まり、オービニエ山地を越える頃には一大叙事詩《じょじし》となって届くのだが、それはまた別の話であった。

[『ナイツ&マジック12』へつづく]

ヒーロー文庫

ナイツ & マジック 11

天酒《あまざけ》之《の》瓢《ひさご》

2021年12月10日　第1刷発行

発行者　前田起也

発行所　株式会社　主婦の友インフォス
〒101-0052 東京都千代田区神田小川町 3-3
電話／ 03-6273-7850（編集）

発売元　株式会社　主婦の友社
〒141-0021
東京都品川区上大崎 3-1-1 目黒セントラルスクエア
電話／ 03-5280-7551（販売）

印刷所　大日本印刷株式会社

ISBN 978-4-07-450520-3